# 魯迅と紹興酒

——お酒で読み解く現代中国文化史

藤井省三 著

東方書店

東方選書

# まえがき

　私が中国に留学したのは一九七九年のことでした。その七年前に日中国交正常化はしたものの、文化大革命（一九六六〜七六）のため両国間の交流は進展せず、一九七八年に至りようやく日中平和友好条約が結ばれたのでした。この年は中国の改革・開放経済体制元年でもあります。そしてその翌年に政府間交換留学生制度が発足し、私はその第一回留学生として北京と上海で暮らしたのです。以来四〇年、私は短期長期を合わせて約百回、中国語圏を旅しながら、中国語圏の現代文学と映画を学んできました。

　いっぽう中国では一九七六年の毛沢東の死と共に文革が終わり、毛沢東時代から鄧小平時代へと転換しました。そして改革・開放以後の約四〇年で、中国のＧＤＰ（国内総生産）が一九八〇年の約三、〇〇〇億ＵＳドルから二〇一八年の一四兆ＵＳドルへと四六倍も急増したように、中国人の暮らしは大変貌を遂げています。ちなみに同期間の日本のＧＤＰは約一兆一、〇〇〇億ドルから五兆二、〇〇〇億ドルへの五倍増に留まっており、一人当たりの名目GDPも二〇一七年統計で日本は約三万八、〇〇〇ドル、中国は約八、六〇〇ドルと、その差は急速に縮小しています。

ところで最近の中国の小説や映画は、過去から現在への十数年の時間の流れ、あるいは現在から過去への数十年のタイムスリップを描く作品が目立ちます。たとえば慶山（チンシャン、旧名・安妮宝貝、アニー・ベイビー、一九七四〜）の短篇小説を原作とする二〇一六年の映画『七月と安生』（監督・デレク・ツァン（曽国祥）／原題・七月与安生）は、中学校で親友となった二人の女子と男子との現在に至るまでの三角関係を描いた傑作でして、同作を北京で見た中国語圏映画批評家の井上俊彦氏は、次のようにレポートしています。

『七月与安生』は少女の頃から二七歳までの二人の女性の濃厚な交流を描いており、友情、嫉妬、裏切り、許しなど複雑な女性の心が交錯する展開に、館内を埋めた女性客たちは涙をぬぐっていました。

一九九〇年代後半の地方都市・江蘇省鎮江市の中学校で、育った家庭環境も個性もまったく違う二人の女の子が出会います。ある事件をきっかけに意気投合した二人は親友になり、いつも一緒に行動するようになります。関係は林七月（マー・スーチュン（馬思純））が地元一番の進学校に、李安生（チョウ・ドンユィ（周冬雨））が職業高校に進学した後も続きますが、七月が同じ学校の同級生蘇家明（トビー・リー（李程彬））を好きになったことがきっかけで、天真爛漫な仲良しの二人の関係に微妙な影がさし、波乱の一〇年が始まるのでした……。

二人の少女は、互いに相手の自分とまったく違った個性を愛し、家族同様に思いやり、時に嫉妬し、相手の持つものを奪おうとさえします。（http://www.peoplechina.com.cn/home/second/2016-09/19/content_728076.htm　二〇一八年六月二八日検索）

井上さんが「ロケ地の鎮江の景色も美しく、二〇〇〇年代前半の北京の時代感もよく出ていました。部屋に並ぶ小物まできちんと時代考証してあり」と指摘するように、映画『七月と安生』は成長する少女たちの内面と共に、変化する中国社会の容貌をも巧みに描写しており、それがゆえに中国の多くの観衆の共感を得ることができたのでしょう。

また井上さんは映画の中の「目線」をめぐり、「ただ、二人の主人公がいるため、安生が過去を振り返る形もあれば、カメラが第三者的な目線でとらえる部分もあり、七月目線の展開もありました。見ていて誰の視点で見ればいいのか、少々戸惑う部分もあったのも確かです」とも指摘しています。これは文芸批評の用語を使えばポリフォニー――多種の文体・語り手の混在――と言えるでしょう。中国人の観衆はこの映画を見ながら、二人の女性とカメラとの三つの視点に、さらに自らの視点を加えて、この十数年の中国の人と社会との急激な変化を回憶していたことでしょう。

『七月と安生』と同様の傾向を持つ名作映画には『So Young ～過ぎ去りし青春に捧ぐ～』（監督：

ヴィッキー・チャオ（趙薇）／原題・致我們終将逝去的青春、二〇一三）や『迫り来る嵐』（監督・ドン・ユエ（董越）／原題・暴雪将至、二〇一七）などが挙げられることでしょう。小説では地方編「はじめに」（本書一一二頁）で紹介する閻連科（イエン・リエンコー、えんれんか、一九五八～）『炸裂志』などがあります。中国人は現在、改革・開放経済体制が始まって以来四〇年の大変化を、万感の思いを抱きながらジックリと振り返っているのでしょう。

それでは私も中国大陸や香港、台湾やシンガポールそして欧米での自らの学びの体験を振り返ると、私なりの視点で改革・開放経済体制四〇年史を描けるのではないでしょうか？ 特に〝公宴〟や〝私宴〟というお酒を飲む場に焦点を絞ると、中国語圏各地の文化的特徴やさまざまな文化人の個性が、忘れられぬ風景として蘇ってくるのです。このさまざまな風景は、中国大陸に関する北京篇・上海篇・地方編の三篇に、香港・台湾篇と韓国やシンガポール、欧米の華人やチャイナタウンに関する世界篇との二篇を加えた五篇に分類しました。

愛飲家にもお酒を飲まない方にも、本書の酔余の戯れ言が中国語圏現代文化に対する興味を深めるきっかけとなることを祈りつつ、文化史四〇年の〝酒宴〟を始めたいと思います。乾杯《カンペイ》！

目次



# I 北京篇――1

# II 上海篇――61

# III 地方篇

# IV 香港・台湾篇

辻原登と台湾文学／『夫殺し』の中の清酒白鹿／台湾と日本酒

# V 世界篇――215



扉イラスト⦿ありよしきなこ

写真提供⦿井上俊彦　加藤依子

# I

# 北京篇

# はじめに

作家中島京子の小説には、直木賞作品の『小さいおうち』や現代日本の『聊斎志異』ともいうべき『ゴースト』など、おもしろくてやがて切ない東京物語が多い。そのいっぽうで中島さんは短篇集『のろのろ歩け』(文藝春秋、二〇一二)では、日本人女性が北京・上海、そして台湾で夢のように時間を遡りながら繰り広げる恋と冒険の物語を描いてもいる。

同作収録の「北京の春の白い服」では、一九九〇年代末に東京の出版社から北京のファッション雑誌編集部に出向した三〇代半ばのキャリア・ウーマンが、〝慢慢来《マンマンライ》〟の言葉に代表される毛沢東時代のシステムに仰天しながらも、次第にこの町を愛し始める。やがてヒロインの山下夏美は北京の将来を次のように予測するに至るのである。

北京に春の服があふれるようになれば、北京の女の子たちがみんなきれいになるわ。女の子たちがきれいになれば、中国をどんどん変えていくわよ。きれいになった女くらい、

強いものはないんだから。そうじゃないの?〔八〇頁〕

これに応じるかのように中国人の同僚は、日本に帰国した彼女に次のような手紙を送って来る。

毎日毎日、北京のあちこちは建設工事をしています。/十月の建国五十年には、もっともっと高いビルができ、もっともっと新しい北京に変わることでしょう。/そして、たとえば十年後には、もっともっと変わって、山下小姐の知っている北京ではなくなっているかもしれません。〔八四頁〕

確かに「北京の女の子たち」は「みんなきれいに」なり、現在の北京はその昔に私たちが知っていた北京ではなくなった。そして北京の銘酒二鍋頭《アルクオトウ》の二両(一〇〇CC)入りポケット瓶〝小二〟は、九〇年代には二元だったが今では五・五元に値上がりしている。二鍋頭とは蒸留酒五六度の白酒《パイチウ》であるが、この三〇年近く、白酒は凋落し続け、紅酒《ホンチウ》(赤ワイン)とビールが女性や若者の間で人気を博している。〝私宴〟文化は学生さんにも広がりキャンパス居酒屋が繁昌するいっぽうで、〝公宴〟文化は二〇一四年の〝反腐敗運動〟以後に一度は絶滅の危機に瀕した。

「女の子たちがきれいになれば、中国をどんどん変えていくわよ」という〝山下小姐〟の言葉に倣えば、「お酒が美味しくなれば、中国をどんどん変えていく」ともいえないだろうか。本篇では私宴・公宴・独酌の風景の変化を描きながら、一九七〇年代から現在までの北京および中国の文学と映画の変遷をお話ししたい。

# 1 北京のビールは茶碗で飲み、香港映画は北京で観るべし

## ◈北京の交通渋滞と国産映画の衰退

二〇〇二年夏のこと、私は所用で北京大学に数日滞在した。その間には午前中に空きのある日が一日あったので、ためらうことなく市内に映画を観に行くことにした。

北京大学は市中心部の天安門広場から西北に直線で一二キロ、道のりでは一七キロ離れており、東京にたとえれば丸の内に対する荻窪のようなものなのだが、当時の都心までの交通は実に不便だった。北京では高速道路建設を優先したものの、急増し続ける車のため、市内は慢性的な交通渋滞、しかもこの大都会に地下鉄はわずか二路線五四キロしかなかったのだ。二〇一七年一二月現在で、北京の地下鉄は二二路線、総延長距離六〇八キロと世界第二の地下鉄網を誇っているが、この地下鉄建設が本格化したのは二〇〇八年の北京オリンピック前後のことである。

そんなわけで二〇〇二年当時は、北京大学から都心へ出ようとすれば、タクシーは一時間を掛けて約六〇元(一元は約一五円)で走り、バス二路線を乗り継いで行くと二時間近く掛かり料金は三元ほどだ。その中間として冷房付きの快速バスがあり一時間半、五元で走っていた。ちなみに東京〜荻窪間はＪＲ中央線で二五分・地下鉄丸の内線で三三分である。

しかも北京といえども、当時は中国映画鑑賞も容易でなかった。現在の中国映画の盛況ぶりか

らは想像し難いことだが、主な斜陽産業の一つが中国映画であり、北京の新聞で映画広告を載せているのはかろうじて『北京日報』ぐらいなもの、それも頁と頁とのあいだの背中部分に掲載するという虐待ぶりだった。前日のこの背中広告によれば、北京では約二〇の映画館の三〇ほどのスクリーンで八種の映画を上映していることになっていたのだが、中国映画と香港映画とがそれぞれ一〜二本しかなく、あとはすべてハリウッド映画であった。WTO加盟(二〇〇一年)により、国産映画はアメリカ製に圧倒されてしまっていたのである。

そこでこの朝は、大学に比較的近い西四北大街の映画館をめざして八時に宿舎を出発し、バスと地下鉄を乗り継いで故宮西側の阜成門内まで出かけたところ、一時間ほどで到着できた。先ず最寄りの映画館、地質礼堂に立ち寄り、本日二回目の上映が一〇時四〇分であることを確認した。それというのも、北京では以前は一本の映画を一週間上映したものだが、当時は興行成績が悪いと二、三日で別の映画に切り替えてしまっていたので、新聞広告にも「今明」(今日明日)上映のプログラムと時間しか載せていないのだ。

実際、数日後の午後にも空き時間ができたので、田壮壮(ティエン・チュワンチュワン、でんそうそう)監督『春の惑い(原題・小城之春)』を観ようと、西長安街にある首都電影院に出かけたところ、切符売り場で「没有《メイヨウ》、昨日で終わった」、とすげなく断られた。せっかくなので別の中国映画を観たいと思い、スクリーンの一覧を眺めてみたが、中国語の題名のみが書かれているばかり。二、三日間の上映ではポスター貼りも面倒らしく、その上、中国には宣伝チラシの配布という習慣もなかったので、監督名も俳優名も映画の国籍も分からず、無愛想な売り子に国産映画かアメリカ製か一々確かめねばならぬ始末だった。

ちなみに『春の惑い』は日中戦争後まもない小さな街を舞台に病弱の若い地主とその妻、そして地主の学生時代の親友で妻の初恋の人でもある医師との三角関係をしっとりと描いた作品で、人民共和国建国前年の一九四八年に公開された費穆（フェイ・ムー、ひぼく）監督による大傑作を、半世紀過ぎてからリメイクしたものであった。二〇〇二年にイタリアのヴェネチア国際映画祭で新設のサン・マルコ賞を受賞している。

### ◈ご飯茶碗で飲むビール

続けて同じ西四北大街の北側にある勝利電影院に行くと、初回が一〇時上映と少し早く、しかも入場料二五元と地質礼堂より五元もお安いではないか。五元といっても日本円で七五円ほどだから大した額ではないのだが、北京大学からの交通費総額に匹敵することを思えば、侮ってはなるまい。そもそも映画館入場料は香港では六〇ドル（一香港ドルは約一五円）、東京ではその倍の一、八〇〇円するのだから、お値段からいえば、当時は香港映画は北京で観るのが一番お得だったのだ、ということになるのだ。

ここで切符を買った私は近くの西四北大街と阜成門内大街との交差点西南角にある老舗の点心店に入った。小型肉まんである小包子一両（三個二・六元）と、同じく野菜餡の菜包一両（同一・八元）を頼み、五元の節約で気を良くしてお茶代わり（本当にお茶やお冷やのサービスはない）にと地元のビールでその名も北京の古称に由来する燕京啤酒大瓶三元を注文した。ただしこの店にはグラスというものが置いてなく、お粥用のご飯茶碗でビールを飲むのだ。

さすがに老舗！　と私はお茶碗を取りながら、すっかりうれしくなってしまった。私が日中国交正常化後、最初の政府間交換留学生として中国に留学したのは、一九七九年のことだった。当時の中国では高級幹部や外国人専用のホテルを除いて、冷えたビールというのは存在しなかった。そこで私は洗面器に水道水を張って瓶ビールを沈め、二〇～三〇分冷やしてから飲んだものである。冷たくないものだから、暑い夕方、自転車を飛ばして帰ってきたときなどは、大瓶一本をペロッと飲めてしまうのだ。一夏過ぎたころには、このぬるいビールにすっかり慣れてしまい、日本の冷えすぎたビールは今でも苦手である。落語の「目黒の秋刀魚」ではないけれど、ビールは中国に限るのだ。ちなみに中国のレストランではこの二〇年でクーラーも大型冷蔵庫も普及して、冷えたビールはどこでも飲めるのだが、服務員さんは今でも「冰的《ビント》？　常温的《チャンウェント》？」（冷たいのですか？　常温のですか？）と確認して注文を受けており、私の印象では常温ビールを頼むお客の方が多い。

もっともこのぬるいビールでも、一九七九年には容器不足で、上海でもレストランでは外貨でなくては注文できなかったし、一般商店でも空き瓶持参でなくては売ってくれなかった。ビールが先か瓶が先か――「鶏と卵論争」のような冗談が、留学生の間で流行ったものだった。

そんなわけで当時の中国の食堂で売られていたのは、〝瓶装啤酒〟（瓶入りビール）ではなく〝散装啤酒〟という量り売りビールであった。大バケツに入った茶色の液体を柄杓で汲み、丼に注いで出てくるのを、片手で鷲づかみにして乾杯すると、緑林の豪傑にでもなったような気分がしたものだ。

だがこの散装啤酒には二つ問題があった。一つは相当量の炭酸が抜けてしまっていること。もう一つは洗面器で冷やすわけにいかないことだ。そこで賢い中国人は、アイスクリームをビールの中に沈めるという飲み方を発明したのだ。抜けてしまった炭酸は取り返しようがないが、冷却ならアイスクリームで可能というわけだ。もっともそのお味はといえば、まあ苦み走ったアイスクリーム・フロートのようなもの、食前酒向きであろう。

そういえば高校生のとき、オーストラリア人のパーティーにお呼ばれされて、大人たちがビールやワインを旨そうに飲むのを羨ましげに見ていたところ、中年の紳士が君にはこれがよかろう、

一年間の留学生活が終わり、復旦大学中文系の友人たちが宿舎で送別会を開いてくれた。右から三人目が筆者（一九八〇年七月、上海にて）

といってビールのサイダー割りを注文してくれたことがある。「これはお酒に弱いご婦人向け飲み物だ、未成年者にビールを勧めるわけにはいかんのでね」ということで、少しだけ大人扱いしてくれたのだ。

やたらと超高層ビルが林立する今日の北京では、さすがに丼入りのアイスクリーム・ビールは望むべくもないが、それでもビールをご飯茶碗に注ぐなんて素敵にノスタルジックではないか、と私は感動した次第である。

さて老舗とはいってもこの点心店は一〇人も入れば一杯になるような小さな店で、阜成門内大街側の壁際にカウンターが設けられている。最初は映画館で買ってきた週刊タブロイド新聞の『中国電影報』(一元)を読んでいたが、紹介されている中国映画とはもっぱらテレビ放映のもので、現在上映中の中国語映画に関しては何も書かれていない。まもなく私は新聞を放り出し、ガラス越しに目の前の大通りをノロノロと行き交う車や、せわしげに歩く市民を眺めながら、肉まんを頬張り茶碗でビールをグビリグビリと飲み始めた。

### ◈北京で観る香港版『Shall we ダンス?』

中国映画はかくも斜陽化していたとはいえ、それでも私にとっては朝から映画にビールだなんて、素晴らしい〝北京の休日〟ではないか……と機嫌を直して観たのが香港映画の『愛君如夢(夢のようにあなたを愛す)』(邦題・ダンス・オブ・ドリーム)だったのだ。

香港のラテン・ダンサー劉南生(アンディー・ラウ、劉徳華)が開いている小さなダンス教室に、二人の新入生が入ってくる。一人は女性実業家のティナ(アニタ・ムイ、梅艶芳)で、彼女は最近アメリカ留学から帰ってきた弟にホテル経営を引き継ぐまでは、恋にも趣味にも脇目も振らず事業に没頭してきたのだが、パーティーで劉のダンスを観て入門を決意、毎度秘書同行で多額の特別料金をカードで支払い、教室を借り切っての個人レッスンを要求する。もう一人はウェイトレスの阿金(サンドラ・ン、呉君如)で、母親代わりに面倒を見てきた三人の妹たちから今では煙たがられていたが、職場のホテルでのショーを観てティナ同様に魅了され怖ず怖ずと劉のスタジオを訪ねたものの、乏しい小遣いのために掃除係を引き受けることで一般レッスン料を半額免除にしてもらう……。

フムフム、これは周防正行監督の日本映画『Shall we ダンス?』(一九九六)の、香港ラテンダンス版といったところだな、それにしてもアンディー、アニタとサンドラ三人の踊りっぷりが実にお見事、そしていつの日か大きなダンススタジオを開こうと夢見る名ダンサーと、孤独な女性実業家、そしてネアカな中年ウェイトレスとの三角関係の恋はどうなるのかな……と笑ったりハラハラさせられながら映画を観るうちに、私は次のような場面に遭遇したのだ。

ティナが劉をパートナーに派手な発表会を開いた際、彼女が劉に新しいダンスシューズを贈り彼の古いシューズを捨ててしまったので、劉は本番直前にこれを知って怒り狂う。いっぽう掃除中にゴミ箱からシューズを見つけた阿金は、これを抱えて会場の高級ホテルまで駆けつける。会がお開きになると、劉はティナを置いてきぼりにして阿金をヴィクトリア湾の前の公園に連れ出し、香港一〇〇万ドルの夜景に囲まれたベンチに腰掛け、缶ビールで乾杯するのだ。夢のように劉を愛す阿金にとって至福のときであった。

この時二人が飲んでいたのは何ビールだったか、私には記憶がないが、つい先ほどまで北京の交通渋滞を眺めながら一人でコップ酒ならぬ茶碗ビールを飲んで〝北京の休日〟を過ごしていたわが身と比べて、羨望を禁じえなかったことは覚えている。ままよ、今夜は北京大学の友人と一緒に地酒を飲むんだからと自らを慰めつつ、帰路はトロリーバスとバスを乗り継いで帰ると二時間も要してしまった。高度経済成長が続く北京では、高層ビルや巨大ショッピングモールが続々と建設されるいっぽうで、公共交通はいよいよ劣化し、国産映画も消えつつあるという奇妙な現象が生じていたのだ。

なおこの二〇〇二年頃から中国映画は『HERO（原題：英雄）』のチャン・イーモウ（張芸謀、ちょうげいぼう、一九五〇〜）や『プラットホーム（原題：站台）』（二〇〇〇）のジャ・ジャンクー（賈樟柯、かしょうか、一九七〇〜）らの「大作＋底層」時代を迎え、エンターテインメント性と芸術性・社会性において見事な復活を遂げた。これに関しては、「中国芸術研究院マルクス主義文芸理論研究所」という厳めしい名前の研究機関に所属する李雲雷氏が二〇〇八年に、一気呵成に次のように指摘している。

『HERO』以来、中国映画は「大作」時代に入ったといえるのであり、『HERO』や『LOVERS（原題：十面埋伏）』（二〇〇四）、『王妃の紋章（原題：満城尽帯黄金甲）』（二〇〇六）、『PROMISE 無極（原題：

無極）』（二〇〇五）らを代表とする中国式の大作は、ますます深刻な状況を呈するようになり、基本的に言ってこれらの大作は反市場、反芸術的であり、独占的な宣伝と上映期間により市場の自由競争に取って代わり、上辺の華麗さと虚勢を張ったテーマ、支離滅裂な物語により現実に対する関心と芸術的探究を失った（中略）が、それと同時に「新ドキュメンタリー運動」の展開と第六世代監督の転進とにより、現実生活と民衆苦難を反映する作品群が出現している（中略）これらの「底層」に対する関心の中から、独特の芸術形式が展開しており、「大作」寡占を突破し、現実に関心を寄せつつ芸術探究を進めて行く新たな希望である中国映画の代表となっている。（「中国映画・・「大作時代」の底層叙述」『芸術評論』二〇〇八年三月号、四三頁）

そしてその後は、雑誌『人民中国』ウェブサイト連載のエッセー『最新映画を北京で見る』で、中国映画評論家の井上俊彦氏が毎回「今、中国映画が絶好調です。二〇〇八年には四三億人民元だった年間興行収入は、一〇年には一〇一億と急上昇、公開本数も増え内容も多彩になっています」という枕詞を置くまでになっている。私が北京でビールを飲んで香港映画を見た二〇〇二年夏とは、中国映画界の谷底の時代ではあったが、それでもノンビリ楽しく過ごせた時代でもあった。その後の中国は、映画が復活し、地下鉄が張り廻らされ、やがて二〇〇八年のリーマン・ショック後の景気浮揚策により〝高鉄《カオティエ》〟と称される新幹線が爆発的に延伸されていき、大忙しの時代に突入して行くのであった。

## 2　北京の二鍋頭

### 北京大学の北京文化シンポジウム

二〇〇二年一〇月、北京大学で国際シンポジウム「北京・都市イメージと文化記憶」(北京：都市想像与文化記憶) が開かれた。その主旨は清末から現在に至るまで北京一〇〇年の現代化を文化史・社会史的視点から論じよう、というものである。主催者は北京大学中文系の陳平原教授とアメリカ・コロンビア大学東アジア言語文化系の王徳威 (David Wang) 教授 (当時) で、シンポも両大学による共催である。

シンポには中国をはじめ台湾・欧米・日本から四〇人もの報告者・円卓会議発言者が招聘されて、読書人の社交クラブともいうべき詩社から京劇や新派劇、講談などの大衆文化まで、そして魯迅や周作人、沈従文、老舎、張恨水、凌叔華から現代北京作家までが北京の都市想像に果たした役割を論じあった。長い伝統に抗いつつ、そして伝統を都市想像の資源として活用しつつ現代都市へとダイナミックな変貌を遂げてきた、いや今も変貌し続けている万華鏡のような北京一〇〇年の文化状況をめぐり、「北京迷《ペイチンミー》(北京好き)」のシノロジストによる熱い議論が展開されたのである。

私も芥川龍之介 (一八九二～一九二七) が一九二一年の北京旅行から、佐藤春夫 (一八九二～一九六四)

が一九二〇年の台湾旅行からそれぞれ取材して執筆した小説「湖南の扇」「女誡扇綺譚」の二作品に関する比較研究を報告した（「芥川龍之介的北京体験——短篇小説「湖南的扇」和佐藤春夫「女誡扇綺譚」」、陳平原、王徳威編『北京：都市想像与文化記憶』北京大学出版社、二〇〇五年五月収録）。

シンポ会場で各種報告を聞き、討論に参加していると大いに知的好奇心を掻き立てられるいっぽう、北京大学のゲストハウス勺園七号楼ですごしたシンポの舞台裏も楽しいもの、会期中の四日間とは、合宿をしていたようなもので、その間に旧知の友人とは旧交を温め、新しく知り合った研究者とは名刺を交換して、最新の研究状況を紹介し合うのだ。

一日三度の食事時、中でもハードスケジュールの一日を終えた後、一〇人掛けの円卓を囲み中国料理に舌鼓を打って酒杯を重ねる夕食は、とりわけ楽しい社交の場である。最後の晩には、シンポを成功裡に終えて喜色満面溢れるデイビットが、「みなさんのご協力に感謝して、今夜は平原と僕とでカラオケのデュエットをします」と挨拶して満場の喝采を浴びていた。一同、あの下戸の陳平原さんがカラオケに初挑戦か?! と期待したものだが、続いて挨拶に立った平原の巧みな話術にいつの間にか煙に巻かれてしまった。

ところで中国人は一般に酒席の途中で酒を換えない。日本人のようにとりあえずビールで乾杯し、その後に清酒やワインに移り、最後には焼酎お湯割りやウイスキーの水割りを飲むと悪酔いする、とほとんどの中国人は頑なに信じているのだ。そして一日目も二日目も、私のテーブルではもっぱら赤ワインが飲まれていた。一九九〇年代の中国ワイン産業の発展ぶりはすばらしいもので、山東半島や新疆で個性的な国産ワインが生産されており、ハイデルベルク大学から招聘されていたルドルフ・ワーグナーとキャサリン・葉のおしどり教授ら欧米からの〝外賓《ワイピン》〟も色よし香《か》よし味もよし、と賞賛していた。

だが私の胸の内ではある疑問がムクムクと首をもたげていたのだ——「北京・都市イメージと文化記憶」のシンポというのに、なぜ北京の地酒を飲まないのか？

### ◈映画『青い凧』の中の北京の地酒

田壮壮（ティエン・チュワンチュワン、でんそうそう）監督の名作映画『青い凧』（一九九三）は、北京の陳家の次女陳樹娟（チェン・シューチュアン）とそのひとり息子を主人公とし、次々と死別する三人の夫や陳一家と近隣の人々とを脇役に配して、一九五〇年代から文化大革命の勃発までを描く。

物語は中華人民共和国建国後四年、四合院《しごういん》と呼ばれる東西南北四棟の建物が方形の中庭を囲んだ中国の伝統住宅の場面から始まる。一九五三年のその日、四合院の大家から一室を間借りした若い男女が、期待に胸を膨らませいそいそと新婚生活の準備をしているのだ。そこにラジオの臨時ニュースが流れてソ連の最高指導者スターリンの死去を報じ、結婚は一週間延期となる。社会主義国家の父の死という不吉な事件と共に始まった陳樹娟の最初の結婚は、まもなく夫が反右派闘争（一九五七）という大粛清キャンペーンにより送り込まれた強制収容所で事故死して終わる。停電の夜、隣家に遊びに行っていた幼児が隣のお兄ちゃんに送られて帰ってくると、蠟燭の火のもと、死亡通知書に涙を流して立ち尽くす母の姿があった。

亡夫の親友がわけあってこの母子に尽くすうちに、彼と陳樹娟の心は通じあうようになり、彼女は再婚、息子も新しい父になつくが、まもなく第二の父も病死してしまう。中国共産党の失政による大飢饉と苛酷な労働キャンペーンとにより、彼は栄養失調と過労の身となり肝臓病を患っていたのだ。ヒロインは不幸な息子の将来を考えて大臣級の政府高官の後妻となり、〝家政婦〟の暮らしをはじめる。すでに小学校高学年となっていた息子は第三の父に反発、やがて二人の間の対立が解けようとした矢先の一九六六年、文化大革命が勃発し父は紅衛兵に強制連行されて死んでしまうのであった。『青い凧』は一組の母子が体験する三度の家庭崩壊を通じて、苛酷な中国共産党支配下における現代中国史を描いたものといえよう。

『青い凧』監督・・田壮壮
(写真協力・・公益財団法人川喜多記念映画文化財団)

さて陳家ではヒロインとその姉、兄、そして弟はみな高等教育を受けており、民国期であれば典型的な中産階級の家庭であった。この陳家の食事場面では、常に温かい家族団らんの風景が展開される。ヒロインの婚礼の夜には、未亡人の母は新郎新婦を招いて鍋物を振る舞う。具は羊肉に白菜か？　三月の北京は平均で気温四・八度、雨量八・四mm、まだまだ寒さ厳しく乾燥している。こんな冬の夜には、鍋物に白酒《パイチウ》（四〇度から六〇度ほどの蒸留酒）が一番である。

わたしが解放区延安の洞窟で結婚したときは……と無粋な革命談義を始めて母にたしなめられた長女は、苦笑いをしながら妹夫婦のために乾杯の音頭をとり、婿さんも義母に向かって怖ず怖ずと杯を掲げ、「媽《マー》（お母さん）」と挨拶をするのだ。日本語であれば「お母様、ふつつか者ですが……」と長い挨拶になるところだが、中国語は親族呼称が発達しており、婿が新妻の母を「媽」と呼び、妻の母が「児子《アーツ》（息子）」と呼び返すと、これで義理の親子関係を結ぶ儀式も済んだことになるのだ。

この楽しい結婚パーティーで皆が飲んでいるのが、二鍋頭《アルクオトウ》という北京の地酒なのである。アルコール度数はかつて六五度、それでは強すぎるというのでひっくり返して五六度になったという伝説もあり、火を付ければポッと燃えあがるようなさっぱりとしたお酒である。

### ◈二鍋頭の歴史

日本で中国の白酒といえば、茅台酒《マオタイ》や剣南春《チェンナンチェン》、五糧液《ウーリヤンイエ》のような貴州省や四川省の銘酒が有名で、北京産の白酒があることはほとんど知られていない。そこで中国のインターネットで二鍋頭の歴史を調べてみた。

二鍋頭の起源は八〇〇年前の元代にまで遡り、蒸留酒の発展と共に成熟し、清朝中期の北京で盛んに製造されていたという。二鍋頭の〝頭〟は丸い塊状の名詞を作る接尾詞なので、二鍋頭とは二つの鍋という意味になる。蒸留酒製造には濁酒（もろみ）を入れて加熱する甑鍋（こしき）と、蒸発するアルコール分を冷却して蒸留酒にする釜鍋との二つの鍋を使う。冷却用に釜鍋に入れた冷水が熱くなると、新しい冷水に換えるのだが、この二番目の冷水釜鍋で作られる蒸留酒が最も高品質なので、それが二鍋頭と呼ばれるようになったという。

さて一九四九年共産党は国民党との内戦に勝利して中国大陸を統一、中華人民共和国を建国

北京・前門大街にある紅星源昇号博物館。源昇号は北京の「二鍋頭」の発祥の地（二〇一一年撮影）

するが、この時に北京にあった一〇軒以上の白酒製造業者を接収統合して、北京醸酒総廠を設立、以後この酒工場は解放区（日中戦争から国共内戦期にかけての共産党支配区）伝来の紅星ラベルで二鍋頭を独占製造してきた。『青い凧』の陳家が結婚の宴席で緑の瓶に赤い星――まるで解放軍の軍服のような――の二鍋頭を開けるのも、この酒こそが北京の酒であり、逆にいえば当時北京の庶民が買える酒は二鍋頭しかなかったのだ。ちなみにヒロインは文革の前年に息子を連れて政府高官の後妻となるのだが、運転手付きの車を持ち二階建ての洒落た洋館に住む夫が晩酌に飲むのは二鍋頭ではなく、お洒落な透明なボトルに入った高級白酒で、おそらく四川省の剣南春ではないだろうか。

このように北京の大衆酒市場は紅星ブランドの二鍋頭が独占してきたが、八〇年代に改革・開放政策が始まると、国家商標局が五糧液を例外として製造法を商標として使用するのを禁じた。このため、二鍋頭は一般名詞となり、よその酒造メーカーがいっせいに〇〇二鍋頭というブランド名で製造販売を始め、中級品の二鍋頭が出回り始めた。これに対し、北京醸酒総廠も北京紅星醸酒集団公司と体制を改め、老舗の面目に掛けて巻き返しを図る。二鍋頭の中級・高級酒を開発し、「北京に三楽あり、一に長城に遊び、二に烤鴨《カオヤー》を食べ、三に二鍋頭を飲む」という「京城三楽篇」のテレビコマーシャルを流すなどした結果、現在では紅星二鍋頭の年間生産額は六万トンで全国白酒生産の一％を占め、一九九八年の全国市場シェアは約五％、北京市場シェアは八五％を占めるなど、圧倒的な強みを見せるに至った。

そのいっぽうで、九〇年代半ば以後には、山東省や湖南省などのメーカーが中級品の「孔府家酒」、高級品の「酒鬼酒」などの新製品を北京市場に投入し、派手にテレビコマーシャルを流した。酒博士の花井四郎氏によれば、白酒はその香味成分により五種に分けられるという。そのうち五糧液、剣南春などは濃香型、茅台酒は醤香型、そして汾酒《フェンチウ》など北方で多く生産されているのが清香型である。北京市の高級中級白酒市場はこのような他省の新旧各種ブランドに席巻されて、紅星をはじめ各種二鍋頭は苦戦しているのだ。二鍋頭は清香型白酒に属するとはいえ、たしかに喉越しは高級汾酒に及ばない。本書二〇〇頁で紹介する台湾金門の「特級高粱酒」なら私でも生で飲めるが、緑瓶赤星兵隊さん風の伝統的二鍋頭は正直いってお湯割りにしないと喉を通し難い。

二〇〇二年当時で一瓶一斤(五〇〇cc)で五元、二両(一〇〇cc)の小瓶で二元(一元は約一五円)という値段は孔府家酒の一〇分の一、酒鬼酒や茅台酒の数十分の一のお値段であり、やはりこの低価格の割にそこそこ美味しいというのが、二鍋頭が北京の庶民から圧倒的に支持されてきた理由

紅星二鍋頭の二両サイズ。通称〝小二〟

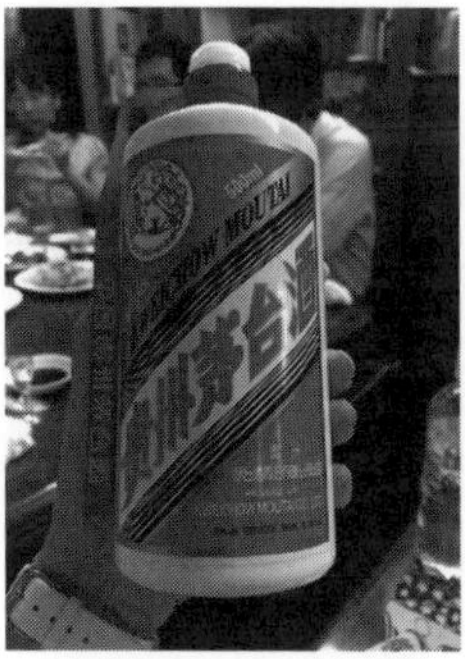

貴州の名酒・茅台酒

なのであろう。そしてその長い歴史が、二鍋頭は庶民の酒という記憶を北京市民の頭に深く植え付けているため、紅星公司も今では高級二鍋頭はアメリカ市場を目指すという戦略に転換したという。

## ◈北京酒文化のために

さて「北京・都市イメージと文化記憶」シンポの宴席に戻ろう。三日目の晩には、私は北大中文系の講師や助手たちに招かれるまま若手グループとテーブルをともにすることにした。彼らも北京の地酒が無視されていることに不満だったようすで、ワインはやめにして二鍋頭を飲もうということになった。だが注文したところ、このレストランでは二鍋頭は二両入りの小瓶しか置いていないという。高級レストランでこんな安酒を飲む客はいないのだろうが、ホテルのミニバーでもあるまいし、中国料理の円卓に小瓶ではちと寂しい。そこで助手の一人が学内のスーパーまで買いに走ったところ、めでたく一本調達できたのである。ちなみに当時の中国のレストランでは、酒の持ち込みは原則禁止であったが、事情によっては融通を利かせてくれたのである。

小さな杯になみなみと二鍋頭を注ぎ、「北京酒文化のために乾杯!」と唱和して中国式に一滴残さず飲み干すと、やや洗練さに欠けるざらついた喉越しとともに、二鍋頭特有の清香がプーンと脳内に広がった。これこそ北京庶民の文化記憶だね、と一同愉快に笑い合ったものである。

# 3 中国白酒文化を守れ！

## ◈図書館のスプーンで飲む二鍋頭

一九九五年八月から翌年三月まで訪問学人として北京大学に長期滞在していたときのこと、私は魯迅(ルーシュン、ろじん、一八八一～一九三六)の珠玉の短編「故郷」が一九二一年の発表直後から九〇年代に至るまで、中国の国語教科書でどのように扱われてきたか、という調査をしていた。「故郷」が教科書に収録される際に、どのような注釈や設問が付されてきたか、教師用の指導書はいかなる解釈を指示していたのか、さらには師範学校などの教科教育法の雑誌でどのような教育実践の報告がなされてきたのか、といった魯迅文学の中国国語教室における受容史に関する調査を行っていたのだ。

中国人による魯迅の読み方は、二〇世紀を通じて変化し続けており、魯迅の代表作の「故郷」もその例に漏れない。「故郷」のあらすじは次のようにまとめられるだろう。語り手の「僕」は、没落した実家の屋敷を処分し母や甥を自分が暮らしを立てている異郷の街へと迎え、故郷に永久の別れを告げるため二〇年ぶりに帰郷したが、記憶の中の美しい故郷は今や寂寞の里に変じており、幼友達の農民閏土《ルントウ》は貧困のためでくの坊のようになっていた。「僕」は老母と相談して不要な品は閏土にあげることに決め、閏土も畑の肥料用にかまどのわら灰を望むのだが、「僕」が故郷を離れる直前にわら灰の中に茶碗や皿が隠されているのが見つかり、近所の人は閏土が犯人だと噂する。こうして「僕」は離郷後の船中で夜空を仰ぎ見ながら「希望とは本来有るとも言えないしないとも言えない。これはちょうど地上の道のようなもの……」という作品末尾の有名な希望の論理へと導かれていく。

わら灰の中に碗と皿を隠したのは誰か、という問題は中華民国期にはほとんど議論されず、国語教科書でも「僕」の心境を味わうべし、〝気分の文学〟として「故郷」を読むべしと指導されていた。ところが日中戦争中に毛沢東が魯迅を革命中国の聖人に祭り上げたのに伴い、共産党は「故郷」を農民階級の悲惨さを描いた「事実の文学」として読み替え始め、一九四九年の人民共和国成立後には、中国革命の担い手である農民が盗みをするはずがない、従って碗と皿を隠したのも閏土ではあり得ないという解釈を国語教室でも強制し始める。

ところが閏土が犯人でないと強制されると、それでは真犯人は誰?、と考えるのが人情で、中国の中学生たちは先生の指導に反して閏土＝犯人説に傾きがちであった。そこでたとえば北京市が刊行した教師用指導書(一九五九)は「指導注意事項」の欄で特に「碗と皿を灰の中に埋めたのは一体閏土なのかどうかをめぐり、生徒はいつも疑問を覚える。原文によれば作者も誰が埋めたのかはっきりと示そうとはしなかった。しかし……」と断って「不要なものはみな閏土にやる……」という母の言葉を引用して納得させよと、対応策を明記しているほどなのだ。

私はその後この調査を『魯迅「故郷」の読書史』(創文社、一九九七)という本にまとめ、同書は二〇〇二年に董炳月訳、中国語版（北京・新世界出版社）も出て、その後も再版されている（南京大学出版社、二〇一三）。それにしても、当時はまだ三キロ以上もあったごっついノート型パソコンを鞄に入れしっかりと袈裟懸けにして自転車で北京の街を走ったり、満員バスに揺られて北京各地の図書館・資料室に通ったのは懐かしい思い出だ。

こうして通った図書館の一つで、司書のGさんと知り合った。この図書館は昼休みが二時間もあり、その間は閲覧ができない。するとGさんは私を彼の事務室に呼び入れ、職員食堂で買ってきた昼食をご馳走してくれるのだ。当時の中国では職場や大学の食堂では食器持参が原則で、誰でも丼よりもやや浅くて大きい琺瑯引きの深皿を二つくらいは持っているのだ。一つにはご飯を盛りその上におかずをかけ、もう一つの皿にはスープを入れるというわけで、その日の

北京市内を走るバス（一九九六年春節）

北京大学ゲストハウス勺園の近くにて（一九九六年）

Gさんはスープを諦めて、二皿二人前の昼食を買ってきたのだ。

一仕事した後に、脂身たっぷりの豚肉と野菜炒め餡かけ丼飯を大きなスプーンで掻き込むというのは、なかなか食欲をそそるものなのだが、驚いたことにGさんは机の下から例の緑の瓶に赤い星、兵隊さん風の二鍋頭を取り出したのだ。僕は毎日昼食時にチビチビやるのが好きでね、ほらこうしてスプーンに注いでズルッと飲むのさ、と飲み方まで指南してくれる。

この頃の二鍋頭はまだネジ式のキャップではなく、ビール瓶王冠風の栓だったので、一度開けるとそれっきり、Gさんは瓶の口が開いたまま二鍋頭を床に立てており、事務室に入るなり芳香がしたのもこのためだったのだ。こんな強い酒を昼間から飲むんですか、と思わず聞き返したものの、スプーン二、三杯なら消化によろしい、というGさんの講釈に励まされ、私も二杯お付き合いしてみた。確かに食は進んだが、閲覧再開後は襲い来る睡魔と闘わねばならなかった。ちなみにGさんの事務室には三人分の事務机が並んでいるが、二人の女性職員は病気と称してほとんど出勤してこないので、二鍋頭の匂いがしても〝没問題《メイウエンティ》〟とのことだった。

### ◈延安行きの寝台車にて

日本でも新幹線の車中などで、昼時お茶代わりにビールを飲む人を見かけるが、二鍋頭のアルコール度数は五六度、ビールの一〇倍であるから、昼酒は慎むべきだろう。それでもGさんから茶碗酒ならぬスプーン酒の伝授を受けた後、延安に調査に出かけると、再び真昼の二鍋頭と対面することになった。当時の延安行きとは、先ず北京から夜行寝台車で西安まで行き、翌朝、延安行きの列車に乗り換えて一二時間ほどの旅を続けるのだ。この時、少し贅沢をして「硬臥」(三等寝台車)三段ベッド下段の席を取ると、向かい合わせに東欧・ロシアからの出張帰りという商社マンが寝そべって、ニュース雑誌を読んでいた。北京の本社に帰る途中、延安で一仕事片づけるのだという彼の四方山話を聞いているところに、車内販売が通りかかった。商社マンは二鍋頭の小瓶と小袋入りの皮付きピーナッツを二セット買うと、異郷で出会う北京の味は格別だから、といって私に一セットを渡してくれた。

ベッドに足を投げ出し車窓に寄りかかって陝西省黄土地帯の風景を眺めたり、東欧ビジネスの話を聞くうちに小瓶二両一〇〇CCはペロッと飲み終えてしまい、例によって睡魔に襲われてきた。小一時間後に目が覚めると、商社マンは相変わらず雑誌を読んでいる。一九九〇年代まで職住接近の〝単位《タンウェイ》〟生活を送っていた中国人には、昼寝の習慣があったが、彼は昼酒にもかかわらず、悠然と読書に励んでいるのだ。眠くならないんですか、と問う私に彼は、欧米では昼寝の習慣がないからね、と平然として答えると、車両連結部にある石炭ストーブ式の湯沸かしまで行き、西安駅で買い込んでいたカップ麺二つにお湯を注いで来て、私にも昼ご飯をご馳走してくれたものである。ちなみに中国の長距離列車には各車両に給湯機と魔法瓶があり、持参の茶の葉とジャムの空き瓶とで中国式のお茶を楽しめる。駅の売店で琺瑯引きの蓋付き大カップを買っておくと、カップ麺より安くてお得な袋入りのインスタントラーメンだって作れる。中国の列車は実にお湯かけ文化の世界でもあるのだ。

### ◈偽物さえも出てくる偉大な酒

さて二鍋頭の真の偉大さを証明するのは、その偽物が長距離列車の中にも出回っている事実である。一九九六年の北京滞在中には、莫言さんの故郷である山東省高密県を訪ねてもいる（この旅については本書地方篇でお話ししよう）。その時には北京駅八時五一分発の済南東行き二等寝台車に乗り込んで、やはりベッドで書見をしていたのだ。まもなく車掌さんが昼食の予約を取りに来たので一一時に食堂車へ向かうと、相席の男性客はすでに二鍋頭の小瓶を開けているではないか。ここにも昼前から緑瓶赤星に挑む豪傑がいるな、と思って眺めていると、向かいの男性は一口飲むなり「偽物だ！」と怒りの声を発したのだ。驚いた私が思わず「二鍋頭でも偽物ありなんですか？」と声をかけると、この男性は今の中国は偽物だらけ、茅台《マオタイ》・剣南春《チェンナンチュン》のような高級酒はもとより、一本二元のお安い酒にも偽物が出回っている、そもそも私は毎日二鍋頭を飲んでいるから一口で分かるんだといいながらビールを注文し直していた。このニセ酒騒ぎがきっかけで話が弾み、男性は旅の途中に寄ってくれと済南テレビ局ディレクター張〇〇と書いた名刺をくれた。

ここまでは大昔に中国語学習誌に書いたことなのだが（『NHKテレビ中国語会話』一九九九年五月号）、実はこれには続きがある。済南市で途中下車したついでに、済南テレビ局に張ディレクターを訪ねていくと、ビデオ室に通され全四回の新作連続ドラマ「故道（古い道）」を見せてくれたのだ。

このドラマは山東省聊城地区の農村教育に生涯を捧げ、一九九二年に五一歳で病没した実在の小学校教師戴修亭（タイ・シウティン、たいしゅうてい）が主人公である。戴先生は乏しい給与をはたいて貧しい生徒たちの学費を立て替え、教材を買い与え、さらには肝炎の彼のために農民の妻が苦心して蓄えた治療費さえも急病の教え子のために使ってしまう。貧しい村役場の支援は限られ、地区や省の政府は模範教師として表彰状を送って来るだけで教育予算が画期的に増加するわけでもない。ドラマに出演する生徒たちは、戴先生の実の教え子たちだけあって、臨終の場面での迫真の演技には思わず涙を誘われたものだ。

一九九六年当時の中国では北京・上海など大都市は急速に発展し、青島《チンタオ》付近に位置する高密県のような大都市近郊農業の条件に恵まれた村も繁栄している。しかし改革・開放政策から取り残され貧困にあえぐ広大な農村も存在していた。「私もこのドラマを作成して初めて村の教師の苛酷な現実を知らされたのです」と酒豪の張ディレクターも語っていた。それにしても、偽二鍋頭のおかげで農村問題の厳しい現実に触れることになろうとは、思いもよらなかったものである。

### ◈二鍋頭は酎ハイで

このように二鍋頭は北京の大衆食堂や庶民の台所だけでなく、延安行きの列車や図書館にまで進出し、偽物まで出回る偉大な酒なのだ。当時は北京紅星醸酒集団公司の二鍋頭だけでも、全国白酒《パイチウ》市場シェアの約五％、北京市場シェアの八五％を占めている。もっとも白酒市場のガリバーだからといって安心はできない。そもそも中国では高度経済成長とともに白酒の需要そのものが減り続け、北京に限らず大都市では市民の平均収入が上がるにつれて、白酒からビール、ワイン、カクテルへと消費者の好みが移りつつあるのだ。たしかに私の知り合いの女学生や女性教授、キャリアウーマンでもお酒をたしなむ人が増えてはいるが、白酒を飲もうという女性には滅多にお目にかかれない。

北京紙によれば「中国白酒市場の萎縮は深刻で、かつての七九・二七％から現在の一五％にまで減少し……全国に白酒工場が三万七、〇〇〇軒あり年間七〇〇〇万トン以上の白酒を生産しているが、実際の白酒消費量は四〇〇万トン、白酒産業は深刻な供給過剰となっている」（『信報』二〇〇二年八月二九日）という。この記事が報じる「七九・二七％から現在の一五％にまで」というシェアの変化は単純な容量計算なのか、アルコール度数×容量という換算を施した上での結果なのかは判然としないが、前者だとしても大変な激減ぶりといえよう。

それでは北京文化の二鍋頭、ひいては中国白酒文化を振興するにはどうしたら良いだろうか。五〇度以上もある烈酒は女性や若者に敬遠され、女性に愛されぬ酒には将来の展望は開けぬことだろう。毛沢東もいったように、まさに〝婦女能頂半天辺〟（天の半分は女性が支える）のだ。そこで白酒のお湯割り、水割り、酎ハイの普及を図ってはいかがであろうか。日本でも戦後のウイスキー普及には水割りやハイボールが、この三〇年の焼酎ブームにはお湯割り、酎ハイが大いに貢献したではないか。

こんな白酒振興策を北京大学北京文化シンポの宴席で提唱したところ、二鍋頭に舌鼓を打っていた北大中文系の若手研究者たちはみな頑固に首を振るのだ。混ぜものは悪い酒、水で割ったら悪酔いしますよ、と。伝統北京の酒文化、中国の白酒文化を守るのも容易ではないようだ。

なお本書担当の女性編集者Ｉさんが下さったメモによると、「北京のグランドハイアットのレストランに、茅台《マオタイ》酒を使ったフローズンカクテル「マオガリータ」がありました。冷たいので口当たりよく（香りはほんのり残っています）、グイグイ飲めます（笑）。逆に飲みすぎてしまいますね」とのことである。

## 4 故宮を見下ろして飲む北京ワイン

### ◈準地酒としての長城ワイン・王朝ワイン

第三章では北京白酒《パイチウ》に対する敬愛のあまり、「北京の地酒は二鍋頭《アルクオトウ》」と断定し、「中国白酒文化を守れ！」とほとんど絶叫してしまった。白酒を飲みながら書いていたわけでもないのだが、読み返すと、我ながら敬愛を通り過ぎて偏愛となっていたのではないかと、反省させられる。「魯迅と紹興酒——お酒で読み解く現代中国文化史」という題目を掲げているからには、白酒ナショナリズムに酔っていてはならない。そこで本章では北京の準地酒ともいうべきワインについてお話しよう。

北京市は河北省にすっぽり囲まれており、北京から北西約一〇〇キロにある同省・懐来県とその西の涿鹿県の一帯は大盆地となっている。北緯四〇度に位置するこの「懐涿盆地」には、西の張家口から桑乾河が東の北京へと向かって流れ、これを堰き止めて作った官庁ダムは北京の水瓶と称されている。そして葡萄栽培に最適の気候に恵まれた「懐涿盆地」は「中国葡萄之郷」でもあるのだ。

中国糧油食品進出口集団有限公司と張家口長城醸造集団などが合弁して設立した中国長城葡萄酒有限公司が、この懐来・涿鹿両県でワインの生産を始めたのは一九八三年のこと、その後の生産量は鰻登りで一九九二年に三、〇〇〇トンだったものが二〇〇〇年には一〇倍に増えている。

同社によればワインの専門家からは「長城の出現により中国の消費者は、欧米人同様に国際水準のワインを飲めるようになった。現代中国の真の意味でのワインは長城から始まった」と評価されているという。

私が初めて長城(グレートウォール)を飲んだのは一九九一年一二月のことだった。訪問学人として北京大学に一か月ほど滞在することとなり、宿舎の勺園購買部に買い物に寄った時、「長城干白」というボトルが目に入ったのだ。試しに買ってみると「干白」、すなわち辛口白ワインの名に恥じることのない味だった。七〇年代末、私が留学生だった頃に飲んだ中国ワインは葡萄の糖分が発酵しきっていない低アルコールの甘い飲み物であったが、それと比べると長足の進歩、と感動したのを今も覚えている。

もっとも別の店で買った二本目は、保管方法が悪いのか酸化していて飲めたものではなかった。そして長城の赤ワインというものは見あたらず、魚料理でも赤を飲む赤ワイン党の私は、郷に入っては郷に従えとばかりに、相変わらず二鍋頭を飲み続けていたものである。

それから四年後の一九九五年秋から翌春にかけて、再び北京大学の訪問学人となって七か月を過ごしたことは前回述べた通りだ。この頃になると、北大の学内に小型スーパーができており、「王朝(ダイナスティー)」という洒落たボトルの赤ワインを購入してみたところ、やや軽めのフルボディで感激した。それ以後、白酒を飲めないお客さんにはもっぱらこの王朝ワインを勧めたものである。私のメモによると二五元(当時の一元は約一二円)。ちなみにこれは王朝葡萄醸酒有限公司の製品で、中国・フランス合資の同社は北京のお隣、天津市にある。これもまた北京の準地酒といえよう。

この年にはさらに北大の付近に当代市場(モダンプラザ)もオープンした。北京図書館(現在の中国国家図書館)の帰り道、自転車でこのデパートに寄って酒売り場を冷やかしていると、龍徽(ドラゴンシール)赤霞珠という赤ワインが目に入った。このドラゴンシール・カベルネ＝ソービニヨンはフルボディの辛口ワインで、すっかり私のお気に入りとなったのだ。ただしお値段は四五元と高めなのが玉に瑕である。

このように改革・開放政策が本格化し、一九九〇年代に中国が高度経済成長を謳歌するに伴い、本格的地ワインも登場したのである。

### ◈地酒だったドラゴンシール

本章執筆当初の二〇〇三年にドラゴンシールのホームページを開いてみたところ、同社のワインは清末の一九一〇年にまで遡るということだった。北京のフランス・カトリック教会が西城・阜成門外の馬尾溝(現・北営房北街)の墓地にミサで使うためのワイン・セラーを建てたのが始まりで、当初は年産五～六トンであった。一九四九年の中華人民共和国建国後は国有企業となったものの、年産わずかに一〇トン、職員も一三人しかいなかったが、その一〇年後には「北京葡萄酒廠」と改名され、「中国紅」や「蓮花白」なども生産し始めたという。「中国紅」というのは私も飲んだことがないのだが、七〇年代までは中国を代表する数少ない本格的赤ワインであったと、懐かしそうに語る愛飲家も少なくない。

蓮花白とはコーリャン白酒をベースに、五加皮・広木香などを加えた五〇度の薬酒で、これについては、前述の中国語学習誌に寄せた「〝知のたくらみ〟としての文学史——陳平原と魯迅・胡適を語る」というエッセーの中で触れたことがある(『NHKテレビ中国語会話』一九九三年一月号)。すでに述べたように私は一九九一年に北京大学を訪れたとき、親友の陳平原教授の依頼で同大中文系で「都市小説としての「端午の節季」」という学術講演をしたのである。

近代文学が栄えた中華民国(一九一一~四九)という時代は、満州族の専制王朝である清朝と、中国共産党支配下の中華人民共和国との間にはさまれており、文学史では一九一〇年代半ばから二〇年代にかけての一〇年あまりを五・四時期とよび、一九二八年から日本の全面侵略が始まる三七年までを三〇年代と称する。中国では五・四時期には軍閥割拠に苦しみつつも着々と産業から政治・文化の各方面において近代化の準備が進められた。講演で取り上げた「端午の節季」という小説は魯迅の一九二二年の作品で、五・四時期の北京を舞台に窮迫した知識人の暮らしを描いている。この「端午の節季」は、主人公の大学講師が商店の掛け買いの払いが工面できず、やけになってボーイに蓮花白をつけで買いにやり、胡適(フー・シー、こてき、一八九一~一九六二)の詩集を読み上げながら一杯やるという場面で終わる。

講演から数日経った一二月一七日、陳さんとそのお連れ合いでやはり近代文学研究者である夏暁虹さんとのご夫妻から、学内宿舎のご自宅へ夕食に招かれた。この日に迎える胡適百回目の誕生日を、ご夫妻の手料理に舌鼓を打ちながら祝おうというのだ。「端午の節季」に詩人として登場する胡適とは、近代中国において魯迅と並ぶ大知識人。辛亥革命(一九一一)をはさんで七年間アメリカに留学、帰国後は、当時中国唯一の国立大学北京大学を足がかりに、口語文を基礎とする標準語が国民国家を創出するという文化戦略を展開、陳独秀・魯迅らと共に文学革命の旗手となり、文芸、学術、教育そして出版の機構を刷新すべく奔走、三〇年代には国民党政府のブレーンとして中華民国建設に尽力している。

陳・夏家での胡適生誕百周年パーティーにはご夫妻お手製料理とともに蓮花白が並んでいた。私が先のエッセーに「北京の大衆的白酒である二鍋頭でもなく、近ごろ評判の中国産ワイン長城でもなく、薬味の強い蓮花白が特に選ばれたのには、下戸の陳さんに〝たくらみ〟があったのだ」と記したのは、講演後の昼食会で、今でも手に入るものならあの蓮花白を飲んでみたい、と私が話していたからだ。「おかげでこの夜は……魯迅と胡適の再評価の問題」で大いに盛り上がったとも、私はエッセーに記している。この夜は記念に蓮花白の空ボトルを自分の宿舎へ持ち帰り、洗面器の水に漬けてラベルを剥がしたものである。このたびラベルを改めて確認したところ、確かに「北京葡萄酒廠出品 PRODUCED BY BEIJING WINERY」と記されている。

この時の北大講演がきっかけで、その時の聴衆の一人だった日本人留学生から一〇年後にインタビューを受けるという奇縁も生じている。このインタビュアーの湯田美代子さんは「市民感覚の目線で『中国文化探検』を」というタイトルのエッセーでこんな風に書いている。

……誇り高い北大の学生たちは、日本人に魯迅を学ぶのが不服だったのだろう。数人の学生たちが新聞をわざとバサバサと音を立て話の邪魔をしている。しかししばらくすると教室は静まり返り、学生たちは耳を傾け始めていた。魯迅の一九二二年の作品で、余りの窮迫ぶりのため愛も理想も持ち得ぬという北京知識階級の現実を、ペーソスたっぷりに描いた小説「端午の節季」をめぐるもので、それは暗にその七〇年後に起こった六・四事件の知識人や学生たちの状況を思い起こさせるものだった。

ちなみに「六・四」とは一九八九年六月四日、民主化を求める学生市民を共産党が戦車を繰り出して制圧した事件のことで、「血の日曜日」事件または天安門事件とも呼ばれている。ちょっと白酒が出てくると興奮してあちらこちら話が飛んでしまうという悪癖が私にはあるようだ。赤ワインの話に戻ろう。

北京葡萄酒廠は私の北大講演の四年前には、北京龍徽釀酒有限公司を設立し、例の懐来県に葡萄園を開き、翌年一九八八年には第一本目のワインを送り出していたのだ。「龍徽」という社名、ブランド名はこの年が辰年であったことに因むという。

### ◈貴賓楼の屋上バーで

当時、朝日新聞の上海特派員だった吉岡桂子さんが報じる特集記事「中国の飲酒『紅白』事情」

は、紅酒《ホンチウ》こと赤ワインを主とするワインブームと白酒とをめぐる中国政府の政策を次のように報じている。

「ワインを重点的に、黄酒を積極的に、ビールは穏やかに、それぞれ発展させる。白酒は抑制する。」これが、中国政府の近年一貫した「酒」政策だ。農民の収入増につながる商品作物のブドウを原料とするワインに力を入れる。低アルコールのビールや紹興酒など「黄酒」も後押しする。アルコール度数が基本的に五〇度以上と高く、穀物を大量に使う白酒は、国民の健康と国家の食糧問題に配慮して制限するという考えだ。

ワインの国内生産量は〇〇年以降、順調に伸び〇三年は約三四万トン……一方、白酒の〇二年の生産量は約三八〇万トンと六年連続減少。政策的な税金の引き上げや健康志向の高まりから敬遠され、ピークだった九六年に比べ半減した。

（『朝日新聞』二〇〇四年三月三一日「世界発二〇〇四」）

長城・王朝・龍徽の準北京地ワイン御三家ともなれば個性も豊かで、私のお気に入りである日本の甲州産やニューヨーク・ロングアイランド産の地ワインに引けを取るまい。ただし先ほども書いたように、お値段が高いのが玉に瑕で、二〇〇二年当時の北京では、ワインを置いているようなレストランは高級店、したがって龍徽ワインも一五〇元ほどとなる。大学の学食では五元もあれば美味しい朝食が食べられたのだから、高級レストランの地ワインがいかに高価なものであったか、お分かりいただけよう。北京・上海などではこの数年、〝新富〟（ニューリッチ）とか〝小資〟（プチブル・小金持ち）と呼ばれる人々が登場しており、北京の地ワインを嗜むのはこうした上層中産階級なのである。

ところで日本の大手出版社である講談社に野間文芸翻訳賞というものがあり、毎年、外国における日本文学の優秀な翻訳に賞を与えている。二〇〇二年は中国語圏の翻訳が対象となり、私も選考委員を仰せつかっていたので、この年の九月の授賞式には北京に招待された。その時に宿舎として提供されたのが北京貴賓楼飯店という五ツ星最高級のホテルだった。これは香港資本と合弁で一九九〇年に開業、南は長安街に面し、東は北京飯店旧館に隣接しており、高層フロアのス

野間文芸翻訳賞授賞式
（二〇〇二年九月、北京にて）

タンダードルーム「故宮景間(Palace View Room)」からは西隣の故宮を見下ろせるのだ。

さて授賞式後のパーティーには清華大学中文系教授で大江健三郎の翻訳家としても名高い王中忱さん、日本でエッセイストとして活躍している毛丹青さんらも集まっていた。パーティーが終わると二次会に繰り出そうということになり、私は貴賓楼の屋上バーをお勧めした。その場に居合わせた日本人の友人たちもお付き合いくださった。北京の日本女性を描いた短編小説集『韓素《ハンスー》音《イン》の月』が中国にも翻訳されている茅野裕城子さん、北海道大学教授で『北京市朝陽区建国門外』などの著書がある渡辺浩平さん、ジャーナリストでその後、余華さんの『兄弟』などの現代中国文学の代表作を次々と翻訳している泉京鹿さんらである。

夜の故宮や天安門広場を見下ろしながら屋上バーで飲む北京地ワインで、二次会は大いに盛り上がった。龍徽の龍とはまさに皇帝のシンボルであり、貴賓楼には最適のワイン、「夏多内(シャルドネ)」の白ワインから「赤霞珠(カルベネ)」の赤まで四、五本空けてしまったのではあるまいか。こんな豪華なパーティーができたのも、実はホテル内での飲食も講談社が接待してくれたからなのである。もっとも私にとってこんな〝小資〟の暮らしは例外で、貴賓楼滞在中の四日間も、毎日ほとんど三食とも街のレストランに繰り出し、北京市民に混じってお粥の朝食や〝狗不理〟のミニ肉まんの昼食を食べていたのだが……。

なお私の印象では、二〇一四年頃から中国の紅酒(赤ワイン)の味が全体的に変質したようである。私が購入するような一〇〇元台のものには味も香りも消えており、残っているのは色だけ、という印象を受けているのだ。中国の紅酒党の友人たちにいわせると、美味しい中国紅酒は五〇〇元台と高価になってしまい、オーストラリアやチリ、アルゼンチンなどからの一〇〇元前後の輸入ものの方がコスパが良いのだそうである。

二一世紀初頭に中国映画が見事な復活を遂げたように、中級品の中国紅酒が近い将来、再び芳醇な香を漂わしてくれることを期待したい。

## 5 市場経済から〝反腐敗運動〟へ、中国式宴席の発展

### ◈九〇年代〝単位〟社会の崩壊と〝私宴〟風景の変貌

本書まえがきでも述べたように、改革・開放経済体制以後の四〇年、中国人の暮らしは大変貌を遂げた。中国のGDP(国内総生産)が一九八〇年の約三、〇〇〇億USドルから二〇一八年の一四兆USドルへと四六倍も急増したのに対し、日本は約一兆一、〇〇〇億ドルから五兆二、〇〇〇億ドルへの五倍増に留まっており、中国の激変ぶりが際立つ。そしてこれに伴い、中国人一人当たりの名目GDPも約八、六〇〇ドルに至っている(日本は三万八、〇〇〇ドル、共に二〇一七年統計)。

このような激動の四〇年にあって飲酒の風景も大きく変化した。一つはプライベートな宴席の風景である。七〇年代から八〇年代にかけてはよく自宅での食事に招いてくれた友人たちが、九〇年代後半からレストランを使うようになり、二一世紀に入ると、自宅での食事会は皆無に近くなってしまった。これを〝私的宴席〟(以下〝私宴〟と略す)の外食化と呼ぶことにしたい。

九〇年代というのは、人民共和国独特の都市制度としての〝単位《タンウェイ》〟共同体が崩壊した時期である。建国以来、中国の都市民はすべて何らかの〝単位〟に属し、給与・住居・年金などはいっさい〝単位〟が供与し、誕生から死まで面倒を見ており、〝単位〟は共産党および国家の基本的組織と

なってきた。〝単位〟とは、民国期までの伝統的大家族制度を大中小の工場・会社規模に拡大したものと想像すればよいだろう。この〝単位〟社会が、改革・開放政策による市場経済の浸透とともに、音を立てて崩れたのが九〇年代なのである。

この〝単位〟崩壊にはさまざまな社会変革が伴っており、その一つが住宅の市場経済化であり、それが意外にも私宴の風景を一変させたのだ。私は文学史の本で次のように指摘したことがある。

〝単位〟社会における住宅不足や住環境の悪化に対応するため、共産党政権は公有住宅の払い下げや一般商品住宅の建設・販売を促進する改革を推し進め、「住宅供給機能を国家および企業から切り離し、住宅を個人が貨幣で購入できる商品としてとらえ直し、商品化された住宅が取引される住宅市場を育成」したため、「商品住宅販売面積は一九九一年の二、七四五万㎡から二〇〇〇年には一億六、五七〇万㎡へと大幅に増加した(六・〇倍、年率二二・一%の増加)。とくに商品住宅販売の個人購入シェアは二〇〇〇年で八七%に達し」たという(熊谷直次「IT導入が始まる中国の住宅金融制度改革」『ITソリューションフロンティア』二〇〇二年七月号)。かつては基本的に既婚者のみが所属〝単位〟から住居を配当されていたのだが、ポスト鄧時代には単身者や非婚カップルも住宅を購入したり賃借することが可能となったのだ。北京・上海などでも鄧時代まで続いた「巨大な農村」状況も、〝単位〟崩壊によりようやく解消され、都市が復活し始めたといえよう。(『中国語圏文学史』東京大学出版会、二〇一一)

大学でいえば教授クラスの人たちは、〝単位〟提供の、家賃はタダ同然だが狭くて壊れかけていた宿舎から、新築の広々とした高層マンションへと転居したのだが、それと同時に客人の自宅食卓への招待を止めてしまったのだ。いや、正確にいえば、客人はまず新居の四壁に特注書架を廻らした書斎や豪華なソファを備えた居間にお招きし、銘茶で歓待し清談を語り合った後、おもむろにタクシーでレストランの宴席へと案内するようになったのだ。２Ｋほどの〝単位〟宿舎から一〇〇平米を優に超す——人によっては二〇〇平米の——持ち家マンションに転居して、広々としたキッチンやダイニング・ルームを使えるようになったというのに、外食とは惜しいことである。しかし中国では共働きの夫婦が圧倒的に多く、夫妻共に大学教授という家庭も少なくない。豊かになると手間のかかる自宅での接待を避けて、客人と共に一家でシェフの料理を楽しもう、ということになるのもやむを得ないのであろう。

## ◈二〇一三年の反腐敗運動と〝公宴〟風景の激変

この私宴風景の変化が九〇年代後半から数年かけて進行したのに対し、第二の公費による宴席風景の変化は、二〇一三年一月より突然、全国一斉に始まった。その契機となったのは、前年に中国共産党中央委員会総書記に就任し、この年より第七代中華人民共和国主席となった習近平が発動した反腐敗運動である。この運動の中国語原文は〝反腐倡廉〟あるいは〝懲腐倡廉〟で、直訳すれば「腐敗反対、清廉提唱」となる。この変化を〝公的宴席〟（以下〝公宴〟と略す）の脱アルコール化と呼ぶことにしたい。

人民共和国では一九四九年の建国以来、反腐敗キャンペーンが繰り返し行われてきた。建国直後の一九五一年の三反運動は、汚職・浪費・官僚主義の三種の悪習弊害に反対するものであったが、それは翌年には「資本家たちの贈賄、脱税、国家資材の横領、手抜きと材料のごまかし、経済情報の窃盗」という「害毒」に反対する五反運動へと展開し、前時代の民国期以来の「商工業経営者は深刻な打撃」を受けたのである（天児慧『中華人民共和国史』岩波新書、一九九九、二三・二四頁）。

一九九〇年代以後の高度経済成長期には、指導者の交代期に反腐敗運動が展開されている。一九八九年天安門事件後に上海市長から共産党中央委員会総書記に抜擢された江沢民が、一九九三年に国家主席を兼任するに至ると、「中国、「反腐敗闘争」に本腰　天安門事件の再発を防げ」（一九九三年六月一九日朝刊、記事掲載紙は『朝日新聞』、以下同）、「権力者の腐敗深刻化する中国　「地検特捜部」、設立ラッシュ」（一九九四年一二月二二日朝刊）という共産党や官界の権力者の腐敗に反対する「闘争」が始まっている。本書地方篇で紹介する莫言の魔術的リアリズムの『酒国』は、このような中国の現実を背景とする長篇小説でもあった。やがてこの反腐敗運動により「北京市トップ、陳希同・市党委書記が更迭　経済腐敗の対応措置」（一九九五年四月二八日朝刊）がなされて〝上海閥〟が権力闘争で勝利するに至り、「江沢民主席、北京掌握へ一歩　副市長に中央エリート官僚の金人慶氏」「自信　人事で基盤、「神格化」も（鄧小平から江沢民へ・四）」（一九九五年一一月一一日朝刊、一九九七年二月二四日朝刊）と江沢民体制が確立されたのである。

二〇〇二年に江沢民の後を継いで胡錦濤が党総書記に選出され、権力基盤を固めていくと、「胡政権、反汚職　中国、地方幹部ら処分次々　大衆の怒りを意識」（二〇〇六年八月三〇日朝刊）と再び反腐敗運動が発動され、「上海市汚職、拡大か　党幹部への聴取続く」（二〇〇六年九月二七日朝刊）「胡氏、権力強化へ着々　「上海攻略」勢力図を一新　中国共産党「六中全会」あす開幕」（二〇〇六年一〇月七日朝刊）と、胡錦濤の共産主義青年団派が江沢民の〝上海閥〟を押さえ込んでいく。

その意味では二〇一三年一月に始まった反腐敗運動も、総書記兼国家主席の代替わりに伴う現象といえそうだが、江沢民・胡錦濤の前二代の国家主席がもっぱら贈収賄を取り締まっていたのに対し、習近平主席は公費宴会にも厳しい制限を課しており、それが〝公宴〟風景を一変させたのである。

### ◈政府お抱え学会の円卓晩餐会

日本の学会の懇親会というのは基本的に会費制である。そもそも日本中国学会や日本台湾学会、あるいはペンクラブなどの組織そのものが、基本的に会員が納入する数千円から数万円の年会費により運営されている。しかし中国の学会は政府が経費を提供しており、大学が主催するシンポジウム等の費用も大学の予算や政府支給の科学研究費から支出されていることが多いのだ。

日本では学会は財政を豊かにするため新入会員獲得に熱心であり、特に大学などの研究者のポスト削減が深刻化している近年では、会員数の減少傾向が目立ち、院生会員の会費を半額にするなど、様々な〝営業努力〟をしている。しかし中国の学会には会費というものがなく、シンポの参加費も無料か低額である。学会指導者たちにより選抜された者が会員となるのであって、一定の研究業績があり会費を払えば会員となれる日本の学会とは大きく異なるのである。

日本の学会懇親会は立食形式が基本である。自宅でディナーを立ち食いする人は少ないだろうが、学会パーティーでは飲食の楽しみよりも、会員同士の交流の便利さが優先されているのだ。しかし中国の学会やシンポでも昼食会や晩餐は必ず着席式で、山海の珍味と地元の名酒が供されていた。一〇名以上が座る円卓が数卓から数十卓も並び、内外の貴賓と学会指導者たちが上座に座る光景が毎晩繰り広げられたものだった。晩餐開会の挨拶と参加者一同による乾杯が終わると、各円卓で名料理を楽しみながら乾杯が繰り返され、宴も半ばに至ると、三々五々席を立ち、先輩教授や友人の円卓を訪ねては「〇〇〇老師，我請您！」と挨拶して共に乾杯する。中国では〝乾杯〟とは文字通り杯を乾すことであり、相手に向かい杯を九〇度傾けて飲み乾したことを証明することもある。その際に一滴残っていれば罰杯（罰として飲まされる酒）三杯、その一滴がタラリと流れたときには罰杯は四杯となり、これを〝点三流四〟と称するのだ。

中国の公式宴会では白酒《パイチウ》（四〇度から六〇度の蒸留酒）が基本であり、ビールや紹興酒などの黄酒《ホワンチウ》（一六度前後の醸造酒）は客側が特に注文しない限り食卓には供されない。白酒用のグラスは小ぶりで容量一〇CCほどに過ぎないが、この〝烈酒〟で何度も乾杯していると、酔いが回ってしまう。しかも中国では酔っ払いは君子・淑女に非ず、と見做されてしまい、この点は飲酒後の虎に対して寛容な日本とは大違いである。

そのようなわけで、健康と名誉をかけて、乾杯前に酒量交渉が行われるのだ。「私などがこのような銘酒をいただくのは〝浪費《ランフェイ》〟ですので、〝半杯《パンペイ》〟にいたします」とか、「昨夜飲み過ぎてしまったので……」とか減量願いを切り出すと、相手は「貴賓にこそ郷土の銘酒を味わっていただきたい」とか、「いやあ、あなたは〝海量《ハイリァン》〟でしょう、昨夜は酒量不足です」と切り返してくるのだ。このようなレトリックを駆使した乾杯交渉が各食卓でにぎやかに行われる中、チリンチャリンと小杯が触れあう音が風鈴のように響く――これが中国式宴会の醍醐味である。

中国の大学人はみなさん〝大人《たいじん》〟なのでアルハラもなく、酒量交渉はいかに難航しようとも最後は平和裏に決着する。アルコールを飲めない人は、〝鉱泉水《クワンチュアンシュイ》(ミネラルウォーター)〟や〝白開水《パイカイシュイ》(白湯)〟を代用している。私は還暦を過ぎた頃から酒量が減っており、そのような事情を察してか、先方から「私は〝喝完《ホーワン》(飲み干す)〟しますが、先生はどうぞ〝随意《スイイー》(お好みの酒量)〟で」とお気遣い下さることが多くなってきたが、あの楽しい酒量交渉に加われないかと思うと、少し寂しい気もする。

先ほど交渉用語として登場した〝海量〟の〝海〟とは大池や湖の意味であり、〝海量〟とは文字通り大池いっぱいの酒となり、中国式宴会にふさわしい詩的表現といえよう。〝海量〟級の人ともなれば白酒一本(一斤五〇〇CC)をペロッと飲み干し、宴席を大いに盛り上げてくれる。

日本人にも清酒一升を飲むような酒豪がいるが、中国の公式宴会で〝海量〟中国人と飲み比べするのはお勧めしない。中国の〝単位〟には酒量届け出制度があり、〝公宴〟出席者は互いの酒量を承知しており、誰かが届け出酒量の半分、管理厳格な〝単位〟では三分の一を超えると、同僚たちがこれ以上飲んではいけない、と注意するのだという。中国の宴席では酔っ払いを見掛けないのはこのためであり、白酒を一瓶空けてしまうような酒豪は、実力では三瓶飲める〝海量〟なのである。日本の清酒初段が中国の白酒三段に勝てるはずはないではないか。

## ◈〝上有政策、下有対策〟の現代〝公宴〟

このように中国の酒宴文化は中国料理と同様に芸術的完成度を誇ってきたのだが、習近平主席による反腐敗運動で〝公宴〟での飲酒は禁止され、一人当たりの食事代も〝単位〟によっては五〇元に制限されてしまったのである。二〇一三年の春にある大学で開催された国際シンポでは、会議前日のチェックインから会議終了までの合計三日間の昼食・夕食すべてが〝自助飯《ツーチューファン》（バイキング）〟でお酒なしであった。シェフたちもこの予算では「武を用いるに地なし」と思って助手任せにしたのだろうか、その〝自助飯〟の出来栄えは、学食にも劣るが如きであった。参加者も知り合い同士で固まって、ボソボソと雑談しており、研究交流後の昂揚感は感じられない。最終日六食目の夜も相変わらずの粗食で（しかもアルコール抜き）、これに堪りかねた私が、会場の高級レストランを抜け出して近所の〝麵館《ミエンクワン》（ソバ屋）〟までビールを飲みに行こうとしたところ、主催側の教授に見つかってしまい、粗食で申し訳ないが、あなたが外食すれば〝自助飯〟一人前が〝浪費〟になり、それは〝環保《ホワンパオ》（エコロジー）〟ではありませんね、と意見され、ごもっとも、と思い会場に戻り、

〝自助飯〟を鉱泉水でお腹に流し込んだことがある。その夜、共に部屋飲みした〝外賓《ワイピン》(外国招聘者)〟は口々に、せっかくグルメの本場の中国に来たのだから、会費制でも良い、美酒美食を味わいたい、と愚痴をこぼしたものである。

しかし〝上有政策，下有対策(上に政策あれば、下に対策あり)〟ということわざがあるように、この酒宴禁止政策に対しても、まもなく良い対策が編み出された。それは客側によるお酒の持込である。

反腐敗運動以前のレストランはお酒の持込を歓迎せず、〝謝絶自帯酒水(ドリンクを持ち込まないで下さい)〟という貼り紙をして、〝開瓶費(持込料)〟を徴収していた。ところが〝公宴〟での飲酒禁止が実行されると、二〇一三年の夏には料理は公費で、お酒は私費でという棲み分けが始まったのだ。レストラン側は〝自帯酒水〟に対しても、白酒にはガラス製二両(一〇〇cc)用の小壺と小盃、紅酒には脚の長いワイン・グラスなど、店のドリンクと同様に美しい酒器を提供してくれる。そしてこの頃には料理も〝自助飯〟から運動以前のレベルに戻っていたのであった。それは中国酒文化の底力である一方、公費飲食の〝飲〟の部分を完璧に退治した反腐敗運動は、それなりの成果を収めたともいえるのである。

# 6 キャンパスの〝居酒屋〟と小説「私宴」

## ◈大学の市場経済化と学費寮費無料制度の廃止

前章ではこの四〇年間に生じた飲酒風景の変化として、一九九〇年代後半の私的宴席と二〇一三年の公的宴席を紹介した。キャンパス・ライフに関していえば、〝居酒屋〟における学生さんたちの飲酒風景の出現も見落としてはなるまい。

私的宴席の変化が住宅市場経済化に対応するものだったことは、やはり前章で述べたが、学生さんの宴席のばあいは大学市場経済化と深い関係があり、この大学市場については、同じく文学史で私は次のように指摘したことがある。

大学卒業者数は鄧時代当初の一九八二年には四五万人であったものが、二〇〇二年の一三四万人へと二〇年間で三倍増しているが、一九九九年の定員大幅拡大を受けて、二〇〇三年には一八八万人と前年比四割増し、二〇〇九年の五三一万人へとわずか七年間で四倍増した。大学進学率も約三〇年間で一～三%から二〇〇七年の二三%へと激増した（『中国統計年鑑』一九八八年、一九九八年、二〇一〇年、『中国教育統計年鑑』二〇〇八年）。これにともない大卒者の就職率は〇三年には六〇%へと急落し、初任給も大幅に下がり北京大学卒業生でも数年前の三、〇〇〇〜四、〇〇〇元から半減したという。（「大学初任給が下落」二〇〇四年六月、http://www.pref.ibaraki.jp/bukyoku/seikan/kokuko/shanghai/business/04/repo0406_2.htm）（『中国語圏文学史』東京大学出版会、二〇一一）

さらに詳しく説明すると、この時期から中国の大学生は学費を納めねばならなくなった。人民共和国では建国以来、大学生は全員学費免除で、その上、食費プラス小遣いほどの〝助学金〟が与えられていた。私の留学していた一九七九年の〝助学金〟は、月額二五元だったと記憶している。それは一日の食費が五〇銭以下の時代であった。全寮制であるため、学生は全員、学内の宿舎に住んでおり、この宿舎費も無料であった。その代わり卒業後の職業選択の自由はなく、政府がすべて就職先を〝分配《フェンペイ》（割り当てる）〟していたのだ。しかし一九八五年から少人数ながら〝培養費〟、すなわち学費納入の学生を募集することが認められ、一九九七年からは学生全員が学費を納入せねばならなくなった。当時の学費は年額約三、〇〇〇元であったが、現在では約五、〇〇〇元に値上げされており、外国語学部や医学部、芸術学部は割高である。そのいっぽうで就職先の〝分配〟制度は消えたものの、少なからぬ就職浪人が生み出されるようになった。

ちなみに大学生が一年間に要する費用は、学費五、〇〇〇元、宿舎費一、〇〇〇元、冬休み夏休み合計三か月を除く食費が六、二一〇元（朝食五元＋昼食一〇元＋夕食八元）で、四年間全体の費用は約五万元、これに携帯電話やパソコン、ネット代、衣料費、デート代など最低一万元が加わるという（https://zhidao.baidu.com/question/1948561405927416548.html、2018-5-17検索）。私は二〇一六年以来三年間、北京の中国人民大学文学院を集中講演で訪れており、人大滞在中は学食を愛用しているのだが、私の印象では学生さんたちの食費は一日四〇元前後である。いずれにせよ、子供の四年間の大学生活のために最低でも六万元の経済的負担をしている中国の親御さんたちの苦労が偲ばれるが、それが可能なほどに中国全体が豊かになっているということなのだろう。

### ◈人民大学の〝書生屋〟という飲み屋

人民大学での毎回の講演時間は講義に準じて一五〇分で、冒頭一〇分ほど司会の教授による紹介があり、私がパワーポイントを使いながら九〇分ほど話したのち、一〇分の休憩をはさんで四〇分ほど討論を行っている。院生向けの講演であり、他校の院生や教員も傍聴に来て下さり、実に活発な討論が行われるのが常である。講演会終了時間を過ぎても議論は終わらないため、デートとバイトのない者は一緒にビールを飲みに行こう、とお誘いすることになるのだ。実際には中国では今でも院生さんは学費免除で奨学金支給と優遇されているので、デートはともかく、夕方にバイトをする者はほとんどいない。また学生たちの夕食は五時台に始まるものだから、秋の日暮れ前の時間でもお酒を飲むのに差し支えない。こうして私は院生さんたちがキャンパス〝居酒屋《チュイチユウウー》〟と称するレストランに、週に一、二度は出入りするようになったのである。

人民大学は北京の山手線とも称すべき一周二三キロの四角い〝環線《ホワンシエン》〟地下鉄二号線西北角の西

直門駅から、西北に延びる四号線で四つ目の人民大学駅前にある。人大周辺は珈琲店の密度が北京で最も高いとのこと、それは学生さんが議論好きで喫茶店にパソコンを持ち込んで勉強するのが好きという人大の校風によるものであろうが、それに加えてこぢんまりとしたキャンパスという地理的条件とも関わりがあるのだろう。三〇分もあれば長方形の学内を一回りできるのだが、人大の学生数は学部生が約一万、大学院生が一万二、〇〇〇、留学生が一、五〇〇、合計約二万三、〇〇〇であり、そもそも人口密度が高いのだ。

学食は東、南、西、北、中の各区に一つずつ大食堂があり、私が愛用している東区食堂では一階が作りおきした料理を皿に盛ってもらうカフェテリア方式で、二階は「麻辣有約、東北風味、港式(香港式)風味、韓式(韓国式)風味、四川風味、京味水餃(北京風味の茹で餃子)」など間口三メートルほどのカウンターが十幾つも並び、それぞれの奥はキッチンで、コックさんが三、四人ずつ働いており、注文を受けてから〝現做〟つまりその場で炒めたり茹でたりしてくれる。後者はやや塩味が濃く、調理の間の五分ほどを待たねばならないので、私はもっぱら前者に通っている。値段も二割ほどお安いようだ。これらの大食堂では四人掛のテーブルが縦に二つあるいは三つ連結して幾十列も並んでおり、食事時の満席の光景はなかなか壮観である。ちなみに〝麻辣有約〟の「麻」は山椒の一種の「花椒」の味、「辣」は唐辛子の味で、「麻辣」二文字合わせて舌がピリピリしびれる味という意味になり、これに「有約(約束している)」が加わった〝麻辣有約〟は、「麻」と「辣」とのデート、あるいは客と「麻辣」味との出会いという意味になり、「ピリ辛デート」と意訳できるだろう。

これらの大食堂ではお酒は販売されていないし、飲んでいる学生さんも見かけないが、学内にはこれとは別に小型の食堂五、六軒が点在しており、そこでは四人から六人掛のソファ・テーブルなどのボックス席が二、三〇展開し、服務員が熱々の美味しい料理を運んでくれるのだ。講演後に初めて飲みに誘ったとき、院生さんたちは〝学子居〟に案内してくれて、訪日経験者が「これは人大の居酒屋です」と説明してくれた。〝学子居〟は直訳すれば「学生の家」という意味だが、〝居〟はレストランなどの屋号にも使われるので、「書生屋」と訳しても良いだろう。

学子居の入口には「川菜、湘菜、魯菜、家常菜」(四川料理、湖南料理、山東料理、家庭料理)の看板が掲げられているが、注文の際に「微辣」(辛味控えめ)と注文すれば、辛味が苦手の私でも美味しく

人民大学の東区食堂

人大キャンパスにはお酒が飲める立派なレストランもある(匯賢府)。右から二人目が筆者

いただける。ビールのつまみにまずは炸花生米（ピーナッツ炒め）一〇元も良いが、川菜の看板に敬意を表し四川省北部の名物である川北涼粉一二元を頼んでみよう。涼粉は緑豆の粉で作ったところてん風の食品で、舌ざわりも良く、スルッと喉を通っていく。涼粉に似た東北拉皮一六元は東北地方（旧満州）の料理である。日本では余り見かけない芥末鴨掌（茹でて芥子を和えたアヒルの水かき）二八元も人気の下酒菜（酒の肴）だ。蛋黄鮮蝦滑豆腐（卵の黄味と生の蝦と豆腐の料理）が三二元であるなど、温かい料理になると値段はそれなりに高くはなるが、四、五人で食事をしながら軽く飲んでも、せいぜい三〇〇元ほどのお手頃な値段である。無論、一食一〇元ほどの学食と比べれば、プチぜいたくではあるが。

但し省力化のため注文も支払もスマホを使う方式の店が多いので、携帯電話を苦手とする私は、注文の入力は院生さんたちに代行してもらうことになる。もっとも院生さんの中でもスマホ注文に対応できない人もおり、彼が直接口頭で注文したところ、服務員さんがなかなか対応してくれないので、隣の商店まで瓶ビールを買いに走ってくれたことがあった。

人大の院生さんたちは社交に通じており、二度目か三度目の誘いに対しては、今回は自分たちが〝請客《チンコー》〟（招待）します、といってくれたが、私は「ありがとう、二〇年後に君たちが教授になったらご馳走になりましょう」と受け流したものである。それでも気づかいして、故郷の酒です、といって白酒を一瓶提げて来る院生さんもおり、学子居のような店でも〝公宴〟用の高級店と同様に酒類の持込を黙認しているようすである。但し洒落た酒器を用意してくれることはなく、院生さんたちがセルフサービスで棚からお茶やビール用のコップを持って来る次第だ。

七〇年代には若い学生さんたちが宿舎のルームメートたちと自室で飲酒することはあっても、外の食堂で飲むことはほとんどなかった。九〇年代半ばには各大学の中にも学子居風のレストランは出現していたが、主な客層は教職員や留学生で、学生客は少数派であった。ところが二一世紀のキャンパス〝居酒屋〟は、毎日のように学生客で賑わっているのだ。二〇一六年の中国では七六五万人が大学に進学しており、大学進学率は四二・七％に達した（http://www.sohu.com/a/156585665_583552　2018-5-21 検索）（日本は五四・七％、但し短大を含む　http://todo-ran.com/t/kiji/15083　2018-5-21 検索）。経済発展が大学進学率の増加と授業料制度の開始をあと押しし、さらにはキャンパス居酒屋での賑やかな〝私宴〟風景を出現させたといえよう。

北京大学付近のスポーツバー（一九九六年撮影）

なお人大の学子居では女子学生は全く飲まない人が多く、せいぜいビールを付き合い程度で飲むだけであり、男子学生でも白酒を飲む者は少なく、あくまでも料理と雑談を楽しむことが主眼である。

### ◈恐怖のアルハラを描く小説

最後に〝私宴〟をめぐるちょっと恐い小説を紹介しよう。題名はズバリ「私宴」で、雑誌『上海文学』二〇〇四年七月号掲載の短篇小説である。

北京で理系の若手学者として芽が出始めている包青が、今年も旧正月に小さな町の馬橋鎮に帰郷した。親孝行のつもりでひとり暮らしの母と過ごすためだが、妻は例年通り子連れで暖かい広州に里帰りだ。この町では中学時代のガキ大将で包青を〝ぱしり〟に使っていた大猫が、廃校になった小学校でダウンの縫製工場を開設し、バス会社を経営するなど、ミニ財閥となっている。その大猫の執拗な誘いを断り切れず、包青が仕方なく大猫主催の正月の宴席に出掛けると、そこには中学時代には大猫の子分であり今も彼の会社の従業員となっている李仁政や、アサガオのあだ名の美少女だったが今は大猫の愛人らしき程少紅、そして包青の物理の才能を見出し、彼を唯一評価してくれた中学時代の恩師の娘らが待ち構えていた。包青は体調不良や明朝の帰京を口実にしてお酒は断るつもりだったが、恩師の死を聞かされたり、大猫が程少紅に強いる罰杯を防ごうとして乾杯を続け、ついには泥酔してしまう……。

大都会で暮らす中産階級の帰郷と彼と故郷の人々との間に横たわる精神的な溝を描いた佳作である。作者は隋代以来、水の都として栄えた江蘇省蘇州の生まれの蘇童（スー・トン、そどう、一九六三〜）で、この筆名は「蘇州の子供」という意味である。前章で私は「中国の大学人はみなさん〝大人《たいじん》〟なのでアルハラもなく」と書いたが、この短篇小説を読むと、社長さんらの〝私宴〟に招かれたときには、「届け出酒量の半分」の規則を肝に銘じた方が良さそうである。

人大のキャンパス〝居酒屋〟「学子居」にて学生たちと（二〇一八年撮影）

ハルビン付近の満州族農村出身の学生がお土産で持ってきてくれた黒龍江省の白酒「正宗花園」。学生の郷土自慢を聞きながら、みんなで飲む白酒は格別に美味しかった

上海篇

# II

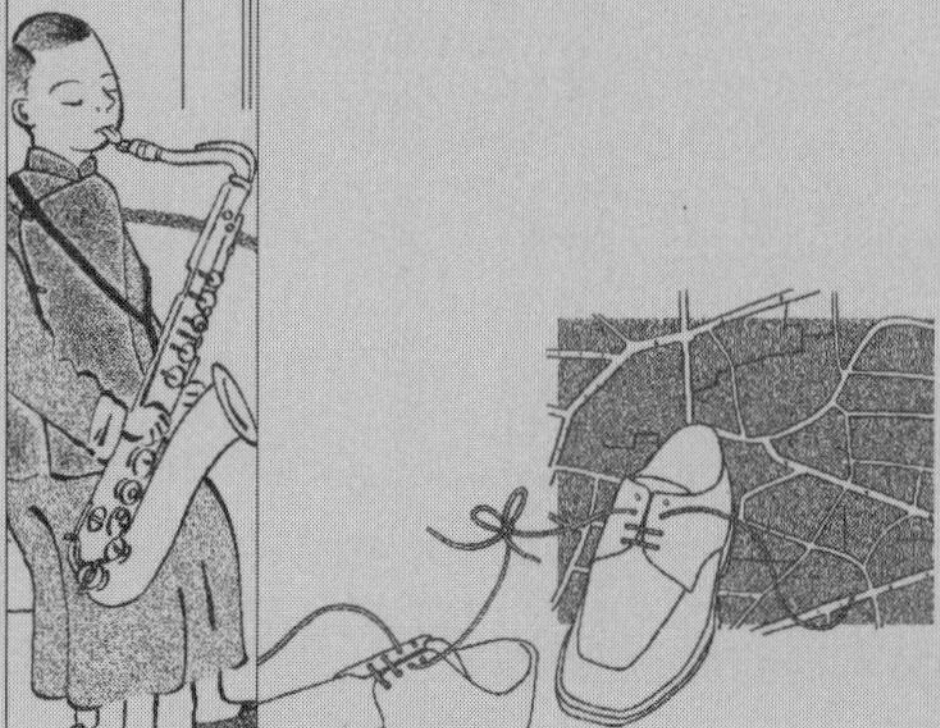

## はじめに

「八〇後《パーリンホウ》」とは中国で一九八〇年代生まれの世代、特に同世代の文化人を指す言葉であり、この「八〇後」を代表する作家に郭敬明（クオ・チンミン、かくけいめい、一九八三〜）がいる。彼は四川省自貢市の生まれで、上海大学に進学後の二〇〇三年に青春期の愛と悲しみ、孤独と怒りを簡潔な文体で綴ったファンタジー小説『幻城』でデビュー、若者、特に一〇代の女性から絶大な人気を得た。上海の高校生たちの歓喜と悲哀を描いた『悲しみは逆流して河になる（原題・悲傷逆流成河）』（二〇〇六）などのミリオンセラー小説により〇七、〇八年二年連続で中国作家長者番付のトップとなり、二〇〇九年には『小時代2・0虚銅時代』が『人民文学』（第六〇〇期）に掲載された。村上春樹との影響関係もうかがわれる。

郭敬明の長篇小説『小時代』シリーズは、リーマン・ショック後も高度経済成長を維持した光り耀く中国、その頂点にある金ピカ上海を、エンターテインメント性に富む「八〇後」感覚で鮮烈に描き出している。

語り手の林蕭（リンシアオ）は上海庶民階級の性格温和な娘で名門大学の中文科四年に在籍するいっぽう、ハイブラウな雑誌『M.E』編集長の助手を務めており、自らを小人物と考えている。顧里（クーリー）はお金持ちのお嬢さんで会計学専攻、一流ブランド品を好むいっぽう独立心が強く計画的暮らしを尊び、多くのばあい過度に冷静なため、酷薄にも見える。南湘（ナンシアン）は芸術的才能に溢れる古典的美人だが毒舌家、元カレとの忌まわしい過去を持ち、それがトラウマになっている。唐宛如（タンワンルー）は体育会系で天真爛漫を通り越してKY気味、率直過ぎてしばしば人を驚かすような事態を引き起こすトリックスター的女性。四人は高校時代からの仲良しにして大学でも学生寮のルームメートであり、寮の四人の部屋は顧里のコネと財力によりお洒落に改装されブランド家具が置かれている。小説ではこの個性的な女子四人組と財閥のイケメン息子や蒲柳の質の天才作家、クールで辣腕家の編集長らとの華麗な恋愛やバブリーなビジネスが展開されるのだ。

この『小時代』シリーズの映画化に関しては、現代中国の文学・映画市場の研究を行っている楊冠穹博士が次のように指摘している。

数年来、郭敬明と韓寒は「八〇後」の先頭を切って、映画界に進出し始めている。二〇一三年、郭敬明は彼の人気小説『小時代』シリーズを自ら監督となって映画化し、その第一・第二部をほぼ同時公開しており、翌年には第三部を公開した。二〇一四年八月五日までのデータによれば、三部合計の興行収入が合計一三〇億円を超える好成績を収めた。文化通信社が発表した「年間映画興行ランキングＴＯＰ10」を見ると、二〇一三年度日本の映画興行収入一位を占めたのは『風立ちぬ』であり、合計一二〇億円と推定されている。日本経済新聞のオンライン記事によれば、『小時代３・０』は初日の観客動員数は三五〇万人と、中国映画として史上一位となり、中国市場で『トランスフォーマー／ロストエイジ』に代わって週別トップの映画となったという。〔中略〕ＤＡＴＡＴＯＰＩＣが公開した微博上のデータに基づく筆者の考察によれば、『小時代』シリーズ上映後五日間における「小時代」をキーワードとしたツイートの登録者は九万あまり、その平均年齢層は二〇代であり、さらにその八割以上を女性が占めている。地域の構成から見れば、『小時代』に関する話題に積極的に参加した観客は、いわゆる「北上広（中国語で北京・上海・広州のことを指す言葉）」を除いた都市に集中している。これにより「北上広」のような特大都市よりも、中小都市の若い女性たちが『小時代』で描かれた大都会のライフスタイルに憧れているという強い傾向が推察される。（「「八〇後」作家の映画製作進出と現代中国文化市場――郭敬明『小時代』と韓寒『後会無期』」『越境する中国文学』東方書店、二〇一八、六二六、六三三頁）

郭敬明が描く上海ドリームは女子高生など厖大な若年層を魅了しているが、作品の舞台上海の若者はそれほど熱中しているわけではなさそうだ。

私にとっては『小時代』で飲むお酒が輸入ものの紅酒《ホンチウ》（赤ワイン）かシャンパンで、中国酒の影が薄い点は残念至極である。この四〇年で上海の飲酒風景はどのように変化して金ピカの〝小時代〟に至ったのか……本章では私の上海の街角での体験および小説・映画の読書鑑賞に基づいてお話ししたい。

# 1　ビールの都、上海

## ◈魯迅をめぐる考証とビールをめぐる新聞広告

魯迅（ルーシュン、ろじん、一八八一〜一九三六）のような民国時代（一九一二〜四九）の中期に活躍した作家を研究していると、しばしば当時の新聞広告を読む必要が出てくる。それというのもこの頃の中国の雑誌は時々刊行が遅れていたからだ。

たとえば魯迅の最初の小説といわれる「狂人日記」。これは、兄に食われてしまうという主人公の被害妄想が、やがて五歳で死んだ妹も兄に食われてしまい、自分も知らずに妹の肉を食べさせられていたという加害妄想へと発展する狂気の世界を描いた作品である。この小説は民国期まで続いた中国の地主大家族制の家庭を舞台にしており、財産を男兄弟が均等に分けるという均分相続制が採られていた当時の中国にあっては、兄に食われるという弟の妄想は、兄による弟の財産横領という、家族制度をめぐるきわめて現実的な恐怖に基づくものともいえよう。食人社会にあっては人は他人を食いたいが、そのいっぽうで他人に自分が食われるのではないかと恐れている──魯迅は旧・儒教体制の矛盾を狂人の妄想を借りて批判した、と解釈するのがこれまで中国でも日本でも普通であった。

私も長い間そのように考えていたのだが、二〇〇二年に刊行した『魯迅事典』執筆のため、魯迅の作品の発表年月を調べ直すうちに、思いも寄らぬ事実を発掘したのである。この作品は『新青年』という総合雑誌の第四巻第五号に掲載され、この号の目次および奥付には「一九一八年五月一五日発行」と記載されているため、これまで「狂人日記」の発表は雑誌の発行月である五月とされてきた。しかし魯迅の日記によれば、魯迅が親友の許寿裳に掲載号の『新青年』を贈ったのは六月一七日のことであり、当時北京で魯迅と同居していた弟、周作人の日記にも六月一五日に「第五号『新青年』一〇冊受領」と記載されているのである。

雑誌刊行から一か月以上も過ぎて掲載誌を受け取ったり、親友に贈ったりするのはあまりに不自然である。そもそも同誌が五月一五日には出ていなかったのではあるまいか、と考えた私は、雑誌版元の上海・群益書社が『新青年』同号の広告をいつ頃新聞に載せているかと調べてみたのである。すると上海紙『申報』六月一一日号にその広告が見つかった。そして周作人が教授を務め、魯迅も一九二〇年から講師を務めることになる北京大学の日刊新聞『北京大学日刊』の図書館新着書欄を確認すると六月一八日に「本日新着の雑誌は以下の通り……『新青年』小巻五号二冊」という通知が載っているのだ。これにより、『新青年』雑誌の実際の刊行、すなわち「狂人日記」の発表は六月一〇日以後であったとほぼ確定できるたのだ。

わずかひと月とはいえ、この遅れが実証されたために、「狂人日記」の解釈が大きく変わる可能性が生じたのである。実は当時の北京紙『晨鐘報』の「本京新聞（首都ニュース）」欄では、問題の五月には人肉食に関する記事が次々と掲載されていたのだ。

五月　一日「狂婦が子を食べるという奇妙なニュース（痰婦食子奇聞）」
五月一九日「孝子が股肉を割いて親の病を治す（孝子割股療親）」
五月二六日「賢婦がわが肉を割いて姑に食べさせる（賢婦割肉奉姑）」
　　同　　「良妻が腕肉を割いて夫の病を治す（賢婦割臂療夫）」

食人に関していえば、五月一日の気のふれた母親が子供を食べてしまった事件を別として、他の三件はすべて孝行息子が親のため、賢婦が姑のため、良妻が夫のためにわが肉を切り落として食べさせており、それが「孝」や「賢」という儒教的価値観から称賛されている点は注目に値しよう。狂人がわが子を食べ、孝子賢婦がわが肉を親に食べさせるという新聞報道、それを後者に関してはマスメディアが称賛するという衝撃的な北京の状況を目の当たりにした魯迅が「狂人日記」の筆を執ったとは考えられないであろうか。その意味でも「狂人日記」の執筆は五月の可能性が高いといえよう。

「狂人日記」について詳しくは拙著『魯迅事典』をご参照いただきたいのだが、ともかくも図書館に何日も通って「食人の都」と「狂人日記」との関係を証明するとは、些か気の滅入る仕事ではあった。それでも私は新聞紙上で魯迅関連の記事や広告を探しながら、酒の広告にも目配りして、自らの励みとしていたものだ。たとえば例の上海紙『申報』は例の『新青年』新刊広告掲載の一年後に、「ノルウェー商人／上海啤酒廠特別広告」という自己紹介のビール広告を出してもいるのだ。

## ◈一九一九年ビールの国際政治学

拝啓、本工場は上海小沙渡地区に建てられ、もっぱら上海UBブランドビールを醸造して十数年になります。本来はドイツ人経営でしたが、今では完全にノルウェー人が引き継ぎ、名職人を招いていっそう磨きをかけております。ビールの効能は脾臓を丈夫にして食欲を増し、血液を補い体液を生じさせます。その清々しい味わいに至っては、おまけのようなものであります。発売以来、内外のお客様から称讃の声を頂戴いたしました。

小沙渡とは外灘《バンド》北端で黄浦江と合流する蘇州河（または呉淞江）を西側に二キロほど遡った共同租界側南岸一帯のことで、蘇州河の水運を生かして、日本の会社の内外綿の紡績工場などが立ち並んだ上海の工業地帯である。UBブランドのUBとは不明だが、九〇年代まで上海啤酒のラベルにはUBの商標が入っていた。経営者がドイツ人からノルウェー人に変わったというのは、第一次世界大戦（一九一四〜一八）でドイツが共同租界を管理する英米両国と交戦しており、一九一七年八月には中華民国もドイツに宣戦布告をしたことによるものであろう。それにしても、脾臓や血液・体液への効能を強調しているのは、まるで漢方薬の広告のようである。そしてこの広告の後半部は当時の厳しい日中関係を反映するものとなっているのも興味深い。

このたび出荷の新製品を詰めましたガラス瓶はずっと以前に日本商人より購入してビールを詰めたもので、交換することが出来ませんでした。なにとぞみなさまのお許しをいただきたく、お願い申し上げます。博物院路一七号上海啤酒卸売り所

この上海啤酒廠広告が出るひと月ほど前に、中国では五・四運動が勃発している。第一次大戦中の中国では紡績業を中心に民族資本が飛躍的に成長し、軍閥割拠の現状を打破して国民国家を形成せんとする機運が全国に漲っていた。ドイツと直接交戦することはなかったとはいえ、中国も戦勝国の一員であったのだが、一九一九年のパリ講和会議では山東省の旧ドイツ権益が日本に譲渡されることを、北京の軍閥政府は阻止できなかった。そこで五月四日、北京の学生が反日、反軍閥の運動に立ち上がったのをきっかけとして、運動は全国へと広がり、この新興知識階級主導の大衆運動に迫られた北京軍閥政府はベルサイユ講和条約調印を拒否するに至るのであった。五・四運動中、中国人は日本製品のボイコット運動を展開したため、ノルウェー系のビール会社でも、日本製ビール瓶の使用について弁解せざるを得なかったのだ。ドイツからノルウェーへの経営者交替といい、日本製ビール瓶は使いたくはないのだけど……という釈明といい、まさに租界都市上海ならではの「ビールの国際政治学」といえよう。

その名もズバリ、化学工業出版社という北京の本屋さんが二〇〇三年に刊行した康明官編著『酒文化問答』によると、中国最初のビール工場は、一九〇〇年にロシア商人がハルピンに設立

した「八王子啤酒廠」であったという。ハルピンは一八九八年にロシアが中国侵略のために建設した東清鉄道の基地として松花江に開かれた街であり、夏は三〇度以上の高温となるこの街では、ロシア人の喉を潤すためにビール工場を建てる必要があったのだろう。アルコール度数の高いウォッカであれば、シベリア鉄道で輸送できるが、度数がウォッカの一〇分の一程度のビールは、消費地に工場を建てた方が経済的であり品質管理も容易だったのだろう。

一九〇三年にはドイツが一八九八年以来、山東省侵略の基地として建設していた青島において、イギリス・ドイツ合弁の英徳醸酒公司が設立され、その後、青島啤酒廠と改名されている。ちなみに中国語ではドイツを「徳国」と書く。上海にビール工場が建設されたのは、一九一〇年イギリス商人によるスカンジナビア啤酒廠が最初で、のちに上海啤酒廠と改名されたと、『酒文化問答』は記している。先ほどの『申報』紙の広告と照らし合わせると、おそらく上海啤酒廠はその後、ドイツ商人の手に渡り、さらに五・四運動前後にはノルウェー商人に譲渡されたものと推測される。その後、上海には一九一八年にフランス人が「国民啤酒廠」を、一九三四年にはイギリス商人が「怡和啤酒廠」を開いて、上海はビールでも国際色を豊かにしていくのであった。

一九四九年に中華人民共和国が建国されると、外国資本のビール工場はすべて共産党政権に接収され、「国民」と「怡和」はそれぞれ上海酒精廠と上海華光啤酒廠と改名されたが、上海啤酒廠が元の名前で残ったのは「上海」の名を工場名に冠していたからであろう。

ところで一九七九年の上海留学中に私が愛飲していたビールには、上海啤酒のほかに上海黒啤酒があった。黒啤酒（黒ビール）とはいっても、日本の黒ビールと普通のビールとを半分ずつ割ったようなハーフ＆ハーフの軽い味わいで、飲み慣れると次第にこれこそ上海の味と思えてきたものだった。このたび金鳳燮・稲保幸共著の『中国の酒事典』（書物亀鶴社、一九九一）であらためて製造元を確認したところ、それは民国期の「怡和」を前身とする華光啤酒廠製であり、おそらく「怡和」はアイルランドのギネス・ビールの味を持ち込んでいたのではあるまいか。

### ◈国際都市上海におけるビールの運命

ところが黒啤酒は九〇年代初頭にはすでに上海のレストランからは姿を消しており、今ではインターネットで探しても名前さえ出てこない。それればかりでなく、最近では由緒ある上海啤酒廠も消えてしまった。上海の国有ビール工場は、九〇年代に雪崩を打って上海に進出してきた外資系によりほとんど合併・買収（M＆A）されてしまったのだ。ちなみに現在では力波ビールを上海の地ビールと考えている人も多いが、力波もまた外資系である。本書世界篇「シンガポールで一番旨い酒」で紹介したタイガービールを主力商品としているシンガポールの企業なのである。

北京であれば燕京啤酒のような地ビールや長城・王朝・龍徽の準北京地ワイン御三家が楽しめるのだが、上海では外資系各社のビールが市場を席巻しているのだ。これも中国最大の国際都市にして民国期以来ビールの都へとのし上がった上海の宿命であろうか。

かつて上海では月刊日本語情報誌『上海WALKER』がホテルなどで無料配布されて、日本人ばかりか上海っ子にも好評を博していた。同誌を創刊した安永博信氏は、日系ビール会社の上海進出に関して次のようなレポートを書いている。

〔日系ビール会社は上海進出に際し〕独自で消費者嗜好の市場調査を行い、二〇才~三〇才のビールを毎日飲む若者層はさっぱりしたビールを好むとの結果を得た。私の知る限りでも、上海の人々は日本人に比べ、一般的にさっぱりした薄味のビールを好むようだ。この市場調査をもとにして、現在の三得利（サントリー）ビールのさっぱりしたテイストが選ばれたのである（http://www.shwalker.com/japanese/database/maga_200103/economy.htm、現在リンク切れ）

そうすると力波にせよ三得利にせよ、外資系企業とはいえ上海風味の泡立ちを作りだしているわけで、これらもまた現代上海の地ビールと見なしても良さそうである。考えてみれば、上海のビールの歴史も、民国期の蘇州河沿いに建てられたドイツのビール工場から始まっているのであり、同社は一〇年足らずのあいだにイギリスやノルウェー商人の手を転々として四〇年後に中国の国営企業となったのだ。グローバルな味こそ上海ビールの特徴なのであろう。

本章執筆時点では、上海版ミシュランともいうべき『上海餐館《レストラン》指南』（黄山書社）が刊行されて話題になっていた。一九三〇年代に魯迅も愛用した南京路の広東料理屋「新雅」のような老舗から、流行最先端の「新天地」イタリアンまでレストランは百花斉放の状態で、グルメ向きのガイドブックが待望されていたからだ。同書は四、〇〇〇人の会員がインターネットで寄せた一、六〇〇店に関する延べ二万件の情報をもとに、「料理、内装・雰囲気、サービス」の三項目に関し各四〇点満点の評価と一人当たりのご予算、そして寸評を記している。巻末の料理別索引には「酒吧《バー》」の項目があり、料理も美味いビヤホールが二軒顔を出している。今も健在だろうか……次回の上海訪問の際に捜してみようと思っている。

# 2 一九七九年上海ビールのおつまみ

## ◈「南京路を歩こう」から「淮海路を歩こう」へ

私が第一回の日中政府間交換留学生として中国に渡ったのは、四〇年近くも前の一九七九年九月のことだった。北京語言学院（現・北京語言大学）で一か月間のオリエンテーションを受けたのち、京滬線の汽車に乗り、一人で向かった先が上海である。この一年間の留学後も、一九九一年、九五年、九九年と四〜五年おきに一週間ずつ上海訪問を続けてきた。二〇〇三年三月にも彼の地を訪れ、その印象をＮＨＫ教育テレビの番組『視点論点』で「躍進上海の光と影」という題名でお話ししたこともある（二〇〇四年四月一五日放送）。

岩波新書の拙著『現代中国文化探検』でも、北京・香港・台北という中国語圏における中核都市同士の比較研究を通じて、上海文化の現在とその歴史を考えてみた。同書では上海探検の第一歩として、この都市が自らのアイデンティティを獲得した繁栄爛熟のあの一九三〇年代オールド上海と、改革・開放開始後一〇年余りが経過した九〇年代とを比べることとし、「外灘《バンド》から南京路《ナンチンルー》まで歩こう」と書き出したものである。

外灘とはかつて「億万ドルのスカイライン」と称されたオールド上海の表玄関であり、七階建てのネオルネッサンス様式のジャーデン・マセソン商会（現・上海市対外貿易総公司）、東京三菱銀行（現・三菱ＵＦＪ銀行）の前身である横浜正金銀行（現・中国工商銀行上海支店）、三角屋根一一階建て七二メートルのアールデコのキャセイホテル（現・和平飯店北楼）、ビッグ・チンの愛称を持つ時計塔ビルの江海関（現・上海税関）、それに隣接する白亜のドームをいただく香港上海銀行上海支店（現・上海浦東発展銀行）など重厚な高層建築がずらりと並び、今ではこれらは国家重点文物保護単位に指定されている。

そして南京路とはキャセイホテルの南角で外灘とＴ字路を構成する大通りで、英米共同租界を東西に走り「大馬路」とも称された。外灘から競馬場（現・人民公園）に続く一・六キロの南京路の両側には、永安公司ほか四大デパートの古典主義建築あるいはアールデコ様式の高層建築が並んでいる。

外灘では九〇年代以後、午後七時を過ぎるとライトアップが施され、重厚な洋館群に幻想味が加わり、これが対岸浦東地区の赤い三球体を串刺しにしたテレビタワー東方明珠やメタリックな超高層ビル金茂大厦の未来都市風の光景と好対照となっており、外国人観光客も大勢押しかけている。ちなみに八〇年代までは上海といえば黄浦江西岸の外灘や南京路を指しており、東岸の浦東とは渡しの汽船が通う農村地帯であったのだ。また南京路の四大デパートらも外観は往時の姿を留めるものの、九〇年代には内装を現代風に模様替えしており、九五年に地下鉄が開通し常時歩行者天国となった九〇年代半ば以降も毎日大勢の買い物客で賑わっている。三〇年代の黄金時代と九〇年代の新上海とを比較する時に、私が「外灘から南京路まで歩こう」というタイトルで筆を起こしたのも、オールド上海がそのままニュー上海を演じるという歴史重層的な街並みに注目していたからである。

ところが二〇〇四年三月の上海訪問で、二一世紀に入ってからは旧フランス租界にある上海第二の繁華街、淮海路《ホワイハイルー》（わいかいろ）の変貌に強い印象を受けた。そこで本章からは、淮海路、烏魯《ウル》木斉《ムチ》路を歩きながら、この四半世紀における上海変貌の歴史を辿ってみよう。起点は南京路の西端にある地下鉄二号線静安寺駅と、やはり淮海中路の西端にある地下鉄一号線常熟《チャンショウ》路駅とを結ぶ烏魯木斉路に面したS賓館としよう。

## ◈一九七〇年代――デンマーク留学生の〝奇術〟

私が中国に留学したのは、毛沢東の逝去により文化大革命（一九六六〜七六）が終息してから三年

オールド上海の雰囲気が残る外灘。左から三角屋根をいただく和平飯店北楼、中国銀行上海支店、中国工商銀行上海支店

高層ビルが建ち並ぶ浦東の風景（二〇〇八年撮影）

後のこと、当時は毛路線の継承を唱える華国鋒派がいまだ勢力を維持しており、このような毛沢東時代の社会主義体制は外国人の目には不条理そのものの制度として映った。

私が配属された上海・復旦大学で留学生向けの近代文学の講義を担当していたW助教授は、常にお追従笑いを浮かべていた。手紙を書いていても「藤井《トンチン》、用功《ヨンコン》（よく勉強するね）」、『人民日報』を読んでいても「藤井、用功」という調子だった。この声掛けを誰彼かまわずするものだから、ある日アメリカ人の学生が「W老師《ラオスー》（せんせい）、用功（よくご指導しますね）」と皮肉をいうと、先生まじめ顔で曰く「這是我応該做的（これは私が当然すべきことなのです）」と共産党が奨励する模範回答で応じたので留学生一同の失笑をかったものである。

その翌日、すれ違いざまに私が「W老師」と挨拶すると、先生は私を呼び止め、「こんな詩を作ってみたよ」といって自作の古典詩を見せてくれた。今となっては内容はおろか「五言絶句」であったか「七言律詩」であったかも覚えていないのだが、「私はインテリなのだ、留学生諸君に軽んじられてなるものか」といわんばかりの秘かな思いはひしひしと伝わってきたので、私はその場で一読して「很好《ヘンハオ》、很好」と答えたものである。現代文学専攻の私の学力では、少なくとも当時刊行されたばかりの四冊本『辞源』で典故などを調べなくては、即座に古典詩の善し悪しなど判断できるはずもなかったのだが……。

それからまもなくW先生が毛沢東夫人の江青ら文革〝四人組〟の文化人ブレーンである「石一歌」グループの一人だったという噂が聞こえてきた。この「石一歌」グループは「石一（shíyī）」という通り一一人の学者から構成されており、『魯迅的故事』という毛沢東路線のために魯迅文学を相当に歪曲した宣伝書も書いている。文革終息後に四人組が逮捕されると、「石一歌」も批判を受けており、W先生が生意気な留学生クラスを担当しているというのも一種の懲罰であるらしかった。そういえばW先生の講義の際には、教室最後部に留学生事務所の教員とも事務職員ともつかぬ者が二名、傍聴と称して必ず座っていた。当時中国の大学では半年前に講義録を学内の党委員会に提出して検査を受けていたが、元〝四人組〟ブレーンともなると、さらに臨監まで受けるのかと留学生たちは驚いたものだ。W先生としても「石一歌」時代の魯迅論を講義するわけにもいかず、そうかといって中国共産党に距離を置き時には批判的でもある日本や欧米の魯迅論と同じ土俵に乗るわけにもいかず、そもそも文革終息間もない当時では、外国の研究状況がようやく中国国内に紹介され始めたばかりであり、事情も良く分からず、このように扱いにくい留学生はともかくもニコポンで機嫌をとるしか対応の仕様がなかったのであろう。

私たち生意気盛りの大学院留学生は、教授陣の研究水準の高低は判断できても、その背景にある複雑な歴史的・社会的状況までは理解できず、「W老師、用功」などと冷笑していたのだ。今思い返すと、若気の至りとはいえ失礼なことをしたものだ。

私の留学とほぼ同時に復旦大学でも大学院が復活し、その第一期生となったC君が、上海社会科学院の助教授で著名な近代文学研究者に紹介してくれたことがある。自宅におじゃま
すると、四畳半ほどの書斎には窮屈ながらも戦前の貴重書がぎっしりと詰まっており、茅盾（マオトン、ぼう

じゅん)や巴金(パーチン、はきん又はぱきん)などの大作家の揮毫による書が架蔵されていた。自由な書見を許された上に昼食までごちそうになり、一年間の留学中最良の日を過ごしたことは今も忘れられない。ところがC君は外国人を学外者に個人的に紹介したことを咎められ、後日、留学生事務所に呼び出されて訓戒を受けたという。

こんな窮屈な上海留学生活にあって、ささやかな楽しみがお酒だった。飲み友達だったデンマーク人のディックスは囲碁初段で、その後、世界囲碁選手権のデンマーク代表となって東京の日本棋院にやって来たことがある。フィンランド人のペルティはラジオで中国問題を解説したりする学者兼ジャーナリスト、西ドイツ人のトーマスはその後『古詩十九首』で博論を書き上げる前に東大にも留学してきた。

復旦大学は上海北東部にあり、外灘など市の中心部行きのバス・ターミナルが近所の五角場にあった。この五角場マーケットの大衆食堂で飲めるのは本書北京篇「北京のビールは茶碗で飲み……」で紹介したような、〝散装啤酒〟という量り売りビールで、大バケツに入った茶色の液体を柄杓で汲み、丼に注ぐのだ。つまみは油で炒めたピーナッツである。

さてこの五角場の食堂で私たち留学生が飲んでいると、中国人客の視線が集中する。当時の上海では碧眼金髪白髪の欧米人が珍しかったのである。そして私のことを中国人通訳かと思い、どこの国の人間なんだ、ヨーロッパ人でも箸が使えるのか、と尋ねてくる。これを聞きつけたペルティたちも、もちろん使えますよ、と愛想良く中国語で応じると、「おお中国語も話せるのか、很好、很好、ところでそのデンマークの学生さんは左利きでも箸が持てるのか」とふしぎそうな顔をするのだ。中国では左利きでは漢字を書くのに不便であるためか、幼児期に親が右利きに矯正するため、箸を左で持つ人というのはほとんど見かけない。ディックスが左利きでも不自由ないといって上手に箸でピーナッツを摘んでみせるとホウーッと嘆声が沸き上がったものだ。ある時、中国人客の中から、「ピーナッツ一つは摘めても二つ一遍には摘めんだろう」と挑発する者が出てきた。ディックスがバイキング末裔の彫りの深い顔に穏やかな笑みを浮かべながら、「問題不大」と答えると、中国人客はもし左利きの箸で首尾良く二粒摘めたら、ビールを一杯奢ろうという。薄暗い裸電球の下、中国人や留学生が見守る中、ディックスが双子のようなピーナッツをそろりと挟み揚げて一礼すると、拍手喝采が起き、さっそく例の柄杓でビールが丼になみなみ

南京路の歩行者天国

と満たされたものである。

### ◈「古き悪しき」七〇年代との再会

大衆食堂でのビールと並ぶ息抜きは、月に一〜二度、在上海日本国総領事館を訪ねて日本の新聞を読むことだった。領事館は烏魯木斉路と淮海中路との交差点付近にあったので、自転車を一時間半ほどこいで上海北東部五角場の復旦大学から上海の街を南西部へと斜めに横切るのは、ちょっとしたサイクリングだった。領事館の建物は一九〇〇年にドイツ人邸宅として建築された二階建ての素敵な洋館で、その後は清末の洋務派大官僚であった盛宣懐(ション・シュアンホワイ、せいせんかい、一八四四〜一九一六)が住んだという。大理石の噴水のある芝生の庭園は手入れが良く行き届き、オールド上海上流階級の贅沢な日常生活がうかがわれた。トイレには洋式便器と並んでビデが置かれていたのも印象的だった。この領事館は現在では日本総領事公邸となっている。

今回S賓館に泊まったのは、それが懐かしの烏魯木斉路に面しているだけでなく、八〇年代に中国資本で建てられた四ツ星級ホテルと称しながら、日本の旅行代理店のリストではお値段が一番安かったためである。ところがチェックイン後に「安全出口(避難路)」を確認しようと、六階の私の部屋の真ん前の階段を下りたところ、三階から地階まですべての出口に南京錠がかかっていた。さっそく服務台に苦情を呈すると、男性フロント係は「安全出口」の意味が分からぬ様子で要領を得ず、続けて出てきたマネージャー風黒スーツの中年女性に至っては「なぜ階段なんて使うんですか、エレベーターを使いなさい」と説教する始末。思いがけず、到着早々にして懐かしの「古き良き」三〇年代ではない「古き悪しき」七〇年代上海に再会したわけである。

私が火事の際の安全問題を懇々と説いて聞かすと、マネージャー風女性は面倒くさそうに、分かった、直しておこう、と約束したが、あの面倒くさそうな返事がいかにも怪しげだったので、一週間後のチェックアウト前にもう一度確認したところ、「安全出口」の下階部分には相変わらず鍵が掛かっていた。幸い自室から遠いところにもう一つの「安全出口」があり、こちらを使えば無事に一階駐車場まで出られたのだが、夜中に突然出火したときなどにどちらの「安全出口」が安全か、などと沈思黙考している暇はなさそうだから、安全確率五〇%というわけである。しかも私のばあいは自室の前に出口無しの「安全出口」があたかも安全であるかのように手招きしているのだから、火を恐れるあまり思わずこの実は危険な「安全出口」に飛び込んでしまうかもしれないわけで、安全確率はさらに低くなることだろう。そう思うと、おちおち酒も飲んでいられず、結果的には健康には良かったのかもしれない。帰国後、旅行代理店のアンケートにこのことを書いたところ、しばらくして現地代理店を通じてS賓館を厳重に指導し避難口を改善させた、との返事が来た。いずれにせよ二一世紀初頭の中国では、ホテル宿泊時の避難路確認が必須だったものである。

# 3 上海パラマウント伝説

### ◈上海租界の「冒険家たちの楽園」

本章は上海文化探検の第二回目、淮海路《ホワイハイルー》に繰り出す前に、烏魯木斉《ウルムチ》路北端にあるダンスホール百楽門《パイローメン》の興亡七〇余年の歴史を紹介したい。

烏魯木斉路とは旧租界地の西部を南北に走る道で、戦前には共同租界部分を走る北路は地豊路と、フランス租界部分を走る南路は麦琪路(Route Alfread Magy)と称されていた。いずれも一九一一年から幅一〇メートルほどの車道建設が開始され、両脇には閑静な住宅街が形成された。烏魯木斉路は北側で南京西路と、南側で淮海中路と交差しており、共同・フランス両租界が西へ西へと発展したのに伴い、住宅開発のため建設されたものであろう。

閑静な住宅街であった烏魯木斉路とは対照的に、この通りが交差する南京西路とその一筋北側の愚園《ユイユアン》路あたりには、大理石大厦ことユダヤ人財閥の邸宅や映画館が立ち並んでおり、その中でも愚園路の「百楽門舞庁」は栄華を誇った三〇年代オールド上海の象徴といえよう。一九三二年建造の百楽門は、角地に面した中央最上階にアールデコの尖塔をいただき、左右直角に三階建ての翼を優雅に広げている。当時の上海には五〇を超すダンスホールがあり、踊り子は白人、日本人を含む三千人を数えたが、百楽門こそ上海最高、いや極東随一を誇ったダンスホールであった。ニッケルと水晶、それに大理石と白い木材をふんだんに用いた冷暖房完備のダンスホールでは、一千人が踊れたという。お抱えジゴロには林信一郎という日本人ダンサーがいて、彼を慕って上海の有閑マダムやモダンガールも押し寄せたという。そもそも「百楽門舞庁」とは、英語名のParamount Hallの音訳であり、パラマウントとは「最高位」という意味なのである。

ところで一九三七年、上海とニューヨークで〝Shanghai — the Paradise of Adventurers（上海――冒険家たちの楽園）〟（G.E.Miller著）という小説形式のガイドブックが刊行され、同書の末尾には次のような詩が掲げられた。

上海……東洋のパリ！
上海……「故郷なき者」の故郷！
上海……「見捨てられし者」の天国！
上海……冒険家たちの楽園！！！

エピローグを飾るこの一節は、世界に流布したオールド上海の些《いささ》かステレオタイプなイメージを代表するものといえよう。白人の「冒険家」は百楽門を次のように評している。

パラマウントは上海において最大にして最高級のダンスサロンで、ここでは中国人と欧米人の社交界に出会えるのだ。ここでは東洋と西洋の偽善が出会うのだ。パークホテル〔現・国際飯店〕と同様に、ここではフランス・クラブや上海クラブには入場が認められぬ中国人が欧米人の友人を招いたり、その逆のことが可能である。〔中略〕ほとんどのテーブルが埋まっている。その一つには、財務省大臣の許建平氏が数人の欧米人に囲まれて座っているではないか。その欧米人たちは精一杯の笑顔を浮かべて、大臣に見え透いたお世辞をいっているのだ。

他のテーブルには他のグループ……〔ママ〕パラマウントとパークホテルでは昨日、今日、明日もほとんど変わらぬ光景である。集まっては食べて飲んで踊り続け、その結果として陳情や約束、交換条件という副産物が永遠に生み出されるのだ。すべてはビジネス、すべてはお金のためである。〔中略〕私たちはパラマウント・ロシアバレエの団員たちと二、三度踊った後、元アメリカ人水夫が支配人となっている他のキャバレーに河岸を換えることにした。〔中略〕外交官や上流階級の者は、彩りたっぷりの変化を求めてしばしばセント・ジョージで一晩盛り上がるのだ。

このようにパラマウントは中国と欧米のハイソが華麗な社交を繰り広げる場であり、専属のダンサーとして亡命ロシア人の娘たちから成るロシアバレエ団さえ抱えていたのだ。いっぽうで、中国の作家は百楽門をどのように描いているだろうか。

## ◈社会主義中国におけるダンスホールの命運

戦後の国共内戦期から人民共和国建国にかけて上海・香港で暮らし、一五歳で台湾に渡って作家となった白先勇（パイ・シエンヨン、はくせんゆう、一九三七〜）は、短編小説集『台北人』（一九七一）で「最後の夜」という哀愁の台北物語を書いている。それは上海出身にして今は台北・西門町のダンスホール「夜巴黎《ナイト・パリ》」のチーフ・ダンサーを務める四〇歳の金兆麗《チンチャオリー》の引退前夜を、過ぎ去りし青春、失われし上海へのノスタルジーたっぷりに描いた物語である。それにしても、このベテラン・ダンサーが、口うるさい台北のマネージャー童氏を次のようにこき下ろしているのも興味深い。

はっきり言って、私が昔上海の「パラマウント」にデビューした頃、あなたはダンスホールの敷居すら跨いでなかったでしょう……世間知らずの大馬鹿者！　何かと言うとナイト・パリ、ナイト・パリばっかり。汚い話だけど、ナイト・パリのダンスホールよりパラマウントのトイレの方がずっと広かったわ。童のやつ、パラマウントならトイレの汲み取り人にもなれないくせに。（白先勇、山口守訳「最後の夜」『台北人』国書刊行会、二〇〇八）

一九四九年社会主義中国の成立後の上海ではダンスホールは閉鎖され、華麗なる百楽門も一九五四年には共産党政権に接収されており、「ミス金」も国民党政権の後を追って台北まで落ち延びて来たのだ。

共産党政権は百楽門を接収すると、一般市民への宣伝工作用にこれを紅都戯院という映画館に改装している。七〇年代末に私が留学していた頃には、紅都は文革後の中国映画の復活に伴い、結構繁盛していたものだ。今も大事に保存している一九七八年八月新一版でB3サイズの『上海市交通図』（上海市測絵処／上海科学技術出版社）を広げると、烏魯木斉路と愚園路交差点の隣の一角に、映画館を表す青い映写機マークとともに「紅都」と青インクで印刷されている。ちなみに少なくとも紅都時代のトイレでは、ダンスは三、四組が踊るのが精一杯だったろう。「ナイト・パリのダンスホールよりパラマウントのトイレの方がずっと広かった」とはミス金の豪快なホラ話に違いない。

私の一九九一年上海再訪時の地図には、なおも青い「紅都」の表示は残っていたものの、華麗なアールデコの尖塔を始め建物全体が薄汚れ、改修工事のためと称して門を閉ざしていた。半年ほど前に玄関前の庇が崩落して通行人一名が死亡するという事故が起きていたのだ。そのいっぽうで、南隣の南京西路に高層一二階の百楽門飯店が新築されており、玄関にはダンスパーティーの広告が大きく掲げられていた。最上階のダンスホールまで昇ってみたところ、昼間のためあいにく掃除中で中には入れなかったが、支配人風の男に昔の百楽門のことを訊ねると、「あれは今も映画館、うちのホールと比べれば問題にならんですよ。当店では夜中の三時まで踊れますから、ぜひご来場を……」という返事であった。

私は一九九九年にも紅都に立ち寄っているが、この時にはすでに「百楽門戯劇院」と百楽門の旧称を回復しており、映画館とカラオケ、ダンスホールとレストランを兼ねた複合娯楽施設となっていた。ところが昼下がりの館内はどこもガラガラで、映画館では四〇代の男女が一組、仲良さそうに腕を組んで香港カンフー映画を見ているだけだった。マネージャーに話を聞くと、昔の栄華は夢のようです、と苦笑いしていたものである。

このように九〇年代まではなかなかリバイバルのきっかけをつかめなかった百楽門であったが、二一世紀に入ると、台湾人実業家が大改装に乗り出し、二〇〇二年にはクラシックなダンスホールと「上海式西餐」というフュージョン・レストランに生まれ変わっていた。

旧百楽門舞庁

## ◈悪所の記憶としての百楽門

もっともオールド上海の「冒険家たちの楽園」という記憶があまりに鮮明であるためか、それとも九〇年代の新・百楽門や二一世紀のリバイバル百楽門がそもそも悪所の要素を持っているためなのか、百楽門には危険なイメージがつきまとっているようだ。

二〇〇四年三月の上海訪問時に、私は上海図書城という上海最大の書店で『上海毒薬』という小説を見つけた。これは日本の赤川次郎さんの推理小説を連想させる作品で、上海人でコンピューターソフトの会社を経営する若きベンチャー企業家三〇歳の男性と、大卒で韓国系企業のプロジェクト・マネージャーを務める二六歳の上海人女性の恋人、そして陝西省の農村から上海に出てきて六年になる若い女性匡小嵐(クアン・シアオラン)との三角関係を描いている。ベンチャー企業の若社長は恋人のマイホーム主義に物足りず、美しくたくましい農村出身の女性に惹かれて結婚まで申し込むが、彼女には暗い過去があった。村の家では父が飲んだくれては母に暴力を振るって殺してしまい、彼女をレイプしようとするので、彼女は野生の薬草で父を殺害して上海に逃げてきたのであり、しかも一緒に連れてきた弟は悪に染まって刑務所に入り、彼女も弟を助けるためにナイトクラブのホステスとなって売春していたのである。

ホワイトカラーのお嬢さんが、身元もよく分からぬ農民女性を同居させて、それがきっかけで若社長が農村出身の娘と知り合う、といったぐあいに、この小説は些か安易な構成になっているが、その分、上海人の農民に対するイメージが正直に現れているのではあるまいか。優秀で努力家の農民であれば六年も上海で働けば、上海人と対等に恋愛もできようが、ただし過去に問題があるかもしれないから気を付けよ、そんな好意と不信感とが入り交じったイメージなのであろう。

そして農民の娘が一時働いていたナイトクラブこそが百楽門なのだ。二人の結婚に嫉妬した上海女性はこの事実を探り出すや、若社長に恋仇の旧悪を暴露する。上海女性が元彼に嫌みたっぷりに告げ口する場面を読んでみよう。


「良い女、良い奥さんが見つかっておめでとう」彼女は一言ずつ区切りながらこう話し出した。「でもね、あの匡小嵐というのは、以前、娼婦だったのよ」

「でたらめを言うんじゃない」

「それじゃあはっきり言うわよ。あなたの未来の妻は、上海でも有名なナイトクラブで働いていたのよ、百楽門ナイトクラブ、あそこが売春婦の名産地だってことぐらい、あなただって知ってるわよね」彼女は他人の不幸を楽しむかのように笑った。


若社長も驚くものの、それでも匡小嵐を愛する気持ちに変わりは無い。そこで上海女性はさらに執拗な調査を続けて、農村での父親殺しという匡の犯罪を暴くのであった。事ここに及んで、追いつめられた匡小嵐は上海女性の殺人を決意する……。

『上海——冒険家たちの楽園』は往時の百楽門を高級ダンスホールとして描いており、そこに登場するダンサーとは専属のロシアバレエ団のみである。娼婦が現れそうなのは、主人公たちが二次会で訪れるアメリカ人元水夫が経営するバー、セント・ジョージの方である。パラマウントはあくまでも中国と欧米のハイソが華麗な社交を繰り広げる場なのである。また現在のリバイバル百楽門や、南隣の百楽門飯店が「売春婦の名産地」であるのかどうか、私は寡聞にして耳にしてはいない。

それにもかかわらず『上海毒薬』のような大衆小説が、このようなまなざしを百楽門に投げかけていることからも、中国の読者にとって百楽門すなわち悪所という連想が働きやすいことが容易に想像されるのである。まことに百楽門とは、魔都上海という過去と「白領階級《ホワイトカラー》」の街上海という現在とをエンターテインメントによって結ぶ門《ゲート》なのである。

ちなみにミラー原著の『上海——冒険家たちの楽園』は一九三七年の英語原書刊行とほぼ同時期に中国語版が上海・三聯書店から刊行されている。同書は人民共和国建国後の一九五六年にも新版が刊行されており、翻訳者の包玉珂は序文で、某国領事館職員の英文原稿に大量に手を加えたもので、日中戦争期にも桂林に移動した三聯書店が再版している、と明らかにした。この新版は一九五六年一二月第一版第一次印刷で五万部、改革・開放政策が始まった一九八二年の第五次印刷では奥付で「130,001-176,000」部の発行と表示している。同書もまた中国人読者に魔都上海の記憶を喚起し続けているのである。

# 4 烏魯木斉路の文化探検

## ◈烏魯木斉路の民工食堂

前二章では一九七〇年代の私の上海留学の思い出や、ダンスホール百楽門《パイローメン》伝説についてお話ししてきた。本章こそはいよいよ烏魯木斉路《ウルムチルー》の文化探検に出かけることにしたい。

二〇〇四年の春にS賓館を出て烏魯木斉路を南下していくと、片側二車線の通りの両側に七〇年代とほとんど変わらぬ二階建ての街並みが続いており、時折、四〜五階建ての中層家屋が現れた。二階建ての家屋の多くは戦前に建てられたものであろう。その一階部分はほとんどが一間間口の商店なのだが、金物屋や薬、茶荘の古い看板を掲げたまま、実は八百屋や食料雑貨店などに変わっている店も少なくない。

また烏魯木斉路では朝の七時台には油条《ヨウティアオ》（小麦粉に塩を加え練って発酵させ三〇センチほどのひも状にして揚げた食品）を揚げたり饅頭《マントウ》（餡なしの肉まん）を蒸かす店が幾つか開いており、ヘルメット姿の労働者が店の前で立ち食いしている。一一時台には簡易食堂が店開きして、質素な制服の若い男女従業員が、その場で炊きたてのご飯をプラスチックの弁当箱に詰めてくれる。おかずは数種類ある炒め物や煮物から三種類ほど選べるのだ。食堂脇の小さなテーブルは、こんな五元ほどの「盒飯《ホーファン》」と呼ばれる弁当をかき込むヘルメット作業服の男たちでいっぱいである。

私も「盒飯」は何度か試しているが、街歩きでお腹が空いているときなどは、ペロリと平らげてしまう。味は濃いめで見た目も不細工だが、日本の出来合いの弁当よりは目の前で詰めてもらう分、親近感も湧くというものだ。このような大衆食堂の従業員や建設労働者など「3K」で働く人々の多くは、内陸部の農村から出稼ぎに来た農民で、「民工」と呼ばれている。二〇〇四年当時の上海の人口は約一、七〇〇万人、そのうち三〇〇万人が民工で、安価な労働力により上海の繁栄を下支えしていたのである。前回紹介した小説『上海毒薬』のヒロイン匡小嵐(クアン・シアオラン)もそんな民工の一人であった。

当時の中国では「北京速度」「上海速度」という言葉が生まれていた。八〇年代以後、改革・開放政策により高速道路や超高層ビルが次々と建設されてきたが、二〇〇八年の北京オリンピックや二〇一〇年上海万博のイベントがこの建設ラッシュに拍車をかけ、かつては三年かかったプロジェクトが今では三か月で完成するというのだ。社会主義国であるため土地は公有なので、住民はほとんど否応なく政府の立ち退き命令に従い、郊外の新築代替マンションなどに転居せざるを得ないので、再開発計画が立てられるや、古い住宅街はあっという間に解体されて更地となり、そこに高層建築が建つのだ。その解体と建築も民工の仕事なのである。

二〇〇四年の烏魯木斉路ではそれほど大規模な再開発は進んでいなかったが、それでも一区画に一軒ほどの頻度で小規模な解体作業が行われていた。もっとも小規模とはいえ解体現場は相当に荒っぽい。そもそも家屋をビニールシートで覆うことなくむき出しのまま解体するし、現場前の歩道は工事用の道具やら解体された煉瓦や鉄筋で占領されていることが多かった。

### ◈S賓館前の靴屋

そんなわけで上海を歩いていると、靴が汚れやすい。三月の訪問時には、私はうっかり歩道から足を踏み外して転《こ》けてしまい、ウォーキング用の革靴が擦れて白っぽくなってしまった。そこで思い出したのがS賓館前の歩道に座って、盛んに通行人に「欸《エイ》！」と声掛けしている露天商の靴屋である。

三〇代半ばとおぼしき靴屋に、靴磨きは幾らか、と尋ねると二元との返事だったので、私は竹製の「凳子《トゥンツ》」と呼ばれる風呂の腰掛けのような小さな椅子に座り、履き替え用のサンダルを借り

万博前の上海では、街のいたるところで再開発に伴う工事が行われていた（二〇〇九年撮影）

て靴を脱いだ。すると靴屋はいきなり「この靴は日本円で二万、一年は履いているだろう」という。値段は図星だ。二〜三年前の買い物だが別の革靴を履くことも多く、使用期間も正味一年といって良いだろう。ホホウ、さすがプロですな、と感心していると、靴屋は上海出張に靴は何足持ってきた、何、一足だけ、出張時には予備を持つべし、と講釈を始める。いやあ、機内持ち込み用スーツケースだけで来たので、予備の靴は入らなくてね、という私の弁解が終わらぬうちに、靴屋は「あなたの月給は三万元」と急にレートを人民元に戻す。三万元を頭の中で日本円に換算していると、「東京と比べて上海の道は悪いだろう、こんなに踵が減っている、わしが直して進ぜよう、よろしいか」と靴屋は講釈を再開し、レート換算から道路の話に引き戻された私は「ええまあ、あちこち工事中だから」と応答したのであろうか、靴屋は待ってましたとばかりにウォーキング用革靴の踵を削り始めるではないか。しばしわが目を疑っていた私が、そんなことしたら履けなくなる！　と叫んだときには、彫刻刀のようなナイフは早くももう片方の踵に及んでおり、靴底はズンズンと平らになっていた。靴屋は自信たっぷりに、この材料はイタリア製、二年間は大丈夫、と称しつつ踵用のゴム板を靴底にあわせてナイフで切り落としこれに接着剤を塗ると、靴をひっくり返して内側を鉄製の台に乗せ、トントンと金槌で叩く。そして、さあ履いてみろ、と片方の靴だけ差し出して請求する修理代は、何と四五〇元なのだ。

ここでようやく私は、靴磨き二元の値段は確かめたものの、靴屋の巧みな話術に乗せられて、修理代は未交渉のままであることに気付いたのだ。予備の靴はなく月給は三万元であることなど、私の個人情報もみな確認済みの靴屋はなおも、東京で直せば六〇〇元、と己の情報の豊かさを誇示するのだ。いやいやそんなに高くはない、デパートの靴売り場に持って行けば靴工場に送り七、〇〇〇円で靴底全体を取り替えてくれるんだ、と私も反論したが、靴屋は、何、俺のほうが安くて速い、と強気の姿勢を崩さない。延々と交渉すること一〇分、次の面会の時間が迫ってきた。そのうちに、先ほどバイクでやって来た警察官が靴屋から路上営業許可代一日五元を徴収していたのを思い出し、私が「それではホテルのフロントで相談してこよう、サンダルはこのまま借りていくよ」といって立ち上がると、靴屋も、まあお待ち、あなたは友人だから三〇〇元におまけしよう、と値下げしたので、私はこれも「文化探検」の足代と思って妥協した次第である。

そういえば雑談中に靴屋は、月収一万元と豪語していた。大卒初任給が二、〇〇〇〜三、〇〇〇元なのに、と私が驚くと、毎日雨に打たれ風に吹かれて仕事をしてるからには当然のこと、と説明していたが、一日一人でも私のような迂闊な客を捕まえれば、月収一万元も難しくはないだろう。その後、帰国の日までの数日間、ホテルを出るたびに私は毎朝靴屋と、おはよう、行ってらっしゃい、の挨拶を交わしていたものだ。この「友人」の名誉のため一言書き添えると、半年経った今でも、靴の踵に不具合はない。

せっかく烏魯木斉路の南下を始めたというのに、今度は靴屋で足止めされてしまった。先を急ごう。烏魯木斉路をさらに下って淮海中路まで行くと、例の留学生だった私が月に一回自転車で邦字紙を読みに通った日本総領事館が、看板を総領事公邸と変えながらもそのままの姿で残っており、その二軒手前はアメリカ総領事館である。日本総領事公邸と同様に瀟洒な洋館であるこのアメリカ総領事館は、戦前には豊田紡績を設立して上海にも工場進出した豊田佐吉の旧邸でもある。豊田佐吉とは現在のトヨタ・グループの創業者である。

このように烏魯木斉路には七〇年代の面影ばかりか、一九一〇~三〇年代にも遡れるような建築物までも残されている。その中で目新しいものといえば、進行中の小規模な再開発現場とその建築作業を担う民工の姿であろう。それでも靴屋が七〇年代末の自由市場を彷彿とさせる露天商でありながらも、大卒者の数倍、民工の二〇倍もの月収を稼ぐと称しており、S賓館付近の長楽路の交差点にある洒落た喫茶店、意百度《イーパイトー》(Berardo)のコーヒー、モカが一杯二〇元もするのに対し、民工の弁当が五元であるというように、所得と消費の格差が著しく広がっていたのは、まさに二一世紀的といえよう。

### ◈八〇年代上海のカンパリソーダ

文革後の七〇年代末に中国共産党最高実力者となった鄧小平(トン・シアオピン、とうしょうへい、一九〇四~九七)は、経済の改革・開放路線を積極的に推進した。それは農村における人民公社解体という農業政策から始まり、続けて深圳などの経済特区政策へと進展した。だが鄧小平が黄浦江をはさんで旧上海租界地区(浦西)の対岸三五〇平方キロ(旧租界の約一一倍)に、一大産業地帯である「上海浦東新区」の建設を決定したのは九〇年四月のことだった。一九八九年六月四日「血の日曜日」事件（または第二次天安門事件）で共産党軍が北京の市民・学生を虐殺、これに抗議した日本欧米がいっせいに経済制裁を加えたため、鄧小平は最後の切り札として上海再開発に着手したのである。

その後の上海の急速な発展は周知の通りだが、それ以前の八〇年代にはどんな街だったのか。七〇年代のように大衆食堂のビールを丼で飲んでいたのか……すでに述べたように、上海は七〇年代末の留学以来、私が繰り返し訪れ続けた街なのだが、八〇年代の体験はすっぽり抜け落ちており、この時期に関しては具体的なイメージが湧かないのだ。

そんな私の前に、二〇〇四年に突如として『こころ熱く武骨でうざったい中国』（情報センター出版局）という素敵な中国体験記が登場した。著者の麻生晴一郎氏は東大国文科の学生だったときに、私の現代中国文学ゼミに参加したことがある。私がゼミ生の一人のOさんに横光利一の名作『上海』（一九三二）の謎のヒロイン名を借りて「芳秋蘭」というあだ名を付けたところ、「芳秋蘭とは京劇の名優梅蘭芳と二文字も重なっているんですね」という鋭い指摘をしたのが麻生君であった。そこでお礼に「ダンプ麻生」というあだ名を付けたので、今も印象に残っている。

その彼が実は一九八七年に上海・復旦大学に語学留学し、その後も現在に至るまで「不法滞在や不法就労」の旅を繰り返し、またそんな中国の旅で知り合った中国人たちを東京で世話してきたという。「武骨でうざったい」ながらも「こころ熱く」なるような体験に基づいて、麻生君は実に奥深い中国論を展開しているのだ。

中国が素晴らしくて日本がダメなどということはありえないし、その逆もありえない。ただ一ついえば、そういうことをぼくに教えてくれたのが日本ではなくて中国であったことだけは確かだ。

こんな言葉を十分な説得力を以て語れる日本人は、戦前の上海で内山書店を開いた内山完造などごく少数の人しかいないのではあるまいか。それはともかく、とりあえずは本書から麻生君が体験した八〇年代上海を紹介しよう。

八〇年代後半の上海は全体として見ればきわめて退屈な街だった。社会主義一色から市場経済の時代の移り変わる過渡期にあたり、革命バレエなど革命中国を代表する事物は姿を消していたものの、一方で客を客とも思わないようなサービス観念の欠如や、交通、商業の未発達といった社会主義の弊害は色濃く残っていた。

西側の文化が押し寄せていたとは言え、たとえばディスコ、デパートなどは、東京に比べると二昔も前の野暮ったいものでしかなく、また、戦前の租界時代の名残に関しても、和平飯店などの建築物が遺骸のように残るにすぎなかった。革命中国の面影も洗練された西側文化の気配もともに希薄な、中途半端な街であった。

実にボロクソである。中国文学を読まずして留学などするとこんな極論に陥るのだ、と中文教授としてはお説教の一つもしたくなるところだが、麻生君は読書にまさる得難い出会いを経験している。何と彼は復旦大学の女学生と知り合ってデートを重ね、ついには烏魯木斉路北端付近の中層アパートの小部屋で同棲に至るのである。あの八〇年代上海で！

陳寧は退屈さとはまるで無縁の、はたで見ると行動的で、意中の女性としてはハラハラさせられるじゃじゃ馬だった。実際彼女のバイタリティーには驚かされた。中国一、二を争う名門大学の理系で成績優秀者でありながら、毎晩のように飲み歩き、踊り、数え切れない数の男の知り合いを所有して、ファッションにおいても当時の上海で異彩を放っていた。学校の勉強だけでなく、将来の米国留学をにらんだTOEFL対策にもぬかりがなかった。

麻生君がこの『上海ベイビー』の衛慧さんを彷彿とさせる女学生と最初に国際海員倶楽部でデートしたとき、彼女が注文したのがカンパリソーダであったという。そして一六年後に魯迅公園付近のその名も甜愛《ティエンアイ》路のカフェバーで彼女と再会した時には、往時を偲んで麻生君がカンパリソーダを注文するのだ。上海ソーダの味は甘いか苦いか、それを知りたくばとくと同書『こころ熱く……』をご覧あれ。

# 5 淮海中路の文化探検

前二章で上海・烏魯木斉路《ウルムチルー》の七〇年代八〇年代物語をお話ししてきた。本章ではお待たせの淮《ホワイ》海《ハイ》路に突入して、一気に九〇年代から現在に至る淮海路物語を語りたい。

## ◈華亭伊勢丹一帯の九〇年代風景

淮海路は全長約七キロ、旧フランス租界を東西に走るメイン・ストリートだ。東路、中路、西路と三つに区分され、その中でも中路が五キロと断トツに長く、建設されたのも一九〇一年と東路・西路と比べて一〇年以上も早い。淮海中路はかつては霞飛路(フランス語名はAvenue Joffre)と称したが、日中戦争期の汪精衛(汪兆銘)対日協力政権下で泰山路と改名され、戦後の四五年一〇月に国民党政権下で二年前に死去した国民政府主席の林森を記念して現在の東路・西路もあわせて林森路と改称した。そして四九年の人民共和国建国後の五〇年五月二五日に、上海市人民政府が国共内戦・淮海戦役における共産党軍勝利を記念して林森路を淮海路と改称したのである(許洪新『従霞飛路到淮海路』上海社会科学院出版社、二〇〇三)。統治者がフランス、汪精衛政権、国民党そして共産党と変わるごとに、呼び名が変わったという点からも、この通りの重要性がうかがえよう。

黄河と長江の中間を流れる河に淮河があり、これにより中国は南北に分けられる。たとえば淮河以北の都市では冬には暖房が入るが、淮河以南では暖房はない、といった具合である。この淮河以北および海州（現・連雲港市西南）一帯を淮海と称し、淮海の中心都市である徐州までは上海から直線で北西約五〇〇キロの距離がある。

一九四八年一一月から四九年一月にかけて共産党軍は北西から進軍して淮海・徐州一帯の国民党軍を撃破し長江以北を確保、上海占領への道筋を付けたのであった。上海では東西を走る大通りには南京路、北京路、福州路など都市の名前を付けることが多いのだが、淮海路とは淮海戦役が上海に対して持つ大きな意味を考えて命名されたものであろう。もっともその割には手元にある劉恵吾編『上海近代史』（上海・華東師範大学出版社、一九八五）や唐振常主編『上海史』（上海人民出版社、一九八九）、高橋孝助・古厩忠夫編『上海史』（東方書店、一九九五）などの歴史書は淮海戦役に一言も触れておらず、大部の年表である『現代上海大事記』（上海辞書出版社、一九九六）が四八年一一月六日と四九年一月一〇日の項目でわずかに一、二行、戦役の開戦と勝利を記しているだけである。ちなみに北京には淮海路はない。

さて烏魯木斉路は北路と中路を合わせて合計二キロ弱で、中路の南端で淮海中路に交差するのだが、この交差点を東に左折すると地下鉄常熟路駅を経て陝西南路までの東側一・二キロは、交差点西側の日本総領事公邸一帯と同様に落ち着いた高級住宅街であり、街並みは七〇年代から変わってはいない。

ところが地下鉄陝西南路駅を過ぎると、新築の高層ビルが増え、やがて瑞金路を越えると華亭伊勢丹が見えてくる。この日系デパートがオープンしたのは一九九三年六月、その二年後には上海で最初の地下鉄である一号線が開通して北部の上海駅から南西部の莘荘間二一・五キロが逆Sの字で結ばれた。この一号線は日本橋から銀座のデパート地帯を走る東京の銀座線にも似て、全一六駅中、常熟路・陝西南路・黄陂南路の三駅を淮海中路に置くという淮海中路優遇路線である。そして華亭伊勢丹は陝西・黄陂両駅の中間に位置しており、この一帯に上海の高級ショッピング街が形成されたのである。外資系デパートは高価ではあるが品揃えが良く、特に華亭伊勢丹は日本と同様のデパートのサービスを持ち込んだのだ。たとえば九六年当時でも南京路の民族系デパートであろうが、北京の欧州系デパートであろうが、売り子は客に伝票を渡してフロアー中央にあるレジで精算させ、客が売り場に戻るのを待って領収書と引き替えに品を渡していたものだが、華亭伊勢丹では売り子が代金やクレジット・カードを預かりレジまで往復したのだ。

　華亭伊勢丹の前に上島珈琲という外資系のチェーン・コーヒー店があったので入ってみた。カウンターのほかにゆったりとしたソファー席を数多く配置しバーのような雰囲気を醸し出しているのだが、まだ昼前だったためか一人でコーヒーを飲んでいる人が多かった。上島珈琲は地下鉄開通から二年後の一九九七年上海に進出しており、現在では市内に数十軒の支店を持っているという。メニューを見ると、藍山《ランシャン》（ブルーマウンテン）が三〇元、張裕干紅のワイン小瓶が七八元だった。烏魯木斉路から小一時間も歩くと、街の風景は七〇年代風から九〇年代風へと変化し、コーヒーの値段も二〇元から三〇元へと値上がりするのだ。ちなみにこのコーヒー&バーでは食事も出しており、張裕というのは山東省煙台名産のワインで、私はついバー風の雰囲気に誘われてこれを注文し、腰のあるフルボディをハーフ・グラスだけ味わって残りはホテルに持ち帰ることにした。

### ◈二一世紀風景の大上海時代広場と芥川龍之介の新天地来訪

華亭伊勢丹を過ぎてなおも淮海中路を東に三〇〇メートル進むと重慶路《チョンチン》とその上を走る南北高架路との二重交差点に出る。そして重慶路と高架路との間に掛かった口の字型の歩道橋に登って重慶路を越し高架路をくぐると、目の前の淮海中路最後の一段に二一世紀上海の絶景が忽然と現れるのだ。車道は左右の二車線プラス中央共有車線の合わせて五車線の、狭からず広からず、車は渋滞せず歩行者は横断を苦とせぬ適度な道幅で、歩道もプラタナスの並木にゆったりと花壇を配して幅広い。この淮海中路東端一キロほどを左右から中環広場、太平洋百貨(二〇一六年閉店)、香港新世界大厦、香港広場、そして大上海時代広場《タイムズ・スクエア》らの個性的なデザインの堂々たる超高層ビルが取り囲んでおり、あたかも長円形の巨大な広場を形成するかのようである。一キロ先の西蔵南路との十字路を越えると淮海東路となるのだが、その遥か先に蜃気楼のように浮かぶのは、黄浦江対岸は浦東新開発地区の超高層ビル群であろうか。

大上海時代広場は二一世紀の入り口にさしかかった二〇〇〇年二月に竣工したもので、二〇〇一年の香港映画『少林サッカー』にも登場したので、ご存知の方も多いであろう。かつては「黄金右脚」で鳴らしたものの、インチキ賭博のために足をへし折られてしまい、今では監督としての復帰を願う中年男を演じる呉孟達（ン・マンタ）が、悪玉オーナーに愚弄され自暴自棄となって昼間から缶ビール片手でさまよう場所が大上海時代広場なのだ。そしてこの上海二一世紀の象徴のような空間で、左右のゴミ籠に両足先を載せ股を水平に開いて少林武術の修行をしているふしぎな青年星哥《シンコー》（チャウ・シンチー、周星馳）に出会うのだ。

夢破れ厳しい現実の中で下積みの暮らしに甘んじていた男たち、腹が出っ張り髪も薄く、近眼めがねに過食症という中年男どもが、友情と信念、闘志とに支えられ一躍大スターとなっていく『少林サッカー』はそんな現代風の香港ドリームを描いた傑作なのだが、うらぶれた中年男およびボロの作務衣にボロの運動靴を履いた星哥と、二一世紀上海の最先端超高層ビルとの組み合わせが何ともユーモラスであった。

一九九〇年代上海の華亭伊勢丹一帯では、九〇年代高層ビルに混じって国泰電影院（キャセイ・シアター）のような趣のある三〇年代の建築物も残っていて、歴史に支えられたある種の安心感を与えてくれるのだが、二一世紀上海の時代広場一帯は新築の超高層ビルで包囲されており、些か無機的にすぎる。そこで歴史感を演出しようとして再開発されたのが太平洋百貨の裏手に広がる新天地なのだろう。

上海では一八六〇年代には「里弄《りろう》」と称される中国人用集合住宅が建設されており、入り口の周囲に石材を用いたため「石庫門」と呼ばれた。石庫門住宅は中央に坪庭を持ち煉瓦と漆喰で建てられていた江南の伝統住宅と一九世紀イギリスの労働者集合住宅とを折衷して造られたものという。新天地一帯の二階建て石庫門里弄は、淮海中路が建設された一九〇一年以後に造られたのであろう。

一九二一年六月に上海を訪問した芥川龍之介は、この新天地にあった社会主義者、李人傑（リー・レンチエ、りじんけつ、本名は李漢俊、人傑は字、一八九〇〜一九二七）の自宅を訪れている。東京帝国大学に学んだ李人傑は、当時の上海ではすでに『若き支那』を代表すべき一人」であり、李家の応接室のようすを芥川は「長方形の卓一、洋風の椅子二三、卓上に盤あり。陶製の果物を盛る……この拙き自然の模倣以外に、一も目を慰むべき装飾なし。然れども室に塵埃を見ず。簡素の気に満てるは愉快なり」と描写している。

この応接室と二階の書斎とを繋ぐ階段がなかったようすで、芥川は「我我の通つた応接室は、

新天地にある
中共一大会址記念館

国泰電影院
（二〇〇九年撮影）

二階の梯子が部屋の隅へ、ぢかに根を下した構造だつた。その為に梯子を下つて来ると、まづお客には足が見える。李人傑氏の姿にしても、まづさきに見たのは支那靴だつた」と記しているのは興味深い。

実はこの応接室こそ、二か月後の七月二三日、毛沢東、周仏海そして李人傑自身を含む中国各地からの代表一二名およびコミンテルン派遣のマーリンらが集い、中国共産党の正式成立を定めた中共第一回全国代表大会が開かれた会場なのである。李家は現在では新天地入り口付近に「中共一大会址」の記念館として保存されており、芥川が活写した「簡素の気」に満ちた応接室も見学することができる。

新天地とはこのような歴史ある「石庫門里弄」の住宅群を、元の建物を生かしつつ大改装して二〇〇一年から二〇〇二年にかけてオープンしたリニューアルタウンなのである。ここにはお洒落なバーや喫茶店、ブティックが集まり、日本食からイタリアンまで世界の高級グルメが並んでいる。香港や台湾の観光団が旗を立てて見学に来るほどなのだ。

## ◈上海の「白領階級」と『少林サッカー』

以上、烏魯木斉路のS賓館を起点として南下し、淮海中路を東に左折して大上海時代広場に至る八キロ二時間強の街歩きに、三章を費やしてしまった。それでも七〇年代上海から二一世紀上海までの変化を街の表情によって体感していただけたのであれば、ちょっとした「文化探検」であったといえよう。本書七五頁でも述べたように、私は拙著『現代中国文化探検』の上海の章で、上海が自らのアイデンティティを獲得した繁栄爛熟のあの三〇年代オールド上海と、改革・開放の九〇年代とを比べるには、外灘《バンド》から南京路《ナンチンルー》までのT字路を歩くのが良い、と勧めてみた。将来、この新書の改訂版を出す機会があれば、このT字路にぜひとも南京西路から愚園《ユイユアン》路の百《パイ》楽門《ローメン》経由で烏魯木斉路へと左折して南下し、再び左折して淮海中路へと進んで外灘に戻るL字路を組み合わせて紹介したいものだ。

ところで大上海時代広場の前を行き交う人々は、みな上海のエリート「白領《ホワイトカラー》階級」であり、ファッショナブルなツーリストであって、『少林サッカー』のうらぶれた中年はほとんど見かけない。それでも広場東南角の柳林路を南に曲がってみると、廃品のダンボールや古い椅子を山積み

香港系高級ショッピングモール「大上海時代広場」

大上海時代広場のすぐ脇に停まる廃品回収の荷車（二〇〇四年撮影）

した荷車が停まっていた。

私は拙著『中国映画　百年を描く、百年を読む』の香港映画の章で、『少林サッカー』が大陸映画会社との合作でありながら、未審査のまま香港で「違反上映」したため中国映画局の処分を受けるだろう、と『広州日報』が報道していたことを紹介し、「高度経済成長から取り残された人々は、中国にも何億といることだろうに……」と嘆いたものだ。こうして実際に時代広場壁面の洒落た連卡佛　Lane Crawford の看板の下に停まっている廃品回収の荷車を見ていると、上海の民工や失業者群のことがひどく気になってきたものである。

# III

# 地方篇

## はじめに

周知の通り中国は「地大物博、人口衆多」（土地広くして豊かな資源、あまたの人）である。全中国四〇年来のお酒と文化の変遷を見渡すことは、至難の業《わざ》である。しかし小説家、それも魔術的リアリズムの鬼才であれば、それも可能となるやも知れない。その恐るべき作家とは閻連科（イエン・リエンコー、えんれんか、一九五八〜）であり、その魔術的小説とは『炸裂志』である。昨年私が書いた同書の書評を引用したい。

> 中国の地方志とは一地方の自然地理、人文地理、経済地理を記す全史であり、唐代以来一二〇〇年の歴史を有する。従って『炸裂志』とは炸裂地方の全史であるはずなのだが、主筆は序文で、巨万の報酬に目が眩んで編纂を引き受けた、と告白している。今や世界の注目を集める鬼才閻連科ともあろうものが、と不思議に思って読み進めると、人口数百の山村が一九八〇年頃の改革・開放経済の波に乗り、あれよあれよという間に上海にも匹敵する

巨大都市へと大変貌を遂げる驚異の三〇年史が展開するのだ。

炸裂村には孔・朱・程の三大宗族がおり、孔朱二族は文化大革命で派閥抗争を繰り広げた。改革開放期にはミニ諸葛孔明のような孔明亮（コン・ミンリャン）青年が山岳鉄道を襲う貨車泥棒隊を率いるいっぽう、前村長の娘の朱穎（チュー・イン）は広州で娼婦となり、まもなく豪勢な風俗店を開業する。二人は親の代からの仇同士であるいっぽう、神のお告げにより夫婦になるのだが、そこに程一族の娘程菁（チョン・ジン）が割り込んでくる。

村から県、県から市へと昇格するに伴い、彼らの賄賂の規模や色仕掛けの巧妙さも大躍進し、炸裂ではその地名の通りに爆発的発展のため家族も地域も分解していく。朱穎は奇想天外な方法で父の仇を討ついっぽう、孔明亮を完璧に自分の男とすることは叶わないまま、驚くべき結末に至る。解放軍を除隊したのち、退役軍人を集めて山中に中隊を基礎とする海軍を作り上げ、アメリカに対抗する孔明亮の弟孔明耀の愛国主義も不気味である。

私が知る現実の中国の庶民はまじめで、概して落ち着いた日常生活を送っているのだが、北京の青天が〝霧霾《ウーマイ》〟すなわちPM2.5により灰色に変じ、昨年規律違反で処分された共産党員が四一万人を超す等々のニュースを聞くと、『炸裂志』は現代中国の問題を凝縮してみせた壮大な寓話であると思わざるを得ない。これぞまさしく閻連科式魔術的リアリズムの真骨頂といえよう。（『公明新聞』二〇一七年二月二六日）

驚異の経済発展に伴い、炸裂では一大歓楽街が形成され、全国から美しい娘たちが押し寄せてホステスとなる。そこでは元村長からアメリカの元ベトナム戦争従軍兵だった投資家たちまで国内外の客を相手に、昼となく夜となく大歓楽が展開されるのだが、極め付けは炸裂の直轄市への昇格（つまり北京・上海と同格）のための審査に来た調査団に対する接待であろう。

この話を彼らがしたのは、市府園のダイニングホールのゲストルームであった。すばらしい美食を味わったあと、調査研究チームの人たちと市政府の数人の要人だけがまだダイニングルーム横のゲストルームに残っていて、それぞれの前には一つずつ木の盥《たらい》が並べてあった。それぞれの盥の中には七、八本のマオタイ酒が注がれており、その酒に足を浸し、マオタイ酒の醤《しょう》香《こう》の匂いがたっぷりと漂う中で、選りすぐりの娘たちが彼らにフットマッサージをしてくれるという趣向であった。調査研究チームのリーダーはマッサージを受けてちょうどいい感じになったところで、彼は横にいる市長の方に目を向け、思わせぶりに笑いながらこんな話をしたのである。そのあと、六十歳の二本の足をマオタイ酒の中でこすりながら言った。わたしは酒に足を浸したのは初めてだが、酒に足を浸すというのは、足の力が抜けて感覚がなくなって来るものだな。（閻連科、泉京鹿訳『炸裂志』河出書房新社、二〇一六）

茅台酒《マオタイ》は「国酒」とも、スコッチウイスキー・コニャックブランデーと並ぶ世界三大銘酒とも称される銘酒の中の銘酒であり、この茅台酒七本で充たされた木桶に両脚を浸して受けるマッサージとは、まさに驚天動地の事件ではないか！　閻連科さんが全中国の白酒党から指弾されたのではないかと案じられるほどである。そのいっぽうで、白酒党の夢のまた夢が茅台風呂であろうか、とも想像される。

本篇では魯迅（ルーシュン、ろじん、一八八一～一九三六）が約一〇〇年前に故郷紹興の銘酒紹興酒をどのように飲んでいたのか、二〇一二年にノーベル文学賞を受章した莫言（モーイエン、ばくげん、一九五五～）が故郷高密県の白酒をいかに描いているのか、チベット庶民は自家製の青稞酒《チンコー》をどんなふうに楽しんでいるのか、などについて魔術的ではなく私の体験に基づいてお話ししたい。

# 1　魯迅による紹興酒の飲み方

中国文明は酒の文明でもある。六、〇〇〇年前の大汶口文化の遺跡からは高さ六〇センチの酒甕が出土し、三、五〇〇年前の河南省の殷墟からは大規模な酒造場が発掘されているという。秦朝末期の紀元前二〇六年、天下を争う項羽と劉邦が鴻門にて会見したとき、身を挺して暗殺を防ごうとした劉邦の武将樊噲が、宴席で豚の生肉に食らいつき一斗入りの大杯を干し、死すら恐れず、いわんや酒杯ごときをや、と答えて項羽を「壮士なり」と感嘆させなかったら、歴史は変わっていたかも知れない。

### ◈短編小説「酒楼にて」

李白が「両人対酌《たいしゃく》して山花《さんか》開く／一杯一杯復《ま》た一杯／我酔《よ》ふて眠らんと欲《ほっ》す　卿《けい》且《しばら》く去れ／明朝意《い》有《あ》らば琴を抱きて来たれ」（「山中にて幽人と対酌す」）と詠っているように、酒を抜きにして唐詩は語れない。そして酒は現代文学とも深い縁がある。魯迅は銘酒の産地紹興の出身であり、こよなく紹興酒を愛した。こんな李白の詩を読むと、思わず、魯迅先生、もう一杯！、と声かけしたくなるものだ。

そもそも中国酒は醸造酒と蒸留酒との二つの系統に大別され、穀物を麹で糖化して醸造する酒を黄酒《ホワンチウ》、あるいは老酒《ラオチウ》と呼び、魯迅と縁の深い紹興酒はその代表なのである。このように奥深い中国酒の世界については、酒博士の花井四郎氏が蘊蓄を傾けて語った書『黄土に生まれた酒』（東方書店、一九九二）を参考にするとよいだろう。

さて魯迅が一九二四年に発表した小説に、「酒楼にて（原題：在酒楼上）」という短篇がある。語り手の「僕」が北方からの帰郷に際しS市に立ち寄ったのは、彼が一〇年ほど前にこの街で一年間教員をしていたからだった。しかしかつての同僚たちを訪ねても、すでにみなこの街を出てしまったあと。しかたなく一人で昔の行きつけだった一石居という酒楼（料理屋）の二階に上がり、隣の廃園の雪景色を見ながら紹興酒を飲み始めた。するとそこに偶然にも学生時代の友人で同僚教員でもあった呂緯甫（リュイ・ウェイフー）がやって来る。呂もS市を出て済南、太原へと北方に流れて行き、同郷人の家で家庭教師をして食いつないでいるのだ。驚いたことに彼が教えている教科書とは、彼らが青年時代に悪しき伝統の元凶として批判していた儒教経典の『詩経』や『孟子』『女児経』などであった。

二人が学生時代を過ごしたのは、清朝末期の二〇世紀初頭のことで、当時の青年たちは欧米や日本の侵略を跳ね返すためには先ず異民族王朝である清朝を倒すべきだ、と熱く語り合っていたことだろう。すでに民主主義や社会主義の洗礼を受けていた彼らは、清朝統治正当化の理論的支柱である儒教を厳しく批判していたことだろう。こうして辛亥革命（一九一一）を迎えると、アジア最初の共和国である中華民国の建設に尽くそうとして、二人はS市の中学高校か師範学校で教鞭を執ったのであろう。

辛亥革命に直面した清朝は、北洋軍閥の総帥袁世凱（ユアン・シーカイ、えんせいがい、一八五九〜一九一六）を五か月前に創設されたばかりの内閣総理大臣に任命し革命勢力と対決させたため、南北の軍事力は均衡し内戦は膠着状態となった。その後、孫文・袁世凱との電報による南北談判の結果、二月清帝退位と引き換えに袁が臨時大総統に就任することとなる。やがて袁世凱は国会をとりつぶし憲法を廃止するなど革命の成果を踏みにじり、一九一六年には帝政を復活して自ら皇帝の座につくことを企むのであった。しかし各地で反袁闘争が激化したためわずか八三日で帝政を取り消し六月に急死している。袁の死後、北洋軍閥は段祺瑞の安徽派、馮国璋の直隷派、張作霖の奉天派に分裂し、首都北京の争奪戦争を繰り返した。また南方の非北洋系諸軍閥が憲法擁護を錦の旗に中央政府に反旗を翻すなど、各軍閥がそれぞれ独立政権化し、中国はその後一〇年余りの分裂期を過ごすのであった。

魯迅は東京留学時代に革命団体の光復会に加盟しており、帰国後に紹興で辛亥革命を迎えたときには、学生武装隊を率いて城内警備にあたり革命軍の入城を迎えている。さらに革命軍政府から紹興師範学堂の校長に任じられると、新教育体制のため親友の范愛農（ファン・アイノン、はんあいのう、一八八三〜一九一二）と献身的に働くが、紹興の軍政府はたちまち腐敗し、これを批判した学生たちの新聞も取りつぶされてしまい、やがて教育部（日本の文部科学省に相当）の官僚として首都に召し出されて郷里を後にするという体験を持っているのだ。その後の紹興では范愛農が師範学校を追われ、革命の挫折に絶望して自殺とも思える溺死を遂げてしまうという事件も起きている。

「酒楼にて」という小説は、こうした辛亥革命の夢に破れた男たちの、故郷での再会の物語なのである。

### ◈魯迅の国民革命への違和感

さて酒楼にて酒杯を重ねるうちに、呂緯甫はこのたびの帰郷の目的を語り始める。一つは老母の頼みで三つで死んだ弟の遺体を掘り出し父の墓の脇に改葬してやることだったが、遺体は骨も服も髪さえも跡形なく消えていた。目的の二つ目はやはり老母の頼みで隣人の船頭の家の長女にS市では買えず彼女が泣いて欲しがっていたビロードの髪飾りを届けてやることだった。この娘は一〇歳そこそこで母に結核で死なれ父や弟妹の面倒を見ていた働き者の心根のやさしい子であったのだが、呂が家まで訪ねて行くと、なんと去年の春に結核で亡くなっていたのだった……。

寂しい話に耳を傾けるうちに日も暮れて雪が降り始め、二人は別れのときを迎える。「今後はどうするんだい」と「僕」に問われた呂は「今後？――わからん。ねえ僕たちがあのころ予想したことで一つでも願い通りになったことがあるかい？　僕は今は何もわからん、明日もどうなるかもわからん、一分後だって……」と答えるのであった。辛亥革命の挫折を背景に、弟の遺体の消失や昔の知り合いの娘さんの死を前にして、二人が繰り返すつまらん（原文・「無聊」）という言葉など、全体に深い絶望感が漂う作品である。

ところが「酒楼にて」発表当時の中国では、実際には文学革命（一九一七）をきっかけに、五・四運動（一九一九）、京漢鉄道スト（一九二三）、五・三〇事件（一九二五）と政治運動が活性化していた。革新的文化運動がきっかけで辛亥革命のやり直しともいうべき国民革命が胎動していたのである。周恩来（チョウ・エンライ、しゅうおんらい、一八九八～一九七六）や鄧小平（トン・シアオピン、とうしょうへい、一九〇四～九七）と同世代の革命家で中国共産党指導者だった鄭超麟（チョン・チャオリン、ていちょうりん、一九〇一～九八）は、当時の状況を次のように回想している。

> 一九二四年秋は、中国革命あるいは大運動の前夜だとみんなが感じていた……一方では、袁世凱以来の北洋軍閥の統治能力がすでに衰退、分裂し、瞬く間に持ちこたえられなくなっていた。他方、中国には、前代未聞の新勢力、近代プロレタリアートが現れていた……さらに重要なことは中国にはすでにプロレタリア階級の政党があったということである。中国共産党はプロレタリア階級の経済闘争を指導したばかりでなく、全国の一般民衆の闘争をも指導し、さらには民族的民主的闘争に参加し、それを促進したのであった。（鄭超麟、長堀祐造ほか訳『初期中国共産党群像一　トロツキスト鄭超麟回憶録』東洋文庫、平凡社、二〇〇三）

このように青年革命家らが大いに盛り上がっていたのに対し、どうして一世代上の魯迅は「酒楼にて」のような暗い小説を書いていたのだろうか。これには辛亥革命における挫折体験のほかに、魯迅が共産主義革命に対して抱いていた危機感も指摘できよう。当時の魯迅は、ロシア革命

（一九一七）以後、世界的に広まっていた共産主義革命を、同じ左翼ではありながら強権主義と批判する立場に立っていたのである。具体的にいえば、ロシア革命をやってはならない革命と批判した英国のバートランド・ラッセル（一八七二～一九七〇）や日本の大杉栄（一八八五～一九二三）らのリベラリストやアナーキストに共感していたのである。

左翼運動が盛んになった一九二〇年代の日本では、一九二七年に芥川龍之介が「何か僕の将来に対する唯ぼんやりした不安」（「或る旧友へ送る手記」）が動機であると書き残して、自殺している。芥川没後の昭和史とは、金融恐慌（一九二七）、世界恐慌（一九二九）を時代背景としてマルクス主義、ボルシェビズムが短期間隆盛したのち壊滅するいっぽう、満州事変（一九三一）から太平洋戦争を経て日本国家自体が滅亡に至る歴史であった。この昭和戦前期の精神史をめぐって、フランス文学者の渡邊一民は次のように指摘している。

わが国において国家による排他主義が露骨に顕在化する以前に、思想や文学の領域においてまずマルクシズムの絶対化がおこなわれ、一九三〇年代前半に特定の立場からするきびしい統制のおこなわれる不寛容の時代がすでに現出していた……左翼の培った土壌は、そのまま三〇年代後半には日本主義の活躍する場として引きつがれていく。（渡邊一民『林達夫とその時代』岩波書店、一九八八）

渡邊はフランスにおけるアンドレ・ジイド（一八六九〜一九五一）のような「みずからの過去の思想との対決をつうじてしだいに左傾していく着実な歩み」は「一九三〇年代の日本では許されなかった」とも指摘するが、芥川の自殺とは昭和戦前期を覆うことになる全体主義への不安の表白ではなかったろうか。そして芥川と魯迅とは日中両国の同時代作家として互いに高く評価し合う仲であった。

### ◈紹興酒一升四合を飲みながら

この間の事情について、私は拙著『魯迅事典』や『魯迅と日本文学――漱石・鷗外から清張・春樹まで』（東京大学出版会、二〇一五）などで詳しく述べたので、これ以上語るまい。むしろ本章では、S市の酒楼にて再会した二人のうらぶれた中年男による紹興酒の飲み方に注目したいのである。先ずS市のモデルが、魯迅の時代に常用されていたウェード式でShaoshing、現在の拼音《ピンイン》式ではShaoxingと表記される紹興であることは、いうまでもなかろう。

ちなみに長い歴史を誇る古都にして米の大産地、さらには明清時代に運河による交易で栄えた浙江省紹興からは、伝統的に多数の科挙受験者、合格者を輩出していた。科挙とは官吏登用のための資格試験で、清代には主に三段階に分かれ、童試に合格して科挙受験有資格者である生員（秀才）となり、三年に一度省都で行われる科挙第一試験の郷試に合格して挙人となり、北京で行われる最終試験の会試・殿試等に合格して進士となる。しかも童試が県試・府試・院試とに分かれているように、各段階の中に二〜四の試験があり、郷試の合格率は一％前後で、一〇〇万人いたと推定される生員のうち、最終的に進士となれるのは約三〇〇名にすぎない。そのため生員などの多くが高級官僚の秘書となったのである。

進士に合格して高級官僚となると、出身省以外の土地に県知事として赴任するのだが、その際、正妻は故郷に残って家屋敷と田畑を守り、知事は第二夫人と召使い、料理人のほか、同郷人の秘書を連れて赴任するのだ。明清時代の中国では知事らの秘書のことを幕友または師爺《しや》と称しており、紹興出身の秘書は特に「紹興師爺」として知られていた。呂緯甫の家庭教師勤務先の同郷人とは、おそらく地方に赴任した高級官僚なのであろう。広大な中国は約二、〇〇〇の県級行政区に分かれ、県ごとに独自の方言を話していたのである。県とは人口数十万規模で、日本の郡に相当する行政単位である。

紹興の魯迅の生家一帯は、現在「魯迅故里」として保存・公開されている。記念館、三味書屋、百草園なども点在する（二〇〇九年撮影）

S市では昔の同僚にだれ一人会えなかったとはいうものの、馴染みの酒楼は健在で、退屈しのぎに踏み慣れた階段を二階まで上った「僕」は、紹興酒一斤と「油豆腐」を一〇個注文し、一〇年前と同様に「辛子味噌を多めに付けてね!」と念を押すのを忘れない。「油豆腐」というのは豆腐を乾燥させて固めた「豆腐乾」を油で揚げたもの、辛子味噌を付ければいい「下酒菜(酒の肴)」となるのだ。それにしても一斤は約五〇〇CCで、紹興酒のアルコール度数は日本の清酒とほぼ同じ一八度前後だから、日本酒でいえば三合近くを一度に頼んだわけである。今日は一人しんみり飲もうというつもりなのだろう。ちなみに私の経験では、現代中国人は一人前半斤から飲み始めるのが普通で、大きめのご飯茶碗一杯が約二五〇CCである。

そしてこの席に偶然にも旧友の呂緯甫が加わったので、「僕」はさらにソラマメをウイキョウの香料で茹でた茴香豆《ホイシアンドウ》に肉の煮こごり、青魚の干物などを注文する。どれも旨そうな肴であり、紹興酒は二斤追加。一〇年ぶりの再会を祝して大いに飲もうというわけで、呂緯甫の語る話を聞きながら、「僕」はさらに酒二斤を追加している。こうして二人でなんと五斤つまり二、五〇〇CC、一升四合近い紹興酒を飲んだわけである。

魯迅にとって、同世代の登場人物にも大酒を飲ませずにいられぬほどの辛い時代であったのだろう。それとも中華民国期の紹興の酒楼では、一斤といいながら多少鯖読んで少なめに出していたのだろうか。そもそも魯迅自身はどのように酒を飲んでいたのだろうか。それは次の章でお話ししよう。

## 2 魯迅と紹興酒

### ◈貧乏読書人と魯鎮の飲み屋

「孔乙己（コンイーチー）」は魯迅作品の中でも、「阿Q正伝」や「故郷」とともに日本で広く親しまれている小説である。その舞台は魯鎮（ルーチェン、ろちん）という町の飲み屋で、時は作品執筆時の一九一九年から二〇年ほど前、清朝末期の頃である。一二歳からこの酒場でお燗番として働いていた語り手の「僕」が、表のカウンターに時々立ち飲みにやって来ていた孔乙己という貧乏書生の思い出を語るのである。

孔乙己は長衫（チャンシャン、ちょうさん）または長衣と呼ばれる単衣の足首まである上着を着た読書人であったが、科挙受験資格試験に落第し続けて秀才（科挙受験有資格者）にもなれない。書物の筆写請け負いで食いつないでいたが、酒好きのため預かった本や筆・硯を売り飛ばしてしまい、ついには挙人の家に盗みに入り足を折られてしまう。ある日両手でいざってやってきた孔乙己に、店の主人は貸しがあるんだぞ、足を折ったのはまた盗みをしたからだろう、と冷笑を浴びせるが、「僕」はそっと酒をお燗してあげる。それ以来、「僕はとうとう今日に至るまで彼の姿を見ていない――おそらく孔乙己は死んだに違いない」という言葉で回想は終わる。

孔乙己は身なりだけは読書人の装いである。肉体労働に従事せぬ者の証として、指の爪を長く伸ばしているものの、その長衣ときたら一〇年以上も繕いも洗いもしていないボロ着で、有力者が集まる奥の立派な部屋で椅子に腰掛け、肉や魚の料理を注文して酒を嗜むことなど到底できない。そのため表のカウンターで上半身だけの上着である短衣を着た労働者や農民に混ざって、安い茴香豆《ホイシアントウ》をつまみにして酒を飲んでいるのだ。

　当時の中国では支配階級である地主＝読書人＝長衣族と、被支配階級である農民や労働者の短衣族とのあいだには大きな断絶があった。カウンターの短衣族は、長衣族から転落した孔乙己をからかっては酒の肴代わりにする。それでも一九世紀末の中国では活版印刷がそれほど普及しておらず、小都市では新書の入手が難しかったのだろう、書籍を手で書き写すことが多かった。そこで書に長じている孔乙己は、地主らに頼まれて書籍筆写の仕事にありつくことができ、その賃金で一杯飲めたのだ。

　さて舞台の魯鎮という街は、「孔乙己」以後に書かれる「明日」「波紋」「祝福」三篇にも登場しており、おそらく紹興をモデルにしたものと推定される。そして「孔乙己」以下「明日」「波紋」にも登場する咸亨（シエンホン、かんこう）酒店という名前の飲み屋は、紹興に実在したという。魯迅より四歳年下の弟、周作人（チョウ・ツオレン、しゅうさくじん、一八八五〜一九六七）の回想によれば、咸亨酒店は一八九四年頃に魯迅の親戚が魯迅の実家付近の紹興城内東昌坊に開いた店だが、二、三年ともたずに閉店になってしまったという。魯迅は少年時代の記憶に基づき、短命に終わった飲み屋を「孔乙己」の中で復元したのである。ちなみに「咸亨」とは、すべてうまく行く、という意味である。

## ◈窃書は盗みにあらず

それにしても「孔乙己」冒頭部の、貧乏読書人を肴に盛り上がる酒場の描写は巧みである。ここでは『魯迅全集』版からではなく、特に初出の『新青年』雑誌から訳してみよう。

孔乙己が飲み屋に現れると、飲兵衛たちがみなその姿を見て笑いだし、こう叫ぶ者もいる。「孔乙己、また顔に新しい傷をこしらえてるな！」彼は相手にせず、カウンターに向かい「酒二碗を燗してくれ、それに茴香豆を一皿」といって、一文銭を九個並べる。彼らはもう一度わざと大声で叫ぶのだ。「おまえ、また他人様の物を盗んだろう。」孔乙己は目を剥いて答える。「おまえはなんでありもせぬことで、この身の潔白を汚すのじゃ、……」「潔白

上から、紹興の大通りの風景、万年筆刻字屋（一九七九年撮影）

だって？　俺はおとといおまえが何家《ホー》の本を盗み、縛り付けられ殴られたのを、この目で見てるんだ。」すると孔乙己は顔を真っ赤にさせ、額に青筋を立てて抗弁する。「窃書《せっしょ》は盗みとは言えん。……窃書なのじゃ！……読書人のこと、盗みなどと書けようぞ？」これに続くのが分かりにくい言葉で、「君子固《もと》より窮す」だの「なりけり」なので、みんなはドッと笑い出し、店の内外は愉快な雰囲気に満たされるのだ。

「窃書なのじゃ！」以下の一句は『新青年』掲載時には「竊書！……讀書人的事，能筆偸麼？」となっており、その後、単行本『吶喊』刊行時に傍点部は「能算偸麼？」に改められた。これだと「盗みと言えようか」という意味だが、「能筆偸麼？（盗みと書けるか）」だと、読み書きできる人という読書人本来の意味と掛け合わされていることになる。

「君子固より窮す」とは『論語』「衛霊公」が出典の言葉で、仕官先を求めて弟子たちと共に放浪していた孔子が、楚の国に迎えられて出発したところ、陳・蔡両国の暴徒に包囲され立ち往生してしまい、この逆境に怒った弟子の子路が「君子（高徳の人格者）でもこんなに困窮することがあるのでしょうか」と訊ねたのだ。すると孔子は悠然として「君子固より窮す――君子とてむろん困窮することはあるが、小人が困窮すると破れかぶれになるのにたいし、君子は乱れたりはしない」と答えたという有名なエピソードである。無職で鞭打ちの罰を受けた孔乙己が自らを古代の聖人、孔子様に喩えたというペーソスたっぷりの名文句である。これに続く「なりけり」の原文は「者乎」で、古文の文末に付くと反語や疑問を表す語となる。

そもそも孔乙己という名も、彼の姓が孔だったので手習い手本の冒頭の一句「上大人孔乙己」をあだ名としたものである。このような孔乙己の古文癖について、魯迅研究者の丸尾常喜氏は次のように指摘している。

> 孔乙己は追いつめられれば追いつめられるほど、口語を失い、文語を用いるようになる。彼は、文語文で組立られた彼の観念世界でこそ、自由なのである。しかも彼の観念世界は、現実に民衆と共有している日常の世界に参与する通路をまったくもっていない。一方民衆にとっても、孔乙己は科挙に合格してこそはじめて権威を有する存在であって、彼の頭脳

上から、紹興の魯迅電影院、路上の床屋（一九八〇年撮影）

にたくわえられた知識自体は何の権威ももっていない。（丸尾常喜『魯迅　「人」「鬼」の葛藤』岩波書店、一九九三）

さらに丸尾氏は「中国は大多数の者が自分たちの思想と感情を表現し、伝達する文字を奪われ、さながら「声なき」国であるというのが、魯迅の認識であった……孔乙己を描くことによって、中国の伝統文化、伝統思想のかかえる重大な困難を、的確に描写」したと指摘している。

実際に物語の最後に孔乙己は足を折られた哀れな姿で飲み屋に現れたのを最後に、語り手の「僕」の前から消えてしまうのである。伝統的な固定観念に呪縛され、自意識も主体性も持ち得ぬという点で、孔乙己は名もなき庶民阿Qの読書人版といえるだろう。本来悲劇的なテーマをペーソスたっぷりの短編小説に書きあげた魯迅の筆力は相当なものであり、そして読者に孔乙己への共感をかき立てるのが、先ほど引用したような飲み屋の愉快な場面なのである。「君子固より窮す」といった「なりけり」言葉を駆使して、短衣族の客たちを煙に巻き最低限の自尊心を守ろうとする孔乙己の弁論術を通じて、魯迅は現代日本の読者である私たちにも、一九世紀末中国の小都市一隅に店開きしていた飲み屋の空気をしみじみと味わわさせてくれるのだ。

### ◈魯迅の飲みっぷり

咸亨酒店が開店したのは魯迅が一三歳前後のときであるから、彼はこの飲み屋の客になったことはないだろうが、好奇心たっぷりに観察していたことであろう。語り手で物語の当時に一二歳だったという「僕」とは、たぶんに魯迅少年自身が投影されているのであろう。魯迅の父の科挙合格のため贈賄した祖父が七年間も下獄し、続けて父が重病にかかって、少年魯迅が質屋と薬屋を往復するような暮らしを送るようになったのが、彼が一三歳の時なのである。文字など知っていてもせいぜいお燗の番しかつとまらぬ、という境遇、さらには孔乙己のような没落読書人の姿は、少年魯迅自身とも無関係ではなかったのだ。

ところで「孔乙己」の舞台である魯鎮のモデルが紹興で、咸亨酒店が魯迅の家の近所であった以上、孔乙己が「酒二碗を燗してくれ」と注文する酒とは、前回紹介した中国を代表する銘酒、紹興酒に違いない。そして魯迅が小説「孔乙己」を執筆する際には、成人後の飲み屋体験も重要な

上から、水路沿いの稲穂干し、紹興の船にて筆者(一九八〇年撮影)

ヒントを与えていたことであろう。そもそも魯迅自身はお酒好きだったのだろうか。

弟の周作人は「魯迅は酒量は少なかったが、数杯飲むのは大好きで、特に友人と語り合うときなど……」と回想している。同郷人で東京留学以来終生の親友となった許寿裳（シュィ・ショウシャン、きょじゅしょう、一八八三〜一九四八）も「（魯迅は）大酒はしなかった。彼の父親が酒癖が悪かったので、自分で節制しており……」と回想している。魯迅の愛人として彼の晩年、上海時代（一九二七〜三六）の一〇年を共に過ごした許広平（シュィ・クアンピン、きょこうへい、一八九八〜一九六八）になると、魯迅が父親の酒癖を教訓として「ほどほど飲むと、自主規制してしまい、いくら勧めても無駄だった。ただし不機嫌なときなどは、規制を解いて多めに飲むこともあり……」と述べている。そして上海時代の愛弟子である女性作家蕭紅（シアオ・ホン、しょうこう、一九一一〜四二）の回想によれば「魯迅先生はお酒を召し上がったが、たくさんはお飲みにならず、半碗か一碗だった。魯迅先生がお飲みになるのは中国酒で、ほとんどが花彫《ホアティアオ》だった」ということだ。花彫というのは紹興酒の一種で、一碗は半斤二五〇ＣＣである。晩年の魯迅の酒量は孔乙己の半分から四分の一であったわけだ。

そうはいっても魯迅も稀に羽目を外したようである。北京時代の一九二五年六月の端午の節季の日曜日に、許広平とその友達の女学生ら五名を自宅に呼んでパーティーを開いた際に、酒席で女子学生たちを打つ真似をして戯れたらしい。このエピソードは魯迅・許広平のラブレター集としてのちに刊行される『両地書』に出ている。そこで魯迅が許宛に書いているのは、「私は現在に到るまで、本当に酔ったのは一回半だけで、その時はあんな平和なものではありません」という釈明だ。

　魯迅没後一周年を記念する集会で中国革命の父である毛沢東が魯迅を「中国の第一等の聖人」と偶像化したため、儒教の聖人である孔子に替わって、魯迅は社会主義中国における聖人となった。これは毛沢東による魯迅の政治的利用であったが、ほどほどの中庸を守った飲みっぷりは、お手本として大いに学ぶべきであろう。

　ところで私がはじめて紹興を訪ねたのは、一九七九年秋のことである。当時の私は大学院生で、日中国交回復後最初の政府間交換留学生として上海で学んでいた。一年間の留学中に私は旅費をやり繰りして四度紹興を訪ねており、本来外国人を泊めないはずの国営旅館に頼み込み、一泊一元で中国人客との相部屋に泊まったものである。

再建された咸亨酒店（二〇一六年撮影）

店の前には孔乙己の像が置かれている

そんな貧乏学生の楽しみが、紹興の裏通りでひっそりと開業していた飲み屋である。文化大革命が終わって三年がたち、鄧小平時代の改革・開放政策が始まったばかりの頃で、表通りで大っぴらに個人経営の飲み屋を出すわけにはいかなかったのだろう。民家の軒先に簡単な木造テーブルと背もたれのない椅子を五つ六つ並べ、茴香豆のようなつまみを肴に、ご飯茶碗で紹興酒を飲むのだ。孔乙己の真似をして「酒二碗をお燗して」と頼んでみたが、竈の用意がないのでお燗できないという答えだった。二、三度通ううちに冷や酒にも慣れ、むしろこの方が味が良く分かるようになった。まだ外国人が珍しい時代で、相席の地元市民からカラーテレビや車の値段を聞かれたりしたものである。

それから一六年後の一九九五年末に再訪すると、紹興はミニ上海に変身しており、なんと咸亨酒店まで立派に再建されていたのだ。新築だが伝統的設計なので、魯迅の時代から続いていると錯覚する日本人旅行者もいるという。この新咸亨では孔乙己の時代と同様、表の開放的なテーブル席では簡単なつまみと料理を出し、奥には大小の宴会室があって本格的な紹興料理を味わえた。錫のお燗瓶入りの熱い紹興酒も注文できた。旧咸亨はわずか二、三年で閉店してしまったが、新咸亨は幸い今世紀に入ってもますます商売繁盛と聞いている。

なお魯迅文学の最初の日本語訳とは一九二二年六月北京の日本語週刊誌『北京週報』に周作人が訳した「孔乙己」である。

# 3　中国的宴会の極北——莫言の『酒国』

### ◈大江健三郎のノーベル文学賞記念講演

一九九四年、ストックホルムにおけるノーベル文学賞受賞記念講演で、大江健三郎は東大フランス文学科の恩師渡辺一夫から学んだ「グロテスク・リアリズムあるいは、民衆の笑いの文化のイメージ・システム」を語ったのち、二人の中国人作家を紹介した。

これらのイメージ・システムこそが、周縁の日本の、さらに周縁の土地に生まれ育った私に、そこに根ざしながら普遍性にいたる、表現の道を開いてくれたのです。やがてそれは、いま押し立てられている経済的な新勢力としてのアジアというのではない、永続する貧困と混沌たる豊かさをひめたアジアという、古なじみの、しかしなお生きているメタファー群において、私を韓国の金芝河や中国の鄭義、莫言に結びつけることにもなりました。

鄭義さんについては、別の機会にご紹介するとして、今回は大江さんが深い共感を寄せるもう一人の中国人作家、莫言さんについてお話ししたい。なんといっても彼の故郷である山東省高密県は白酒《パイチウ》（約四〇度から六〇度の蒸留酒）の名産地なのだから。

莫言（モーイエン、ばくげん）は、本名を管謨業（クアン・モーイエ、かん・ばくぎょう）といい、一九五五年の生まれで、父が人民共和国建国以前には上層中農であったため、社会主義体制下では貧困と差別に苦しんだ。文化大革命（一九六六〜七六）開始後、小学校を中退し実家で農業を手伝い、綿実油工場の臨時工を経て七六年人民解放軍に入隊。八四年北京の解放軍芸術学院文学部に入学、八六年に卒業して北京の解放軍総参謀部文化部所属の作家となり、九七年には軍籍を離れて現在に至る。

莫言が八〇年代なかばに中国文壇に衝撃的デビューを飾ったころのこと、『人民文学』一九八七年一・二月合併号に発表された長篇小説「歓楽」末尾に些か奇妙な作家紹介が載ったことがある。ちなみに『人民文学』とは官営作家組織である中国作家協会の機関誌で、人民共和国成立（一九四九）と同時に創刊されて以来、中国文芸界に共産党イデオロギーの総本山として君臨してきた文芸誌である。

莫言……幼少より共産党を熱愛し、祖国を熱愛し、人民を熱愛し、労働を熱愛した。一個の光栄ある解放軍兵士となることが彼の生涯の望みであったが、兵隊になると共産党に入党したくなり、入党すると士官になりたくなり、士官になると今度は小説を書いて中国作家協会に潜り込みたくなった。現在彼は真面目にマルクス・レーニン主義を猛勉強し、誠心誠意祖国に尽くしたいと思っている。暮らしが厳しかった時期に、飢えのため彼の頭はおかしくなり、神経系統は余り正常でなく、好んででまかせを言うが、口に出すとすぐに忘れてしまう。彼は批判精神と自己批判の精神とに富み、真理に対しては潔く投降してしまう。批判はむしろ歓迎するところで、恨みに思ったことはない。

おそらくこれは莫言自身の手になるものであろう。「幼少より共産党を熱愛し……」という口の端から「頭がおかしく口からでまかせにいったこともすぐに忘れてしまう」と共産党への忠誠心をおひゃらかす、実に人を食った自己紹介といえよう。「飢えのため彼の頭はおかしくなり」という一句も、一九五九～六一年の三年間に中国全土で一、五〇〇～四、〇〇〇万の餓死者を出したと推計される毛沢東の〝大躍進〟という過激な経済政策に対する皮肉ともとれなくはない。その犠牲者のほとんどが農民であったことを考えると、冗談を通り越して不気味でもある。実際に

莫言氏インタビュー（一九九六年、北京大学勺園にて）

『豊乳肥臀』(一九九五)は乳房コンプレックスの金髪混血男性を主人公に、日中戦争から改革・開放が本格化する八〇年代半ばまでの山東省農村を舞台に、〝大躍進〟期の悲惨な飢餓地獄を描き出しており、中国では刊行当初、重版を自粛させられた時期もあった。

また「神経系統は余り正常でなく」という一句も、〝毛文体〟と称される毛沢東賛美、共産党礼賛のみを繰り返していたかつての「人民文学」派がいいそうな非難を先取りしたウイットに富む自己評価ともいえよう。

### ◈『酒国』酒宴の一場

莫言の代表作『酒国』(台北・洪範書店版一九九二年九月初版、長沙・湖南文芸出版社版一九九三年二月第一版)とは大鉱山の街で人口二〇〇万の市政を牛耳る共産党幹部らボス連が、果てしなき酒宴の快楽を求めて幼児の人肉料理を食べているという情報を得て、省中央から敏腕の特捜検事が派遣されるが、検事もやがて性的乱交、過剰な飲酒などソドム的背徳の数々に犯され、情婦とその元の主人であったグルメにして酒仙の朱儒を撃ち殺して自滅する、という物語である。

「私は事情調査に来たのです。飲みに来たのではありませんから」と念を押す特捜検事の丁鉤児(ティン・コウアル)に、鉱山の所長と共産党委員会書記は「決してお酒など勧めませんから」と太鼓判を押す。ちなみに中国の国有企業では経営のトップである所長らと政治のトップである党委員会書記とは同格である。『酒国』の書記と所長とはどちらも五〇歳前後、あんパンのような丸々とした顔つきで皮蛋《ピータン》のような赤ら顔、太鼓腹にパリっとした灰色の中山服を着込んだ双生児というのは、企業と党との一心同体ぶりを暗示しているのだろう。

この兄弟幹部は温厚そうな微笑を浮かべて「どうぞどうぞ、酒は飲まずにもっぱら食事といきましょう」と食堂に案内するが、実はそこは大宴会場で、白酒の茅台酒《マオタイ》、吉林省南東部通化市の山葡萄製ワイン、そして青島《チンタオ》ビールが注がれたのち、酒を断る検事と酒を勧める幹部たちとの珍妙なやりとりが続くのだ。

「丁同志殿、遠くからおいでだというのに、一口も飲まないというのでは申し訳ない。簡単に済ますつもりで食事も有り合わせのものを準備させましたから、酒ぐらい飲まないと上下の間で親しみがわかないではありませんか。さあ一口だけ、私どもの顔を立ててやってくださいな。」

中国には乾杯後グラスを逆さにして一滴も残らぬことを見せる習慣があり、一滴でも流れると罰杯三杯という決まりもある。巧みに幹部に誘われた丁鈎児が、それではと、グラスの酒を飲み干すと幹部が追い打ちをかける。「二杯となれば縁起もいい。二杯となれば縁起もいい」。仕方なく二杯目を飲んだ丁検事はグラスを手で覆って「これで勘弁して下さい」と哀願するのだが、「座に着いたからには三杯、というのが当地の習慣でしてな」と幹部たちはまたもやグラスを満たし、高く掲げるのだ。

　これでようやく乾杯の儀式も終わりかと思えば、所長が「丁鈎児特捜検事が本鉱に調査においでくださり光栄の至り、私めが全鉱幹部と労働者に代わって三杯お勧めいたします、飲めないと仰ればそれはうちら労働者階級をバカにしたことになりうちら炭鉱(やま)の黒助をバカにしたことになりますぞ」と社会主義国特有の殺し文句で連続三杯飲み干すよう迫ってくる。さらには書記が「八三になる老母が丁鈎児特捜検事のご健康とご平安を祈りたいと申しておりますから」と勧める。検事にも故郷に白髪頭の老母がおり、母上が勧める酒は息子として飲まぬわけにはいかんだろう、というわけでこの杯も受けることとなる。

　こうして検事は勧められるまま、一杯また一杯と飲み続け、「奈落の底にまっ逆さまに落ちて行くかのように、風の音さえ聞こえなくなっていく」。痛飲の間にも、「赤いウェイトレスは燃え上がる炎のように、球状の稲光のようにタタッタと行き来」し、盛んに湯気をあげる彩り鮮やかな主菜が「次々と車輪のように転がり込んで」来る。

　酩酊のうちにフッと嬰児丸焼き事件の調査任務を思い出した検事が、思わず嘔吐してしまうと、赤い服のウェイトレスたちは、彼に濃緑の龍井茶《ロンチン》(浙江省龍井産の高級緑茶)を飲ませたり、おしぼりで彼の顔を拭いてあげたり、床の汚物を片づけ、食卓を作り直す。こうした一同のきびきびした仕事ぶりに感動した検事が書記または所長に向かって、おたくの服務員たちは「たいへん結構!」と賛辞を送ると、赤いウェイトレスたちは「餌を競って食べる子犬たちのように、あるいは貴賓に花を捧げる少年先鋒隊（ピオニール）の隊員たちのように、どっと押し寄せ」、大食卓の空のグラスを奪い合い、赤ワインに黄酒《ホワンチウ》（米から作る茶色の醸造酒で、浙江省の銘酒紹興酒が特に有名）、白酒を注いで、キャーキャーと検事に向かって献杯する。「はたして大将も美人の関は越えがたい」とばかりにゲロしたばかりの検事も、歯を食いしばって各種の迎え酒を腹の中に注ぎ込むのだ。

壮絶な酒宴はまだまだ続く。ほとんど意識を失いかけたところに、事件の主犯とされる酒国市党委員会宣伝部長の金剛鑽（チン・カンツアン）が登場するのだ。検事の隣に座った金は、皇帝陛下の親族だろうと私の手にかかったからには枕を高くしては眠らせないぞ、と警戒心を研ぎ澄ます丁鉤児に向かい「遅れましたので、罰杯三〇杯といきましょうか」と自ら詫び、赤いウェイトレスは一滴もこぼすことなくなみなみと白酒を注ぐのだ。そして金が「丁同志殿、これはミネラルウォーター三〇杯と思います？　それとも白酒三〇杯と思います？……本当に酒かどうかを知りたくば、ご自分で飲んでみなくてはいけない」というので、検事が一面に広がるグラスの群から三つを選び、舌先で嘗めてみるとやはり本物。そこに「丁同志殿、その三杯を飲み干しなさいな」と金が追い打ちをかけ、両脇の所長と書記も「飲めば悔やまず、捨てるに惜しい。浪費は最大の罪ですぞ」と迫るのであった……。

こうして『酒国』冒頭の大宴会シーンはクライマックスを迎えるが、あいにく本書の紙幅の関係で、この先は小説をお読みいただくこととしたい。

中国酒から生まれ、長い宴会の歴史を経て高度に洗練されていった飲酒文化が、腐敗した官僚制度の下で醜悪に変質していくようすを、莫言は『酒国』宴席の一場で余すことなく描ききったといえよう。但し本書北京篇四四頁で述べたように、二〇一三年の〝反腐敗運動〟以来、このような〝公宴〟風景も下火になっている。

### ◈愛飲家大江健三郎は語る

ところで二〇〇三年一〇月に日本ペンクラブの招聘で亡命先のアメリカから初来日した鄭義(チョン・イー、ていぎ、一九四七〜)さんを迎えて大江健三郎が日本プレスセンターで対談している。鄭義さんは対談冒頭で、六年前プリンストン大学で初めて大江さんにお会いしたときの印象を「大江先生は車の中ではまったくお話しにならないのです……私も何を話していいかわからず、緊張してしまいました。レストランに行き、お酒が入ってからは、お話が進むようになったのですが(笑)。特に文学の話になってからは、先ほどとは別人のように生き生きと話が弾みました」と語った。

大江さんも対談の終わりで「私は確かにお酒を飲むと元気になります(笑)。しかし、お酒を飲まなくても元気になることはある。それは、本当の友人を見つけ出し、その人と話そうとするときです。鄭義さんとお話しして、私は元気になりました」とユーモラスに答えたものである。

嬉しいことに大江さんも愛飲家のようすで、中国を一九六〇年、八四年、二〇〇〇年……と幾度も訪問しており、中国流の宴席の洗礼も受けておられることだろう。中国的宴会の極北ともいうべき『酒国』の検事と黒幕との対決場面を、大江さんはどんな感想を抱きながら読んだことだろうか。その大江さんは二〇〇〇年の北京訪問中に行った講演で次のように語っている。

若い世代の、莫言の『赤い高粱一族』や鄭義の『古井戸』に私が圧倒的な感銘を受けたのは、中国人として生きる今日の現実を、過去の深みからつながるものに重ねて、かれら独自の想像力における共和国を建設しようとする意志があきらかであるからです……日本文学はとくにこの三〇年間、いまあげた莫言や鄭義の野心的な、しかもいかにもリアルにかれらの土地と民衆に根をおろした表現をなしとげなかった。現実の国家に対置されるほどの規模の想像力の共和国を作り出してはこなかった、といわざるをえないからです。

大江さんは北京講演で「中国の風土と人間の持っている巨大な〝Capability〟を、つまり若い小説家たちの才能と方法とエネルギーを思えば、かれらのひとりがストックホルムで行う演説を私たちが聞くことのできる日は遠くないでしょう」とも予言している。

本章を初出誌では「莫言がノーベル文学賞を受賞した暁には、私も日本の莫言愛読者たちとともに中国の白酒で高らかに乾杯したいと思う。そして今からその予行演習を怠りなく毎週のように続けているところなのである。」と私は結んだものだが、この白酒の願いはそれから八年後の二〇一二年一〇月に見事にかない、莫言は中国国籍の作家としては初めてノーベル文学賞を受賞したのであった。

# 4　莫言故郷の銘酒と小説「白い犬とブランコ」

前章では莫言(モーイエン、ばくげん、一九五五〜)さんの小説『酒国』酒宴の一場をご紹介した。大鉱山の街酒国市で、共産党幹部らボス連が果てしなき酒宴の快楽を求めて幼児の人肉料理を食べているという情報を得て、特捜検事の丁鉤児(ティン・コウアル)が鉱山に調査に入ったところ、皮蛋《ピータン》のような赤ら顔で、太鼓腹に中山服を着込んだ所長と党委員会書記に、食事でもしながら当地の事情を説明しましょうと、案内されたところは大宴会場で、茅台酒《マオタイ》に通化ワイン、そして青島《チンタオ》ビールが林立して検事を待ちかまえていたのだ。

## ◈高密県高級幹部による招宴

白酒《パイチウ》の茅台は貴州省の、通化ワインは吉林省の銘酒であり、『酒国』には莫言さんの故郷である山東省の地酒は登場しない。もっとも青島ビールの青島とは山東半島東端にある都市の名である。一八九七年にドイツが清朝からこの地を奪い取って租界都市を建設、第一次世界大戦後の一九二二年には中華民国に返還されたが、ドイツ人が一九〇三年中国初の近代的ビール工場を設立した伝統はその後も続き、八〇年代までは青島ビールといえばドイツ風の腰のある味が売り物だった。ところが八〇年代半ば頃からであろうか、青島ビールが軽い味の無国籍風ビールへと変身したように私の舌には感じられるのだ。その頃から日本でも青島の小瓶が飲めるようにはなったものの、伝統の味を失った点は残念至極である。それはともかく、すでに中国全土にビール工場を配している青島は、もはや山東の地酒とはいえまい。

実は山東省というのは白酒の名産地であり、莫言さんの故郷である高密県にも各種の銘酒が揃っている。私は一九九六年三月に高密を旅したことがあり、この高密旅行については、本書二八頁で述べたように中国語学習誌に書いたことがあるのだが（『ＮＨＫテレビ中国語会話』一九九九年五月号）、莫言研究者にして愛飲家である私としてはまだまだ書き足りない。一部重複して恐縮だが、本章でも続編を書かせていただきたい。

北京から青島行き特急列車で一二時間余り走ってようやく高密駅に到るのだが、到着して驚いた。莫言さんの兄上管謨賢氏だけでなく、高密一中の事務主任が校長専用車の運転手を従えて改

上から、高密で見た元宵節（旧暦一月十五日）の飾り。町の映画館（一九九六年三月）

札で迎えの陣を敷いているのだ。東大文学部では八〇年代末に定員削減のため学部長専用車を廃止して、タクシーに切り替えているのが思い出された。車に乗せられ宿泊先の高密市ゲストハウスに着くと、細身をパリッとしたスーツで包んだ校長がお待ちかねである。教育者というよりはエリート官僚といった如才ないお人柄で、まだ四〇代に届かぬ若さで高密県最高学府の長に抜擢され学校改革に全力を投入しておられるとのこと。

そして別館付属食堂での宴席に案内されたのだが、赤いキャップに白シャツ蝶ネクタイ、そして赤い長ズボン姿の女性服務員さんたちのにこやかな歓迎を受けると、思わず『酒国』酒宴の一場を連想してしまい、魔術的リアリズムとはいえ莫言さんは高密市をモデルにして『酒国』を書いたのではないかという思いが過ぎった次第である。

一〇人掛けの大きな円卓に着くと、校長が大人物然とした洋装の紳士二人を、こちらは高密市長、こちらはN銀行副頭取と紹介する。今夜はご当地の政界・財界・文化界の三巨頭の歓迎を受けているのだ。乾杯は青島産の白ワインで始まった。北京で飲む長城ワインなどより数段上物で、ワインといえばふだんは赤しか飲まぬ私も美味しくグラスを干した。管謨賢氏が小説『酒国』を翻訳中と紹介して下さったので、白酒ならわが高密にもなかなか良いものがありましてな、と市長は地元産のボトルを空けさせた。烈酒ながらスーッと喉元を通っていく飲み心地には、思わず日本の与論島のお湯割りせずに生《き》で飲む黒糖焼酎を連想したものだ。

高密の宴席では、市長が副頭取や校長に、校長が事務長や秘書らに乾杯を求めていたが、グラスを合わせる際には下僚は自分のグラスを上司のグラスよりも必ず杯半分ほど下に持っていく。市長が「外賓」の私に乾杯を求めるときには、自らそうしてへりくだる。なるほどこれが酒の国のお作法なのかと感心させられた。

### ◈銘酒「商羊特釀」

翌日、私が歓迎行事の合間を縫ってデパートに出かけ、「商羊特釀」という高密の銘酒二本を買い求めたのはいうまでもない。今回改めてインターネットで調べてみたところ、製造元の国営山東高密釀酒廠は一九四八年に設立されており、「商羊特釀」「商羊神酒」など主力商品「商羊」シリーズは海外博覧会でも金賞を受賞、一九九四年には「中国公認ブランド品」に認定され、山東省白酒会社ベスト五〇に入っているという。なお「商羊」とは孔子の前に現れたという伝説の雨を告げる鳥である。ちなみに孔子が生まれた儒教の聖地、曲阜も高密と同じく山東省の一県なのである。

翌日の高密県東北部新安郷大欄にある莫言の実家訪問に際しても、校長専用車が出てきた。私としてはめったに訪問できない中小都市や農村の空気に馴染むためにも、地元の乗客に混じってミニバスに揺られて行く方が良かったのだが……三年前に完成し青島まで一時間で行けるという高速道路は、リンゴ園と野菜のビニールハウスに覆われた畑の中を伸びていく。典型的な大都市近郊農業地帯だ。高密の農民の平均年収はすでに一、七〇〇元(当時のレートで約二万二、〇〇〇円)に達し、大欄の人口は一万六、〇〇〇人などという話を管さんから聞くうちに、やがて莫言の父上と次兄一家が住む平安村に着いた。

そこで私が見たのは平屋石造りの堅牢で清潔な農家とその門前でひなたぼっこをしている牛たちだった。冬の畑にはようやく麦が芽を出したところで、乾いた黄土大地が見晴らす限り続いている。河は半分干上がって細々と流れ、高平橋のダムは（珠玉の短編「透明な人参」の舞台だ）高さ三メートル幅五〇メートルほどの水門である……。

私の故郷を見たって失望するだけ、という出発前に聞かされた莫言さんの例の無愛想な声が耳の底で響いている。だがそのいっぽうで、私は一つの感慨にふけっていた。今は平和を楽しむこの村が激動の中国二〇世紀においてどのような歴史を刻んできたのか、そして年々歳々より豊かになる村落の背後にどれほどの矛盾が蓄積しているのか。莫言の魔術とは村の遠い記憶を掘り起こし今の情念を見つめることなのだ……のどかな農村を目の前にして、〝高密県東北郷〟の幻の風景が私の脳裏に立ち上がってきたものである。

### ◈「白い犬とブランコ」とその映画化

大江健三郎も二〇〇二年の春節（旧正月）に列車に乗って高密の村に莫言さんを訪ねている。その模様はＮＨＫのドキュメンタリー番組（二〇〇二年四月六日衛星第一放送）として放映されているので、ご記憶の読者もおられることだろう。

大江さんは莫言文学の中でも特に初期の農村を舞台にした短編群がお好きであるという。たしかに「古い銃」「透明なニンジン」のような作品は、大江さんが故郷の四国の山村を舞台に描いた「芽むしり仔撃ち」「遅れてきた青年」などに通じるものがあろう。

私も一九九〇年代初頭に、このような莫言珠玉の短編群を選りすぐって翻訳し、二冊の短篇集にまとめたことがある。『中国の村から』は慶應義塾大学教授の長堀祐造君との共訳で、『花束を抱く女』は私の個人訳である。その中でも「白い犬とブランコ(原題・白狗秋千架)」という作品はとりわけ忘れがたい。

主人公で北京の芸術専門学校の講師をしている青年は、一〇年ぶりに故郷の村に帰り、高く生い茂るコーリャン畑に囲まれた橋のたもとで、重いコーリャンの葉の束を背負い白い老犬に先導

莫言氏(右から二人目)の実家にて。左から二人目が父の管謨業氏(一九九六年三月)

された片目の農婦、暖（ヌアン）に出会う。少年時代、彼が幼なじみの暖と村の広場に設営されたブランコに相乗りしていたときロープが切れ、彼の家の白い子犬を抱いていた少女は失明した。いま出会った農婦こそその少女であった。彼女は隣村の聾唖者に嫁ぎ三つ子を生んだが、三人とも父と同様に聾唖。彼女の家を訪ね、粗暴ながらも心根が優しく働き者の夫や幼い三兄弟と会い、青年の心も慰められる。彼女が老犬を連れて用事で町へ一足先に出かけたのち、青年もこの家を辞去すると、意外にも橋のたもとで白い犬が彼を待っているのであった。老犬に導かれるままコーリャン畑を踏み分けていくと……。

小説は文化大革命の時期と八〇年代とを行き来しながら、思春期から大人へと成長する男女の心理の綾を描く。中国農村では、春の寒食の節に設けられるブランコは若い男女の愛の語らいの場でもあったが、この作品では白い犬とともに主人公の二人を結ぶ運命の絆となっている。冒頭で暖が背負って登場する重いコーリャンの束は、彼女が生涯背負い続けるであろう辛い運命を暗示するかのようである。一二年前、白犬が可愛い子犬だった頃、解放軍の大部隊が村に一時期駐屯したことがあり、「私」の父は子犬を宣伝部隊の蔡隊長にプレゼントしようとした。もちろん厳格な軍規である〝三大規律八項注意〟を遵守していた当時の解放軍であるから、美青年の蔡隊長はこれを断ったものの、別れ際に暖の額にキスをして必ず迎えに来るからと約束したのだ。だが待てど暮らせど蔡隊長が現われぬうちにブランコ事件が起きてしまった。そして白い犬は「私」の父から失明した暖に贈られたのだろう。老犬は「私」の身代わりとなって、辛い運命を背負った暖に連れ添ってきたのだ。
中国、ことに農村部では社会福利の遅れが目立ち、身体障害者は社会的弱者として差別され辛い境遇に置かれていることが多い。そうした中で、莫言の小説は、しばしば農村の身体障害者を主人公として、独特な境地を開いている。この「白い犬とブランコ」も運命に忍従するばかりであった一人の女性が、自らの意志で新しい運命を選び取り、それを主体的に担っていこうと決意する物語である。冒頭川辺で一休みした暖がコーリャンの束は僕が背負おうという「私」の申し出を断りながらも、背負うのを手伝って欲しいと頼むのは、末尾の川辺のコーリャン畑での、彼女の切ない願いの伏線となっているのであろう。
さて小説「白い犬とブランコ」の中では、暖を訪ねてきた「私」を、聾唖者の暖の夫が先ず「諸城白乾」という酒を一瓶開けて歓迎する場面がある。

そのうち九割を彼が、一割を私が飲んだ。彼は顔色一つ変わらぬというのに、私の方は頭がくらくらした。彼はもう一本開けると、私の杯になみなみと注ぎ、これを両手で押し頂き私に勧めた。私はこの友情に背きたくなかった。すぐに破れかぶれの決意をして、杯を受け取り飲み乾した。

諸城とは高密県の隣県で、白乾《パイカル》とは白酒のことである。中国では酒は普通一瓶一斤五〇〇

CCで売っており、五〇度以上もある白酒を一人でほとんど一本開けるとは、確かに暖がいうように飲み比べたら「一〇人がかりでも勝てない」だろう。

それにしても暖の夫はなぜ高密県の地酒を開けなかったのだろう。「私」が耳の聞こえぬ彼に「三中全会以後、農民の暮らしはずいぶん良くなりましたね。兄さんも金持ちになった。テレビを買ったらいいですよ。『諸城白乾』はさすがですね、強烈だった」と語りかけているように、五〇年代後半以来続いていた人民公社という名の農奴制から中国の農民が解放されるきっかけが、一九七八年一二月の共産党第一一期三中全会（第三回中央委員会総会）で改革・開放政策への転換なのである。物語の現在では、三〇年の歴史を誇る山東高密醸酒廠も、文革の痛手から立ち直っておらず、「商羊」シリーズの酒も製造が間に合わなかったのであろうか。

ところで「白い犬とブランコ」は二〇〇〇年に霍建起（フォ・チェンチー、かくけんき、一九五八〜）監督により映画化され（邦題：『故郷の香り』）、二〇〇三年秋の東京国際映画祭でグランプリを受賞している。舞台を高密を取り囲む膠萊平野から渓流清らかな山村に移したのは、同監督の九八年の作品『山の郵便配達（原題・那山、那人、那狗）』のような絵になる風景が欲しかったからであろう。だが暖がブランコ事件により、失明ではなく足が不自由になったと変更したのはなぜだろうか。物語の変更はこればかりでない。莫言さんの原作では暖と夫とは手真似程度の身振りでかろうじて対話しているが、映画では二人は聾学校で学習したかのような巧みな手話を操っている。夫は学校教育を受けられるような恵まれた環境には育ってはおるまい。そして暖が心の通い合う夫と、話のできる愛らしい娘と一家三人で幸せに生きていくという設定は、原作の孤独な暖の暮らしとは相当にかけ離れている。莫言さんが残酷な運命に主体的に立ち向かうまでに成熟していく農村女性の劇的な変身を描いたというのに、映画はこれを貧しくとも苦しくとも愛しいわが家、というメロドラマに作り替えてしまっているのだ。

そういえば、映画の中の暖の家での食事場面で飲む酒は山東省の地酒ではなく、北京の銘酒二鍋頭であった。映画『故郷の香り』とは、珠玉の短編「白い犬とブランコ」を中国農村の実情とは縁遠い、都会人好みのメルヘンに改編したといえよう。

なお二〇〇九年八月には高密一中の学内に莫言文学館が開館しており、莫言の生家も「莫言故居」として開放されているという。また日本語訳短篇集『中国の村から』と『花束を抱く女』の二冊は絶版になってしまったが、二〇一二年の莫言さんのノーベル文学賞受賞をきっかけに新たに短篇集『透明な人参　莫言珠玉集』(朝日出版社、二〇一三)が刊行されている。

# 5 チベットのピクニック

◈チベットと中国

かつてチベット人は、七世紀に吐蕃《とばん》と呼ばれる統一王国を建て、唐の都長安を一時占領するほどの軍事大国であったが、八世紀後半に仏教を国教に定め、寺院を建設、梵語よりチベット語への訳経につとめたのちには、平和で安定した社会を作り上げた。ところがこの仏教国も、近代に入るとインドを植民地化したイギリスと、宗主国を任じる中国(清朝)との対立に巻き込まれてしまう。

一六四二年にはチベットにダライ・ラマ五世を法王とする統一政権が成立していたが、清朝は首都ラサに駐蔵大臣を置き、内政に干渉した。一九世紀後半にはイギリスがインドより北上、一九〇四年には武装使節団を送り込んでラサ条約を結び、通商権を得てしまう。これに対し清朝は宗主権確認の外交工作を行い、ダライ・ラマ一三世を罷免する。清朝が辛亥革命(一九一一)により倒壊すると、ダライ・ラマはインドより帰国してチベットの独立を宣言、イギリスの援助で近代化を試みるものの、保守的な大僧院勢力の抵抗にあってことごとく失敗、一九三三年に没した。その六年後、転生者として公認されたのがのちの一九八九年にノーベル平和賞を受賞するダライ・ラマ一四世である。

一九四九年に中華人民共和国が成立すると、共産党政権はチベットに進攻、大量の漢人を入植させ、農業集団化を強行した。これに対しチベット各地で抵抗が激化、五九年三月のラサ蜂起で頂点に達するが、中国共産党軍により鎮圧され、ダライ・ラマはインドに亡命して現在に至る。チベット人の人口は四〇〇万〜六〇〇万と推定されるが、蜂起後の犠牲者は一二〇万にのぼるという説もある。

このような動乱のチベットを私は一九九五年一〇月に一週間ほど旅したことがある。中国はジャーナリストと宗教家のチベット入境を制限しているものの、観光客はある程度認めているのだ。私は二人の日本人とともに三人のミニ観光団を作り、いわゆる中国人である漢族の通訳と、チベット族の運転手とともに、ラサの西南西約一六〇キロにあるギャンツェ、その西北西約八〇キロにあるシガツェも訪れた。両市でもやはりホリデイ・インにそれぞれ一泊したのち、チベット高原を東西に貫流するヤルツァンポ川沿いに東進してラサに戻ったのだ。延々と続く高原の大渓谷を走るこの激流を、漢族詩人の何其芳(ホー・チーファン、かきほう、一九一二〜七七)は次のように唱ったことがある。

「東方紅」は最初は農民の歌だった/今や東海の浜辺からヤルツアンポ川まで/内モンゴルの草原から海南島の密林まで/みな毛沢東を唱い、共産党を唱う。(「われらが革命、何をもてほめ讃えん」一九六五)

何其芳は三〇年代に抒情詩人として出発したが、一九四五年には革命参与を宣言する詩集『夜歌』を発表、その後は共産党文芸理論家へと変身、さらに六〇年代にはこのような毛沢東賛美の宣伝詩を書くほどになっていた。ちなみに「東方紅」とは毛沢東・共産党賛美の歌曲である。

それにしても、東海すなわち東シナ海の沿海部という漢族居住区からチベットのヤルツァンポ川まで、「みな毛沢東を唱い、共産党を唱う」とひとことで片付けられるのであろうか。

### ◈ラサの公園で飲んだ青稞酒

ラサ市内のノルブリンカ人民公園に寄ると、大勢のラサ市民がピクニックを楽しんでいた。中国では建国記念日である一〇月一日国慶節の前後は三日間の休日なのだ。草地に天幕を張りシートを敷いてバーベキューを楽しみ、青稞酒《チンコー》というハダカ麦から醸造した自家製酒を飲む様子は、日本の花見に良く似ている。

ある職場グループは写真を撮らせてという私の頼みを快諾したばかりでなく、一緒に飲んで行けと誘ってくれた。チベット民謡を歌いながら、並々と青稞酒を注いだグラスを勧めてくれるのだ。一口飲んでは注ぎ足され、三度目に一気に飲み干すのが礼儀とのこと。歌の内容をたずねると、日本の客人の平安な旅と来年この日この地で再会できることを祈るものだ、と歌い手本人が中国語で説明してくれた。

私が公園内にあるダライ・ラマ一四世の元宮殿を参観してきたところだと話すと、座中一番の歌い手でほろ酔い加減の五〇前後の女性が、「わたしらはこうしてピクニックに来ていてもダライ・ラマのことを想っており、酒宴の前には一四世にお酒を捧げるのです」と語り出し、「ほらこうして」と人差し指の先を二、三度コップの酒に浸しては空に向かってはじくのだった。すると三〇代の女性が「そんな話を漢族ガイドの前でするものではないよ」と注意した。すると年配の女性も慌てて「そうそう毛主席もＯＫ、ダライ・ラマもＯＫ」といい足したものだ。

確かに九五年当時ラサ市内の各寺院には仏像の前に必ず一四世の肖像写真が飾られていた。多数の漢族が移民して都市建設が進んでいるシガツェのタシルンポ寺でもダライ・ラマの写真はパンチェン・ラマの写真よりも大きかった。こうしてチベット人はダライ・ラマの写真に向かって、額から両手足までを石畳の床に当てる「五体投地」という最高の礼法で祈りを捧げているのだ。

それにしても一九九五年当時のチベットの主要三都を結ぶ道路の貧弱さには驚いた。ラサを出発して標高四、七〇〇メートルの峠を越え真っ青なヤムドク湖を過ぎれば、その先は舗装していない悪路の連続だ。いたるところで解放軍の兵士がダイナマイトで岩を爆破し道路を修理拡幅していた。沿道には電話と電信用の電柱二列が走っていたが、やがて丸太の電柱は消えて、泥煉瓦を積んだ高さ二メートル半の塔に取って代わられた。高地チベットの山にはうっすらと草が生えているだけで森林は乏しく、電柱用の木材は内地から搬送せねばならい。そのため苦肉の策で泥煉瓦塔を造ったのだろう。

チベット人を写真に撮ると、しばしば送ってくれと頼まれたが、氏名住所を漢字で書ける者は誰一人おらず、そのたびに漢族ガイドが代筆していたのも印象的だった。些か古いが八〇年代後半の統計によれば、人口一万人あたりの小学生数は六〇九人で中国全国平均の半分、中学生に至ってはわずか八六人で全国平均の四分の一以下なのである。しかも生徒の大半は漢族移民の子弟なのだ。

中国共産党軍がチベットに進攻したのは朝鮮戦争と同じ年の一九五〇年、そしてチベット人の武装蜂起が鎮圧されダライ・ラマがインドに亡命したのは一九五九年のことだった。貧弱な交通通信手段に中国語の低い普及率――この四〇年におよぶ支配のあいだ、中国共産党はチベットで一体何をしてきたのだろうか、と私は旅の間にも考えこんでしまった。

### ◈ハリウッド映画の中国批判

東京国際映画祭で『セブン・イヤーズ・イン・チベット』(ジャン＝ジャック・アノー監督)が上映されたのは、一九九七年のことである。第二次世界大戦から戦後にかけてチベットで過ごした実在のオーストリア人登山家が主人公で、このハインリッヒ・ハラー役をブラッド・ピットが好演している。ハラーは一九三七年にドイツ・イタリアの枢軸国合同ヒマラヤ遠征隊に参加するものの、第二次世界大戦が勃発、インドでイギリス軍の収容所に送られてしまう。自由を愛する登山家たちは脱走し、ヒマラヤ・チベット経由で中国東部に出て日本軍の保護を受け、上海からヨーロッパへの帰還を企てる。インド国内では追っ手に追われ、チベットでは鎖国令を盾に入国を認められない。苦難の果てにラサにたどり着いたのはハラーとドイツ人隊長のアウフシュナイターだけだった。

ラサの貴族社会はこの冒険家たちを暖かく迎えて技師として重用し、やがてハラーは少年法王のダライ・ラマ一四世に招かれて家庭教師となる。それまで妻子も顧みず登山家としての名声のみを求めて続けてきたハラーは、ダライ・ラマをはじめとするチベット人の仏教哲理に感化され、これまでの自己中心的な生き方を反省し始める。しかし中国本土を統一した共産党軍がチベット進攻を開始し、ハラーはダライ・ラマの勧めに従い息子の待つウィーンへと帰っていくが……。

この映画はハラー自身の著書『チベットの七年』(福田宏年訳・白水社)を脚色したものである。原作がチベット語にも堪能な文化人類学風のチベット・レポートであるのに対し、映画は主人公を向こう見ずな冒険野郎風に仕立て、彼の精神的成長を物語の主軸に置いている。東洋の法王とヨーロッパ人教師という構造には、『ラストエンペラー』を彷彿とさせるものもあるが、オリエンタリズムの弊は少ない。

アノー監督もハラーの原作と同様にチベットを独自の高度な精神文化を持つ国と見ているが、それればかりでなく更に一歩踏み込んで、中国共産党軍のチベット攻略を横暴残酷な行為として描き出している。

中国軍のチベット進攻を批判的に描いたハリウッド映画には、ほかにダライ・ラマ一四世の伝記的作品『クンドゥン』(マーティン・スコセッシ監督、一九九七)がある。ハリウッドには中国によるチベット統治に反対し、ダライ・ラマの亡命政権を支援する映画人がおり、俳優のリチャード・ギアは熱心なチベット仏教徒としても知られている。

これに対し中国当局が『セブン・イヤーズ』『クンドゥン』それぞれの配給元であるソニー・ピクチャーズとディズニーの映画輸入を禁止したため、ディズニーは中米国交樹立の立役者であったキッシンジャー元国務長官を顧問に迎え、一九九九年二月に和解した。それ以来、大手スタジオによるチベット政治問題を扱う映画製作は途絶えたという。『毎日新聞』は「ハリウッド資本は、中国という巨大市場をにらみ、以前に増してチベット問題で慎重になっている」という観測を紹介している(二〇〇〇年二月二一日朝刊)。

いっぽう中国側は、ハリウッドに三〇年も先んじてチベット統治を正当化する映画『農奴』(李俊監督、一九六四)を製作していたのだ。地主に農奴の両親を殴り殺されたため口をきかなくなり、馬同様に酷使されてきたチャンパ青年が、銃砲を仏像の体内に隠した僧侶や地主たちの武力蜂起計画を共産党軍に伝え、十数年ぶりに口にした言葉が「毛主席」、という物語だ。チベットの華麗荘重なる法王貴族体制下では苛酷な農奴制が存在したので、共産党が哀れな農奴を解放してあげた、というチベット進攻を正当化した宣伝映画といえよう。ちなみに『セブン・イヤーズ』の方は農奴制の存在についてほとんど触れていない。

このように中米両国の映画が、チベットをめぐって対立を続けている中に、二〇〇三年一月の東京都写真美術館ホールで公開されたのが中国映画『チベットの女』(謝飛監督、二〇〇〇、原題・益西卓瑪Song of Tibet）であった。古典歌謡に秀でた美しい農民の娘イシに惚れて彼女をメイドとして買い入れ妾とする地主の若主人、地主の館からイシを略奪していく隊商の若親分、この夫と別居したものの彼が重病と聞き千キロの旅に出たイシを助ける元僧侶の医師……チベットの美しい大自然とラサの都や農村の落ち着いたたたずまいを背景に、チベット男女四人の五〇年にわたる愛憎が描かれている。

僧侶が農村を流浪する医師となったのは、共産党の宗教弾圧で寺院が閉鎖されたためなのだが、映画はこういう事情には触れようとしない。いっぽう隊商の親分でのちにラサの石工となる夫を演じているのは、『農奴』チャンパ役の俳優で、地主への反抗ばかりを演じていた昔と比べて、本作では人間味あふれる渋い芸を披露していた。

このように『チベットの女』は、中国によるチベット統治の正当化を宣伝する単純な政治映画ではなく、チベット統治問題はとりあえず棚上げして、できる限り誠実に動乱のチベット現代史を生きた一組の夫婦の愛を描こうとしているのだ。

『チベットの女』の中でも印象的だったのは、イシが夫に自家製の酒を病に効くからといって勧める場面である。数%のアルコール度数でさらりとした喉ごしの青稞酒であれば、たしかに梅酒を割って飲むような薬用効果もありそうだ。私が高山病にかからなかったのも、ノルブリンカ公園で振るまわれた青稞酒のおかげだったのかもしれない。

なお二〇〇六年七月には青海省西寧市とラサを結ぶ全長一、九五六キロの青藏鉄路が全線開通しており、二〇〇四年には馮小剛《フォン・シャオカン》監督が同線車中を舞台として喜劇映画『天下無賊(邦題：イノセントワールド―天下無賊)』を製作している。これは出稼ぎ先のラサから帰郷し、家を新築してお嫁さんをもらおうという善良な「民工」の所持金をめぐり、二組の盗賊が秘術を尽くして争う物語である。「民工」役を王宝強《ワン・バオチアン》が、盗賊を劉徳華《アンディ・ラウ》と葛優《コーヨウ》が好演している。

# 香港・台湾篇

# IV

高粱酒三合五勺壜詰用（大正十三年一月制定）

## はじめに

北京篇の「はじめに」では、中島京子氏の小説「北京の春の白い服」からヒロイン山下夏美が一九九〇年代末に語る予言を引用した――「北京に春の服があふれるようになれば、北京の女の子たちがみんなきれいになるわ……」。

実は大学時代に中国語を学んだ中島さんが最初に描いた中国語圏の都市は香港であり、ミステリアスな日本人の香港団体旅行を描いた『ツアー1989』(二〇〇六年刊行、現在は集英社文庫)は彼女の初期の代表作である。東アジア近代史の舞台で出没盛衰を繰り返す香港の虚構的世界に、中島さんは深い共感を寄せているのだろう。

その中島さんが香港を代表する作家董啓章(トン・カイチョン、とうけいしょう、一九六七〜)の作品集『地図集』(河出書房新社、二〇一二)を私と共訳した際に、「香港の奇才・董啓章を紹介できるのをたいへん光栄に思う」と書き出す序文で、次のように述べている。

一九九七年に発表されたこの小説は、当然のことながら香港の中国返還を背景にしている。約一五〇年に及んだ英国植民地の歴史が終わろうとするとき、香港とは何かという問いをつきつけられた小説家が、自らのアイデンティティを探るようにして書いたのがこの小説であり、そこには愛と哀しみがてんこ盛りなのである。

幸いにも『地図集』は日本の文芸界で好評を博し、二〇一三年には董啓章が書き下ろしの小説「美徳」を文芸誌の『文學界』(二〇一四年二月号、文藝春秋)に寄稿してもいる。〝大返還〟以後に〝局地的な世界の終わり〟が勃発し、〝大再建〟〝小人化〟の二大プロジェクトが同時進行中のV市に聳え立つ華麗な七〇階建て超高層タワービル「エデンの園」とその隣に広がるゴーストタウン十三街という七階建て老朽ビルが建ち並ぶ旧市街区を舞台として、香港の近未来の恋愛と性愛そして政治を描いた小説である。V市とは『地図集』の舞台ヴィクトリア市に通じる隠語であり、香港を暗喩する地名であるとするならば、〝大返還〟とは一九九七年香港の中国返還を、〝局地的な世界の終わり〟とは二〇〇一年の九・一一ニューヨーク世界貿易センタービル事件やこれに続くアメリカ軍らの進攻によるアフガニスタン紛争を指すのだろうか。〝大再建〟〝小人化〟に至っては、中国返還後長期にわたる経済不況に陥った香港に対し中国が仕掛けた大陸観光客の大量来港や、香港自治権の縮小を意味するものか否かは不明である。しかしV市再建大計画の重点項目として十三街らの開発計画を強行する政府が、計画に反対する住民と芸術家、ボランティアが結成した抵抗戦線に対し実力行使を行うようすは、同作発表の翌年に香港で勃発した「雨傘革命」を予言するものであった。

このように董啓章の作品は、「香港とは何かという問い」に対し優れて文学的に応酬するものの、お酒はほとんど登場しない——作者の董さんご自身は、東京本郷の居酒屋では清酒を、香港の十三街では黒ビールを少量だが賞味なさっていたのだが。「美徳」でも篇末に至り主人公の一人・林秉徳(ラム・ベンダッ)が、「無為にして而《しか》も為さざる無し」の『老子』の哲学と恋愛性愛政治の欲望とが高速度で展開する混沌たる夢から醒め、超高層ビルに囲まれて異常に蒸し暑い夏の夜の十三街七階建て老朽ビルの屋上の違法増築の自宅から出て、衝撃的な現実に直面する前に飲む缶ビールが、最初で最後のお酒なのである。

しかし愛飲家の本書読者各位はご心配なく、本篇では香港詩人の也斯さんと台湾作家の李昂さんとが、素適な〝私宴〟〝公宴〟さらには〝国宴〟の風景へとご案内下さるのだから。

# 1 香港・湾仔のスージー・ウォンバーと新界の大栄華酒楼

### ◈湾仔バー街の「スージー・ウォンの店」

香港は「飲食天堂」ではあっても酒飲みには肩身の狭い街だが、それでも蘭桂坊《ランカイフォン》という居心地の良いバー街もある。とはいえ一九七〇年代に「香港のグリニッチヴィレッジ」として始まった蘭桂坊も、九〇年代以後には商業資本に制圧され、文化の香りが消えて行き、このバー街を訪れる日本人観光客の中には「白人ばかりが溢れている夜の蘭桂坊は、相当不気味な光景」という印象を抱く人もいるようだ。

もっとも「不気味な光景」といっても、地元香港で働く欧米人の男女に旅行客が加わって、賑やかに飲んでいるという程度のことである。東アジアでありながら欧米人客の割合が断トツに高いというのは、不思議といえば不思議な光景ではあろうが。

むしろ「不気味な光景」というべきは蘭桂坊のある中環《セントラル》から地下鉄港島線で二駅東に行った湾《ワン》仔《チャイ》のバー街ではあるまいか。pickup（かりそめの恋人）目当ての船員や外国人観光客で賑わい、六〇年代のベトナム戦争期には戦場から離れて休暇を過ごすアメリカ兵が溢れていたという例の風俗地帯である。八〇年代香港を描く小説『ヴィクトリア倶楽部』で、作者の施叔青（シー・シューチン、ししゅくせい、一九四五〜）は香港青年たちによるアングラ祭で賑わう蘭桂坊と対照的な湾仔バー街を次のように描いている。ヴィクトリア倶楽部主任の上海人、徐槐（シュイホアイ）との不倫に疲れた有能なキャリアウーマン馬安貞（マーオンツィン）が、信号待ちをしていた徐槐の高級車ベンツ250から突然飛び降りたのが、この湾仔であったのだ。

馬安貞は夜のバー街をあてもなく歩いた。スージー・ウォンの店というネオンが白昼のように輝き、船を下りたばかりの水兵が、片手に舟形の帽子を握り、ゾロゾロとドアの影の暗闇や、街角の暗がりに消えていく。女が酒焼けして掠れた声で、三〇〇元、五〇〇元と白目をグルグル回している黒人と値段の交渉をしている。自分とこういう女たちとどこが違うんだろう。馬安貞は唇が紫になるほど咬み続けていた。同じなのは売ることで、違うのは彼女が得ているものが一時の慰めということなのだ。

愛の奴隷となってしまった馬安貞が猥雑なバー街で自分を取り戻そうともがき、きっぱり別れようと決意してとあるバーを覗くと、高いスツールに白人の女が座っている。

豊かな金髪というのに一人で酔っぱらっている失意の女、彼女の物語とは夫に付いてこの東方の真珠にやって来たが、植民地主人の特権は手に入らず、反対に夫まで黄色い肌のホステスとの罪深き同棲に奪われてしまった、といったものだろう。

馬安貞は中に入って、この女と背中合わせに腰掛け、両足を宙に浮かせてそれぞれの思案をしたかった。彼女にも情として独立できない女の悲しみという彼女の物語があるのだ。毎度彼女は泥沼でもがいてきたが、それでも快感がなかったわけではなく、そんな自分が一番憎かった。

「入ってみよう、入って酒の力で憂いを流し、自分を救うのだ。あなたはわたしが離れられないと思っているけど、わたしはこのバーにさえ入れば、あなたの世界から一歩抜け出せるの。反逆するには行動が必要なの」と彼女は自分にいい聞かすものの、どうしても高いカウンターに座って反抗のグラスを持つ勇気が出てこない。結局バー街を抜け出し表通りの軒尼詩道《ヘネシーロード》にできたばかりの小さなベトナム料理屋に入り、香港人の若い恋人たちが塗りたての白壁の前で「純潔の恋」を語っているのを目撃することになるのであった。

**◈森瑤子『浅水湾の月』が描く混血香港娼婦**

馬安貞が湾仔のバー街で最初に見かける「スージー・ウォンの店(蘇絲黄酒吧)」とは、イギリスの作家(リチャード・メイソン Richard Mason)の小説 *The World of Suzie Wong*(一九五七)に因むもので、イギリス人の画家(映画ではアメリカ人へ変更)と湾仔の小鳥のように可憐な娼婦、スージー・ウォンとの恋愛物語である。この小説は一九六〇年にはリチャード・クワイン監督により同名で映画化されており（邦題は『スージー・ウォンの世界』）、ベテラン男優のウィリアム・ホールデンと新人女優で香港人のナンシー・クワン（関南施）が共演して大ヒットしている。

マラヤのゴム農園の事務員として働くうちに絵を描き始めたロバート・ロマックスは、画家修業を始めようと香港に移り住むが、貧乏画家が住み込んだのは湾仔の安ホテル、そこのバーではアメリカ人水兵らに一夜の春をひさぐ娼婦が集まり、その中でも人気ナンバーワンがスージー・ウォンこと黄美玲（但し映画ＶＣＤ字幕では「蜜玲」、邦訳本では「王美蘭」）で、彼女をモデルに頼んで絵を描くうちに、画家は彼女を愛し始める……メイソンの『スージー・ウォンの世界』は、五〇年代の湾仔の外国人相手のバー街を主な舞台にして、白人男性の欲望のまなざしで「冒険家たちの楽園」として香港を描いた小説といえよう。

この作品は一九九四年にペガサス・ブックスからペーパー・バック版で再び刊行されており、香港では今でも書店で購入できる。この再版に序文と作者紹介を寄せたガイ・ヘイドンは、五〇年代の「小さな眠気を催す街」から大変貌を遂げた香港では、現在でも湾仔バーは「船員や旅行客に地元民と同様、ロバート・ロマックスのような無国籍者の欲望を満たしている……もっともお相手を務める女たちは、［香港人から］フィリピン人やタイ人に変わったが」と記している。

六〇年代後半のマクルホース総督時代を経て高度経済成長へと飛び立つ前の香港では、共産党支配下の中国大陸から逃れてきた難民やその子供の中から、貧困のため娼婦となる者も現れていたのだろう。高度成長直前の一九六五年には、あるイギリス人ジャーナリストが香港を鉄道の駅に喩えて、「人々はここを行き来し、この街と浮気したり情事を経験するかも知れないが、けっして恋愛はしない」と述べている。このような娼婦相手のトランジット恋愛(中国語では〃一夜情〃)のイメージは、スージー・ウォンを源とするのであろう。小説はペーパー・バックによる再版後も二〇〇〇年まで毎年増刷され、映画もVCD・DVD化されており、外国人の香港イメージ形成に今も大きな影響を与え続けているといえよう。

日本の作家で恋愛小説の大家であった森瑤子(一九四〇〜九三)にも香港を舞台とする連作短編小説がある。この『浅水湾《リパルスベイ》の月』(講談社、一九八七)三篇が描く香港とは、五〇年代から八〇年代までの母娘《おやこ》二代の美しく薄幸の混血娼婦を主人公とする、極貧の香港娘を餌食にする富裕な白人や日本人が復讐される物語である。ここで映画のスージー・ウォン役を演じた関南施が欧亜混血の女優であったことを思い出すと、森瑤子の香港シリーズとは、メイソンが描いた「冒険家たちの楽園」香港における白人男性と中国娼婦との甘味な恋愛を逆転させて、白人男の「楽園」での「冒険」の結果産み落とされた混血女が、ドラゴン・レディーとなって外国人男性どもに復讐するアンチ・恋愛小説といえよう。その意味で『浅水湾の月』とは、『スージー・ウォンの世界』の陰画なのである。

### ◈新界酒楼大パーティーのFoodscapeと政治学

湾仔のバー街について書いてきたが、実は私は馬安貞と同様、湾仔で食事をしたことはあっても、バー街に足を踏み入れたことはない。船員や外国人旅行客に混じって、今では中国大陸からの客も相当増えているとのことでもあり、そんな外地の客に対してフィリピンやタイなどやはり外地から来た出稼ぎホステスたちがpickupとして対応するというのは、陽気な紳士淑女が集う蘭桂坊と比べて相当に「不気味な光景」なのだろう、私の香港人の友人たちは湾仔バー街にはほとんど関心を示さない。

Foodscape詩人の也斯（イエスー、やし、一九四九～二〇一三）さんは、本名の梁秉鈞で香港・嶺南大学にて現代中国文学を講じていた比較文学者でもある。この詩人教授の也斯さんとその仲間たちというのは、香港では少数派の愛飲家グルメで、晩餐に際しては食前食中食後に酒を欠かさない。台湾人と同様、彼らが好むのは赤ワインだが、私が紹興酒を所望すると快く中国酒にもお付き合いして下さる。そこで本章では二〇〇一年に香港の「田舎」である新界で開かれた大パーティーをご紹介しよう。

新界とは中国広東省と境を接する九龍半島の大部分と二〇〇余りの島からなる地域で、香港特別行政区の総面積一、〇九五平方キロの八割近くを占めている。戦前までは稲作、戦後は野菜栽培の農村地帯であったが、五〇年代以後はニュータウン開発も進んで、今では香港総人口の半分近くが住んでいる。新界は香港の伝統と現代とが共存する地域ともいえよう。

二〇〇一年九月、私が二週間ほど香港に出張した際、数年来、東京・渋谷パルコの毎日カルチャーシティで開講している講座「現代中国の映画と小説」の受講生ら一〇名ほどが「香港文化課外講座」と称してやってきた。もちろんみなさんも也斯ファンであり、也斯さんはこの日本人読者をお招きして、新界・元朗にある「伝説的」レストラン大栄華酒楼でパーティーを開いて下さったのだ。ちなみにこの酒楼が次章で紹介する也斯さんの詩「除夜の盆菜」の除夜の晩に正月料理の盆菜《プンチョイ》を食べようと出かけて行くレストランなのである。

さてパーティーには大学関係者や編集者など香港側も一〇名ほどが招かれており、合計二〇名近くが肩をぶつけ合うようにして腰掛けた大テーブルには、也斯さんの念入りな注文により、季節の新鮮な野菜や魚を材料としたやや濃い口の郷土料理が次々と運ばれてくる。それとともに日本側のお土産である北海道や新潟の清酒、甲府ワイン、沖縄の泡盛が開けられた。国際パーティーなのだから、各自話しやすい言葉で話し、通訳できるものが通訳しようということで、広東語・北京語・英語それにフランス語と、それぞれ得意な言葉で也斯さんたち香港側に日本各地

東亜都市詩朗読会。
也斯氏(左)と筆者
(二〇〇五年、香港にて)

の酒の由来を説明するのだ。外国語は苦手なのでと断わり、隣席者に通訳を頼んで日本語で話す人もいる。

こんな大騒ぎを聞きつけ、酒楼のシェフも顔を出してきた。太鼓腹の彼も愛飲家とみえて、日本酒各種をテースティングして大いに盛り上がり、お礼にと秘蔵の紹興酒や高級白酒《パイチウ》(コーリャンなどを原料とする無色の蒸留酒、四〇度から七〇度)を持って来てくれた。

当時、香港中文大学助手で東大留学準備中だった関詩珮さんもこのパーティーに参加していた。彼女は子供の頃には新界に住んでおり、親に連れられて何度か大栄華酒楼に来たことがあったが、当時は小さな田舎の食堂だったのが、いつの間にやら立派な郷土料理屋さんになって、と目を丸くして驚いていた。なるほど、也斯さんが伝説的レストランと称するのももっともだろう。

さて也斯は一九九九年中国返還を前にしたマカオの丘にある古風な洋館ホテル・ベラヴィスタをめぐり、次のように唱ったことがある。

　グラスを掲げ大橋を行き交う車を眺めれば、／来年の今日が思われる、返還後／ホテルはポルトガル領事館邸と変じて／このテラスでも酒が飲めなくなり／アフリカ鶏の味も消え失せるのか?

アフリカ鶏というのは海洋王国だったポルトガルのフュージョン料理で、今ではマカオ名物となっている。長い歴史を誇るホテルの宴席では、やがて戦中戦後の思い出話に花が咲くことだろう。

戦時のホテルは難民キャンプと思い出す人もいる。／戦火から人々を守ったのだ。まるで映画のようですね？／着飾った男女はただ今流行りの映画を論じ／僕は幾度も手入れされた優雅な柱の列を見渡す／僕らは歴史の亡霊を忘れてはなるまい／芝居の主役は誰だろう？／〔中略〕僕らはいつも歴史の舞台のエキストラ

中国の辺境に位置し、一世紀半のイギリス植民地統治を受けてきた香港の詩人は、こうして過去の記憶をたぐり寄せつつ沈思する。

今宵僕らは長テーブルを囲んで、さながら／豪華客船で二一世紀に向かうが如く／ホテルの階段は本当に消えてしまうの？　食堂は／空となり、忘却の深海へと沈むのか？／僕はここに座り黙って酒を飲み、聞いているんだ

それでも多国籍料理とポルトガル産のシャンパンを前にして、詩人は未来への展望を切り開いて次のように語るのだ。

憂鬱なる友よ君には海を望むポルトガル詩人の憂鬱があり／酒好きの友よ僕らはシャンパンを酌み交わそう／この南欧田舎町風の華南の街で／僕らはマカオ料理と広東料理を食べ、歳月の中で変わっていく

実に味わい深いFoodscape〔食景〕の詩であり、酒と料理の「政治学」ではあるまいか。也斯さんの詩を読むにつけても、私はやはりスージー・ウォンの店は敬遠して、蘭桂坊のバーと新界の郷土料理屋を贔屓にしたいと思うのである。

## 2 香港のバー街・蘭桂坊の物語

### ◈「飲食天堂」とはいうけれど

香港は「飲食天堂（飲食の天国）」であるが、「飲」とは主に中国茶とスープを指している。飲み物にはほかに紅茶とコーヒーを混ぜた「鴛鴦（おしどり）」とか、コーラを煮立てて輪切りのレモンを添えた「熱可楽（ホットコーク）」などという香港名物もある。だが大多数の香港人は酒には関心が薄い。

私が本格的に香港文化研究を始めたのは一九九八年の夏、香港大学の研究員として一か月間滞港したときのことである。ある日の午後、文芸界の茶会に招かれたとき、そこで知り合った文芸愛好家の三〇代のビジネスマンとそのまま夕食を共にすることになった。たしか「火鍋」と呼ばれる鍋料理を食べに行ったのだが、彼は何のお茶が所望かと訊ねるだけで、酒のことは何も聞いてくれない。食事が終わりかけたとき、私は周りのテーブルを見渡しながら、何気なく「普洱茶《プーアル》がこんなに美味しいから、誰も酒を飲まないんですね」といった。

「そう、ビールや紹興酒を飲んでいるのはほとんど日本人のお客さんですよ」と彼は答えてから、「そういえば、この付近に行きつけのバーがあるので案内しましょう」という。

喜び勇んで彼に従い、とある地下室の店に腰を下ろすと、何とこの紳士が注文したのはメキシコのコロナ・ビールの小瓶四本で、「さあ、瓶から口飲み。それがこの店のお作法なんですよ」といいながらチビチビ飲み始めたのだ。

鍋料理で満腹というのにビールとは！　大人のバーでビールの口飲みとは！　私にとってはこのカルチャーショックは、「鴛鴦」よりも「熱可楽」よりも何よりも大きかった。香港はたしかに「飲食天堂」ではあるが、酒飲みには肩身の狭い街なのだ。しかしそんな香港にも蘭桂坊《ランカイフォン》という居心地の良いバー街があった。

## ◈中国返還前最後の旧正月

すでに前章で紹介済みの香港詩人也斯（イエスー、やし、一九四九〜二〇一三）さんには『食事地域誌』（英訳"Foodscape"）という連作詩があり、これには「蔬菜的政治（野菜の政治）」という副題が付されている。也斯さんが香港の視点から世界を俯瞰し、世界の視点から香港を鳥瞰するときに選び取った表現形式がFoodscapeであり、Foodscape詩はこの特異な街香港を原点として、中国も台湾もそして日本も欧米も軽快に取り込んで、それぞれの文化的差異を鮮やかに浮かび上がらせているのだ。一九九七年香港の中国返還に際し、『食事地域誌』の日本語訳を文芸誌に掲載した私は、この題名の翻訳にさんざん苦心したあげく、結局は也斯さん自家製英語のFoodscapeを直訳して「食景詩」と命名することにした。

この詩集の中でも、私のお気に入りは一九九七年旧正月作の「除夜の盆菜《プンチョイ》」である。盆菜とは香港新界地区の祭日用の伝統料理のこと。各種の肉・鮮魚・干物そして野菜などが、大きな陶器の鉢に盛られている。

肉のあいだから大根がのぞいている。／九七問題は聞かないで。僕は何度も答えてきたから。／九七年はドアの外。出入りの人の肩の上。／黄金海岸では花火が上がるというのに、僕らの車は四時間渋滞。

大晦日に田舎料理をお目当てに九龍地区中心街の弥敦道《ネーザンロード》を出発した車が渋滞に巻き込まれる中、詩人の思いは正月の食卓と来るべき歴史的事件とのあいだを行き来するのだ。歴史的事件とは五か月後の七月一日に迫ったイギリスによる香港の中国返還である。

花火。特区長官。椎茸。三枚肉の唐揚げ。もずく。金針菜。／みんなごた混ぜ。香港協会新界西部地区委員会／が海運界と除夜晩餐会を開催中。返還を祝して。／〔中略〕箸が中空に上がった。わけの分からぬ何ものかがドアの外。

香港の喧噪の日常とアナーキーなほどの祭日、イギリス統治と中国共産党による統治という連続と不連続が、洗練された香港料理にしては例外的に素朴な盆菜の幻の前で浮かび上がってくるではないか。そしてこんな一節もある。

秒読みはどうする？　狂った時計で結構だ。／さあ行くぞ、九、八、七、六、五……／（中略）／三、二、一、……明けましておめでとう。明けましておめでとう。／響きわたる汽笛の音。クラクションも鳴り響く。／仁愛堂は一三分間の花火で盛大にお迎えだ。／麗しき明日。「我々が団結さえすれば。」／長官が演説を始めた。若者は蘭桂坊へと殺到する。

新年を興奮のカウントダウンで迎える中でも、詩人の心はどこか醒めている。それは「狂った時計」という逆順の歴史によるものであろう。逆順の歴史とは、イギリス帝国主義による植民地統治が香港の自由な言論と経済的繁栄を保証してきたいっぽうで、五か月後に始まろうとしている祖国中国の共産党による支配は言論の自由を脅かし、香港の富を略取するのではあるまいか、という二重のアイロニーのことである。新年を迎えて、共産党が任命した香港特別行政区長官の挨拶とは「麗しき明日のため、大陸と団結しよう」といった党官僚的な内容なのであろう。不安を抱きつつ長官の声に耳を傾ける詩人を尻目に、若者たちは「蘭桂坊へと殺到する」という。さてこの蘭桂坊とはいかなる街なのだろうか。

### ◈蘭桂坊という街

香港島の中心街である中環《セントラル》の地下鉄駅から南側に出て東西に走る皇后大道《クイーンズ・ロード》を渡り、徳己立街《ダグラー・ストリート》を南へ一〇〇メートルあまり登ると、左手に現れる一〇〇メートルほどの路地が蘭桂坊（Lan Kwai

Fong)である。L字に曲がった路地は、蘭桂坊との分岐点から六〇メートル先で左折している徳己立街と再び出会い、この蘭桂坊と徳己立街とに囲まれたわずか三、〇〇〇平米ほどの一画にバーやレストランが立ち並んでいるのだ。Lan Kwai Fongはその広東語発音によるローマ字表記である。

也斯さんのエッセー「家なき詩と撮影」(一九九三)によれば、蘭桂坊は一九六〇年代までは住宅街であったが、七〇年代に入ると中環の裏手にあって家賃も安いという地の利に魅せられ、写真家の李家昇がスタジオを開き、実験劇団が拠点を置くなど芸術家たちが住み始め、ついには七八年にDisco Discoという最初のディスコがオープン、続けて八〇年代にはヨーロッパ風のレストランやバーが続々と店開きし、ヤッピー向け雑誌が蘭桂坊を「香港のモンマルトル」と呼び始めたという。

蘭桂坊付近のバー71。
左から六人目が也斯氏(二〇〇五年)

その当時はまだ二〇代だった陳冠中（チェン・クアンチョン、ちんかんちゅう、一九五二〜）は、一九七九年一月に「徳己立街は香港一のおもしろい街になる」というエッセーを発表して、次のように記している。

徳己立街の山側の一段は、これまで忘れられてきたが、最近では各方面の人々の努力により、突然、面目一新し始めた……隣の蘭桂坊と栄華里（徳己立街を挟んで蘭桂坊と対称的なL字の路地）と併せて多少のお化粧を施せば、香港で最も潜在的発展性に恵まれた新名所となることだろう。

道ばたのカフェ、野外芸術展、陽光を浴びながらの街頭音楽会、ボヘミアンな露店、ブティック、ワインセラー、ディスコ、花屋、そして外国人客に地元客――これらのすべてが徳己立街に登場しうるのだ。

こう述べて、陳冠中は政府にニューヨーク五番街のような大繁華街を目差して道路拡張を進めるのではなく、グリニッチヴィレッジやソーホーのような小型繁華街をお手本にせよ、と提言したのである。政府側もこんな若いコラムニストの意見に耳を傾けて都市計画を進めた結果、現在のようなゴチャゴチャとしていながら居心地の良い、お喋り好きな愛飲家の楽園、蘭桂坊ができあがったのである。

もっとも九〇年代には蘭桂坊は大きな転機を迎えている。也斯さんは「除夜の盆菜」で「若者は蘭桂坊へと殺到する」という一句に続けて、「雑踏の中で不安を覚える。またもや例のコーナーだ。／「通るたびに数年前の惨事が目に浮かぶ。」」と記しているのだ。

これは一九九二年の大晦日に、蘭桂坊を埋め尽くした数千人の人々が、坂道で将棋倒しとなり二〇名が圧死したという事件を指している。これをきっかけにバーへの規制が強化され、芸術家にもさまざまな圧力が加わった。「家族同士のように」暮らしていたボヘミアンな芸術家たちは次々と蘭桂坊を去り、「香港のグリニッチヴィレッジ」は商業資本に制圧され、バー・レストラン街から文化の香りが消えていったのである。こんな蘭桂坊を訪れた日本人観光客の中には「高くてまずい店が並ぶ、ただの白人のたまり場……通りいっぱいに白人ばかりが溢れている夜の蘭桂坊は、相当不気味な光景」と酷評する人さえいる（二〇〇四年頃にネット検索）。

それでも栄華里にあったバー「クラブ64」には、二一世紀初頭でも也斯さんや陳冠中さんといった文化人が集まり、カウンターや路傍のテーブルで赤ワインを飲みながら談笑に耽っていたものだ。ちなみに「クラブ64」の64とは、一九八九年六月四日に北京で起きたあの悲惨な民主化運動弾圧事件、すなわち「血の日曜日」事件に抗議して命名されたものである。

### ◈小説と映画の中の蘭桂坊

蘭桂坊バー街の誕生間もない八〇年代初頭の姿を点描した小説に『ヴィクトリア倶楽部』（施叔

青著）がある。香港でも最古の歴史、最高の栄誉を誇るヴィクトリア倶楽部でスキャンダラスな収賄事件が生じた。イギリス人支配人と上海人主任の徐槐（シュイホアイ）を、職員が内部告発したため汚職特捜部の捜査官が出動、女王陛下の元勅任官だった英人法廷弁護士《バリスター》と悪辣な事務弁護士《サリサター》の呉義（ウンイー）とが応戦するようすを徐の愛人馬安貞（マーオンツィン）が見守る――香港八〇年代を舞台とする長篇小説には、中国大陸とイギリスの大きな影を認められよう。そしてこれを物語る作者は台湾人である。これは東西文明の衝突と融合とが作り出した東アジア現代都市における、ネーション・アイデンティティの物語なのである。

　好色家の呉義はドイツ娘のウースラが開く漢方医学による回春治療院に入り浸り、依頼人徐槐のための重要な証拠を失くしてしまうのだが、呉がウースラの治療を受けるきっかけは彼女のボーイフレンド、ハンスから蘭桂坊のドイツ・バーで接待を受けたことだった。また有能なキャリアウーマンの馬安貞が働く中環の観光会社では、社長のサッスーン夫人が繁忙期には、蘭桂坊のユダヤ・レストランからサンドイッチを注文する。そして徐の汚職を内部告発する岑灼（サムチェ）には、学生時代のセツルメント運動で知り合った浦玉（ポーヨ）という恋人がいたが、彼の元を去った彼女が遊びに行く先が蘭桂坊なのである。

　昨日の午後、岑灼は彼女とすれ違ったというのに気付きもしなかったのだ。その時、蘭桂坊のアングラ祭りの街頭活動が終わったばかりで、浦玉は額や頬に星や花の絵を描き、お祭り気分で皇后大道沿いに流れていった。

かつては服も靴下もヘアー・クリップさえも白・藍・黒の三色に限っていた彼女の変身ぶりに、岑灼も気付かぬという皮肉な場面だ。浦玉が参加していたアングラ祭とは、蘭桂坊がいまだ「香港のグリニッチヴィレッジ」であった時代のお祭りであろう。

九〇年代香港映画を代表する王家衛（ウォン・カーウァイ、一九五六〜）監督の『恋する惑星（原題・重慶森林）』（一九九四）は、インド音楽からロックまでが鳴り響く中、私服刑事223号（金城武）と麻薬シンジケートの女（ブリジット・リン、林青霞）そして街のお巡りさん633号（トニー・レオン、梁朝偉）と留学費用を稼ぐため叔父のファストフード店で働くフェイ（フェイ・ウォン、王菲）、という二組の対照的ながらも共にすれ違いの恋物語を描いている。二つのラブ・ストーリーに共通するのは、制服と缶詰と予告された期日とであり、繰り返される制服の着脱行為がイギリス植民地主義から中国共産党への支配者交替を、缶詰の賞味期限が香港の九七年七月の中国返還を示唆しているのだ。そもそも香港とは中国の大地からヨーロッパが人工的に切り放して加工した缶詰的小空間ではなかったか。詳しくは拙著『中国映画　百年を描く、百年を読む』をご参照いただくとして、街の巡査がフェイの好意にようやく気づき、デートに誘うのが蘭桂坊にあるカリフォルニア・バーなのである。もっともフェイは現れず、巡査に手書きの航空券を残してアメリカのカリフォルニアへと飛んでいってしまうのだが。

なお本書担当編集者Ｉさんによる最近の香港文化探検メモによると、二〇一四年末に地下鉄が堅尼地域《ケネディ・タウン》まで西伸したおかげで、中環・上環以西では茶餐廳《チャーチャンチン》ではなくカフェが増え、新旧入り交じったおしゃれタウンな雰囲気が漂っており、数年前から流行している香港産クラフトビールを美味しくゆっくり飲むならば、ケバケバしくなった蘭桂坊より西営盤《サイインプン》のほうがいいみたいですね、とのことである。

# 3 東京の香港グルメ詩人

## ◈香港の「出前一丁」と「絹靴下のミルク・ティー」

香港には至るところに茶餐廳《チャーチャンチン》と呼ばれる大衆食堂がある。庶民はここで朝昼晩の三食を食べ、午後のお茶の時間には濃いめの紅茶にエバミルク（濃縮牛乳）をたっぷり入れた香港ティーや、この香港式ミルク・ティーとコーヒーを半々ずつ混ぜた「鴛鴦（おしどり）」を飲むのである。このミルク・ティーこそ茶餐廳のシンボルで、たとえば世紀末に私が何度かお茶をしていた中環《セントラル》結志街にある蘭芳園は、「四十多年老字號　馳名絲襪奶茶」（創業四〇余年の老舗　名物絹靴下のミルク・ティー）という看板を掲げていたほどである。なお編集者Ｉさんの香港文化探検メモによると、蘭芳園は今も健在で、看板には「六十年老字號」と、この二〇年の歴史が加筆されているという。

「絲襪奶茶」とは絹の靴下で漉した紅茶という意味で、日本でもかつては絹ごし豆腐のほうが木綿で漉した豆腐より高級だったのが思い出されるところだ。香港式ミルク・ティーおよびそのコーヒー割りをめぐって、Foodscape（食景詩）の詩人也斯（イエスー、やし、本名梁秉鈞、一九四九〜二〇一三）さんはその名も「鴛鴦」という作品で次のように歌い上げている。

五種の異なる紅茶で入れた

香り高きミルクティー、布袋あるいは
伝説的な絹靴下でやさしく包みよく混ぜて
ポットにお湯を注ぎ込み、待ち時間の長短が
お茶の濃淡に影響する、この間合いも
しっかり覚えたろうか？　もしもミルクティーを
別のカップのコーヒーに混ぜたら？　あの強烈な飲み物は
相手をねじ伏せ抹殺してしまうだろうか？
それとも別の味わいを残すだろうか。通りの茶店では
日常の釜戸から情理と世故を積み重ね
日常の噂話と道理とを混ぜ合わせ、勤勉にしてまた
散漫な……あの得も言われぬふしぎな味わい

さてこの茶餐廳の竈で「情理と世故を積み重ね」て定番化した料理に、日本のインスタントラーメン「出前一丁」がある。一九九八年に最初に香港文化の調査を始めたとき、私は茶餐廳のメニューにこれを見つけて驚いた――「飲食天堂（飲食の天国）」に住む香港人が、なんで外食してまで日本のインスタントラーメンを食べるのだ⁉

そこで蘭芳園で「開心一丁餐（お楽しみの一丁定食）」を注文したところ、出前一丁に肉と野菜を添

え、コーヒーまたはミルク・ティーが出てきた。肉は鶏か豚かを選べて、お値段は二七香港ドル（一香港ドルは約一五円）。中国製の公仔麺（インスタントラーメン）だと五香港ドル安いのだが、味にこだわる香港人は出前一丁を指名するようだ。私が海外で日本食を食べることは滅多にないのだが、以後香港茶餐廳の出前一丁だけは例外となったのである。

もっともその日本食が世紀末香港では大流行しており、一部の日本料理屋はフランス料理と並んで高級料理とされていた。一度、香港の友人を日本料理で接待したとき、東京の同格の居酒屋の倍以上の値段だった。そこで日本人の板前さんに「結構いいお値段ですね」と話しかけたところ、「家《うち》では食材はすべて日本からの輸入物を使っているので、ご勘弁を」という答えが返ってきた。そして客層も一割が香港で働く日本人、一割が欧米人、残りの七割が香港人であるという。

中環にある蘭芳園（二〇一八年撮影）

もちろん大衆的な居酒屋も増えており、繁華街ではラーメンや回転寿司は茶餐廳なみに普及しているといっても過言ではあるまい。

あたかもニューヨークでアメリカ人がスシ・バーへ行くように、香港でも地元の人が日本レストランに行っているのは、日本人としてもうれしいことではある。それにしても香港人に付き合って香港の日本食を食べるたびに残念に思ったことは、清酒の種類が限られていることである。そもそも愛飲家が肩身の狭い社会である上に、ワインほどには日本酒の知識は普及しておらず、日本の有名酒造会社のブランド清酒を熱燗で飲む、というのがほとんど香港人の飲酒スタイルであった。

そんな香港からグルメの愛飲家が東京にやってくるとどうなるか、今回も也斯さんが東京で作詩した Foodscape 詩を紹介したい。

## ◈お茶漬けが大好きな「香港のベンヤミン」

先ず私と也斯さんとの出会いからお話ししたい。私が最初に読んだ也斯さんの作品は、一九九三年香港・牛津《オックスフォード》大学出版社刊行の『記憶の都市・虚構の都市』である。エミグラント詩人の北島らが当時ノルウェーで刊行していた文芸誌『今天』の広告で同書を知り、東京の中国書店を通じて注文したのだ。也斯さんが一〇年の歳月をかけて執筆したというこの自伝的小説は、留学生の「私」がニューヨークやサンフランシスコ、そしてパリ、台北で出会う人々、特に香港の詩人や演劇青年たちとの対話を通じて現代欧米文化と香港知識人との関わりを描き出していくものであった。戦後香港で成長した第一世代の知的成長の物語に興味を覚えた私が、新聞読書欄に同書紹介を書いたのは九五年一月のこと、そしてその夏にアメリカに渡り、ハーバード大学でLeo Ou-fan Lee（李歐梵、一九三九〜）教授が主催する香港文化ワークショップに参加したところ、なんと香港から招聘された教授陣の一人に也斯さんがおられたのだ。

この一週間続いたワークショップにより、私は鄭樹森教授、陳国球教授らたくさんの香港人研究者と知り合い、香港文化に本格的な関心を抱くようになった。その中でも也斯さんとの出会いは特に印象的で、彼との間で著書や論文の交換が始まった。そして一九九八年七月東京で開催された国際的な詩人の集いに参加した也斯さんが、東京大学文学部に立ち寄って下さったのだ。

それは也斯さんにとって学生時代にバックパッカーとして日本を旅行して以来の訪日とのこと、私は二〇年ぶりの詩人再訪を歓迎して湯島のシンスケという居酒屋にお誘いし、刺身や冷や奴を肴に清酒を酌み交わしたものである。也斯さんは好奇心旺盛で、挨拶に出てきた居酒屋の女将に、料理のことをあれこれと質問する。そして最後に私が梅茶漬けと鮭茶漬けを注文してどちらがお好みか、とおたずねすると、そもそもお茶漬けというのは小津安二郎の映画でしか観たことがないので両方試してみたい、と仰る。そこで空のお椀を二つ頼んで、二人で仲良く梅と鮭とを半分ずついただいた記憶がある。

こんなことがきっかけで、二〇〇〇年四月東大で也斯さんに「詩・食物・都市」の題名で講演と朗読をしていただいた。この公開講演会には、也斯さんのお弟子さんで東アジア映画史の研究者である黄淑嫺博士も同行なさり、「越境と異文化——最近の香港映画をめぐって」という講演をしている。さらに翌年には財団法人東方学会主催の国際会議で「香港文化アイデンティティの形成」というシンポジウムを企画したときにも、也斯さんや黄さんに報告をしていただいた。

この時にコメンテーターを務めてくれたのは映画批評家で比較文学者でもある四方田犬彦君であった。四〇年代イタリアの新現実主義で始まる戦後世界映画史において八〇年代映画の最先端は香港であったこと、それは文革とその影響下で生じた香港反英暴動(一九六七)以後の中国共産党に対する不信と絶望の中で香港知識人が創出した芸術運動であったこと、也斯はそのような優れた香港文化人の一人であり、広東語でブレヒトを上演し、日常を詠う詩で「血の日曜日」事件(一九八九)や香港返還(一九九七)という大事件のアレゴリーを語るその姿は香港のベンヤミンともいうべきであろう、と四方田君が堂々たる也斯論を展開した光景は、今でも忘れられない。それ以来、彼と也斯さんとは親友同士となり、二〇〇八年には東京・香港同時出版の都市文化論の共著『往復書簡　いつも香港を見つめて』(岩波書店)を刊行している。

### ◈寿司と天ぷらで詠む男女の運命

その後、也斯さんは毎年のように東京を訪れて、詩を幾篇か書いておられた。先ずはFoodscape詩の傑作の一つである「二人でお寿司を」を紹介しよう。もっともこれは一九九七年にアメリカのスシ・バーを舞台に書かれたものだという。

僕は君を包む海苔になりたい／おかしなこの姿を巻きたいの？
わたしが満身新鮮なウニでも許せるの？／愛しているんだイカでも蟹でもキュウリでも

という寿司尽くしの恋人たちの対話でこの詩は始まる。中国語の「我」「你」からは男女の性別は判断できないので、私は也斯さんの許可をいただいたうえで、対話を適宜「僕」「わたし」と男女に振り当てて翻訳してみた。「君を包む海苔になりたい」とは素敵な口説き文句だぜ……などと冒頭では也斯さんのユーモアに思わず笑ってしまうのだが、やがて二人の愛が岐路にさしかかっていることに気付かされる。

過去無数の握りが自分探しの僕らに取りついている／緑茶か清酒か百千の十字路で今も迷っている

板前さんが手際よく握る姿を見るうちに、二人の過去が走馬燈のように甦るのだ。濃いあがりをもらって恋の夢から目を覚ますべきか、清酒を飲んで酔い続けるべきか、二人は迷っているのだ。

柔らかな君を求めると隠れた棘に刺された／あなた沢蟹のような蜘蛛の手足でやさしくなれと求めているの？

幾重もの衣服を脱ぐのをやめた君に僕は戦慄を覚えるよ／グルグル巻きの核心に近付くことは隠された苦しみを犯すことなの

なおも求め続ける彼と、そんなデリカシーに欠ける彼を拒む彼女。そういえば香港の居酒屋でも、ガラス鉢の中で沢蟹が元気に歩き回り、注文すればたちどころに唐揚げにしてくれたっけ。

自分の生臭さを知らないから君を遠ざけてしまったんだ／あなたは自然に振る舞っているつもりでも辛味がわたしを傷つけたの

僕らは黙って赤の他人のように皿に横たわり／話をすれば思わず胃から昔の怨みがこみ上げて

愛なき夜には食事も物質的消耗となるばかり／帰依するところがなければ信じられるのは蛤の魂だけ？

異なる街からやって来て異なる冬を過ごしてきた／互いにきれいな彩りを好いているのに一緒になれないのはなぜ？

松竹梅の寿司コースが終わる頃には、沈黙した二人はお吸い物を待つばかり。異郷の地で幾年かを共に過ごした二人の愛も、今夜で終わってしまうのだろうか。それでも「僕はゆっくりと噛みながらしだいに君の遠海の繊維を消化する／あなたが喧騒の中で静止するとわたしはあなたの舌の上で融けていく」と、寿司屋のカウンター席を立つ頃には、二人は再び愛の世界へと帰って行くのだ。

寿司の次に天ぷらというと、ニッポン情緒も過剰気味だが、それでも也斯さんの筆にかかると、大化けするもの、次作は二〇〇二年八月に新宿の「天ぷら　つな八」にお連れしたときの作品「清酒と天ぷら――藤井教授と飲んだ夜のこと」である。

僕らが各地の清酒を味わうと／郷土の酒にはそれぞれ味わいがあり／甘口辛口には異なる
読者が付くが／根気が大事の学者はゆっくり咀嚼し／各自の個性をじっくり学ぶのだ
終わり間際にアイスクリームさえも／熱々の天ぷらに揚げることを知り／食べ物が不思議
に変化するのなら／文字とて同じ道理でないのか？
舌は常に尽きせぬ探求を行い／雷は夜空の腹の皮を裂いて／トンボと昆虫の触指は／火山
溶岩の熱さを探求するのだ
白日と暗夜の間を行き来し／夕陽の余熱を盗んで渡れば／曖昧たるきつね色の衣から／彼
らの本来の面目を探れよう
彼らの特異な個性を忖度するに／一人は不遇な運命《さだめ》の女性訳者／一人は世間から置き去り
にされた文人で／越境はしたものの双方から忘れられた名前だが／僕らは流行りの野菜の
ほか彼らにも会えたのだ

彼らの心中の甘みを発見し／大吟醸を味わいつつ耳を傾けよ――それこそ／米粒が煮えたぎるときに発する甘くて辛い吟唱ではないのか？／僕らも飲み干せば冷温の差が分かるというもの

アワビに蛤、カボチャに納豆などの天ぷらのあと、ほんの冗談で頼んだアイスクリーム天が越境した男女の運命を語るこんな詩に変身するとは、これも大吟醸の酒杯に宿る霊感によるものなのであろうか。

# 4 台北にバーが流行る理由

グルメ小説家南條竹則氏の著書に『中華満喫』(新潮社、二〇〇二)というエッセー集がある。文字通り中国の料理と酒を満喫しようという「美味しい」本なのだが、「台湾ほのぼの話」の章、第五節にこんな言葉が見える。

### ◈台湾酒の名誉回復

台湾は中華料理好きにとって、極楽と称すべきところである。ただ唯一の難点は、美酒に恵まれないことである。たしか藤井省三氏がその著書の中で、台北の町に売っている酒類を片っ端から試してみたが、みな口に合わなかった旨を書いておられる。わたしも同感だ。しかも、香港と違って大陸の酒を売っていないから、困ってしまう。これはどう考えても、国民にどうでも地元の酒を売りつけようとする保護政策に他ならない。

南條さんは私が拙著『現代中国文化探検』の台北の章で、コンビニの棚にあった台湾酒一〇種類をすべて試してみたが、どれも底の浅い飲み口で好きになれなかったと書いたのを覚えていて下さったのだろう。ただしこれは私が一九九七年の夏に台北・済南路のアパートでひと月暮らしたときの経験に基づくものであるのだが、それから三年後に再び済南路に二か月滞在した際もう一度同じコンビニの酒コーナーに挑戦してみたところ、大いに改善されていることを知ったのだ。そんなわけで、本章は台湾酒の名誉回復から話を始めたい。

日清戦争後に日本の台湾植民地統治を担った官庁が台湾総督府で、范雅鈞『台湾酒的故事（台湾酒物語）』によれば、総督府は一九〇三年に酒税を徴収し始め、財政困難に陥った一九二二年には台湾酒専売令を公布して、九〇度以上のアルコールとビールを除く酒を専売とした。これにより台湾島内の酒造工場は専売局の経営となり、清酒など島外からの移入酒は専売局と直接契約を結ぶこととなった。総督府の酒専売制度は原料栽培から製造・販売まですべてを直接管理する完全専売で、膨大な財源となったのであった。

専売化以前には二一〇軒もの民間酒造工場があったが、専売後は一二の官営工場に集約され、かつて民間零細業者群が同一酒に一〇数種ものブランド名を付けていたのに対し、専売局は清酒や蒸留酒の米酒、高粱《コーリャン》酒など一〇種類に簡素化し、容器も運搬の便を考慮して甕や樽からガラス瓶へと変更し、製造方法も化学的最新発見や造酒技術を導入したため、生産量も専売化以前の一、五二四石から一八年後には二〇倍以上の三万七、〇〇〇石へと急増した。

台湾で最も古い歴史を有し、現在でも最もよく愛飲され、また料理用酒として愛用されている米酒も、酒専売化後の技術革新で、より少ない原料でより高品質で大量の製造が可能となったのであった。

こうして日本統治期の台湾では、高級酒は醸造酒である清酒・ビール、大衆酒は蒸留酒の米酒・高粱酒という棲み分けが確立した。ところが一九四五年以後、国民党統治が始まると、台湾総督府専売局は国民党政府の台湾省専売局へと引き継がれ、日本統治期には除外されていたビールも専売化されたのであった。そして国民党政府は台湾の脱日本化と中国同化の政策を推し進めるため、清酒の製造を停止し、紹興酒と高粱酒の生産を始めた。特に紹興酒は国民党独裁者であった蔣介石（チアン・チエシー、しょうかいせき、一八八七〜一九七五）の故郷、浙江省の銘酒であるため、その生産拠点には台湾中央山脈の中にあって気温が低く水質が良い埔里の工場が選ばれたという。范雅鈞は「戒厳令下の台湾における高圧的政策と経済困難とは、具体的且つ微妙に酒類の生産と包装に反映されていった……簡略化された酒の商標デザインは、カラー印刷・包装ともに洗練さに欠け、酒類の外観は日本統治期と比べれば、時代に逆行するもののようであった」と述べている。おそらく時代に逆行していたのはデザインや包装だけではなく、酒の味も同様だったのではあるまいか。日本統治期に近代的酒生産のインフラが整備されていたにもかかわらず、国民党政府は地酒として誇るべき台湾酒の育成を怠っていたのであった。

ところが国民党統治下の台湾で、唯一例外的に美味しい地酒造りに成功したのが金門島である。金門島は行政上は「福建省」に属するため、台湾省専売局による規制外にあった。そこで一九四九年以後、地元民が高粱酒の製造と品質改良に努め、金門高粱で知られる銘酒の開発に成功したのだ。だが台湾島内では台湾省専売局が販売を独占し制限したため、一般の酒屋ではほとんど手に入らなかった。

それでも一九九二年になると大陸との緊張緩和に伴い、金門島では戦地政務が解除され、高粱酒の生産制限が撤廃されたのである。さらに一九九八年には金門の酒製造所も大増産を開始し、辛口で中級品質の「特級高粱酒」がコンビニにも出回るようになったという次第である。そして二〇〇二年一月台湾のＷＴＯ加盟に伴い、酒専売も廃止され台湾省酒タバコ専売局も株式会社化し、酒造りが民間に開放されている。

### ◈台北のバー文化

李昂（リー・アン、りこう、一九五二〜）さん九〇年代の名作に『迷園（邦題・迷いの園）』（一九九一）がある。これは台湾・鹿港の旧家に生まれ日本とアメリカで学位を取った現代女性を主人公として、日清戦争後の植民地化から戦後国民党の強権的支配を経て七〇年代に高度資本主義化社会に至るまでの台湾を描いた長篇小説であり、『夫殺し（原題・殺夫）』および最新作『自伝の小説（原題・自傳的小説）』（二〇〇〇）と並んで鹿城三部作を構成している。

『迷いの園』はフラッシュバック、三人称体と一人称体との混用文体などの手法が注目されるとともに、大胆な性描写でも話題を呼んだが、ヒロインの朱影紅が不動産業界でのし上がってきた新興企業家の林西庚と出会う場所は、高級カラオケレストランである。朱影紅が叔父の不動産会社の社長特別補佐として、叔父に付き添い中年企業家の宴会に出たところ、女性客はやはり彼女一人で、ほかの女はすべて大柄で骨太のホステスであった。料理が運ばれると同時に酒を飲み始め、男女入り交じって酒拳を打つ宴会のようすは、次のように描かれている。

ちなみに酒拳というのは、向かい合った二人が同時に一から一〇までの数字を唱えながら拳《こぶし》から五本指までを突き出し、両者の指の数の総和が、口で唱えた数と一緒になった方が勝ちというジャンケンゲームである。具体的にいえば、Aさんが一の合い言葉である「一定発財（きっと儲かる）」と唱えて〇を現す拳を突き出し、Bさんが五の合い言葉である「五子登科（五人息子がみな科挙に合格）」と唱えて五本指を突き出すと、〇＋五＝五ということでBさんの勝ちとなり、負けたAさんは罰杯として用意されたグラスの酒を飲まなくてはならない。酒拳は劃拳《ホワチュエン》ともいい、いい大人が童心に返ったところに、罰杯の酒が入るので、大騒ぎになるものである。

李昂氏（中央）と高校生たち
（一九九三年、鹿港の茶館にて）

ＸＯのブランデーが次から次へと運ばれて、氷の入ったグラスに注がれると、琥珀色に輝く液体は溶ける氷で淡く薄められていった。艶を無くした黄褐色はさらに薄められて、かすかに黄色がかった白々とした色を呈するようになる……ＸＯのブランデーが乾杯とばかりに注がれ、小さなグラスのブランデーがぐいっとあおられ、大きく開けた口の中に落ちるとたちまち消えていく。ＸＯは酒拳でも使われて、段ボール一杯に入っていた二〇本のブランデーの瓶は見る見るうちに空になっていった。

七〇年代といえば洋酒輸入は禁じられていた時代だが、高度経済成長を謳歌していた台北企業家たちは、ブランデーグラスを掌《たなごころ》で暖めながらを香りを味わうなんてまだるっこい、とばかりに、禁断のＸＯをいきなり水割りにしてグイグイ飲んでいたのだ。若い成金たちは専売局の不味い酒など相手にせず、ＸＯの味に酔うというよりも、貴重な洋酒を浴びるように飲めるという自らの経済力に酔っていたのだろう。

このように七〇年代の新興企業家の宴会とは、威勢が良いだけの成金趣味に終始していたのだが、やがて都市中産階級が成熟し、八〇年代後半には社会に巨大な歪みをもたらした高度経済成長への反省が高まると、台湾では村上春樹とバーがブームとなっていく。

ジェット機がドイツ・ハンブルク空港に着陸するとき、主人公で三六歳の「僕」は突如、一八年前の恋愛体験を思い出し、深い喪失感さに改めて打ちのめされる。思えば当時（六〇年代後半）の日本は高度経済成長のまっただ中にあり、都市は急速に変貌し、懐かしい風景は次々と消えていった……こんな村上春樹の『ノルウェイの森』が台湾でも一九八九年にベストセラーとなり「非常村上(すっごくムラカミ)」という流行語まで生まれたのである。

そのいっぽうで、台北の街にはあちらこちらにPubと称される個性的なバーが出現し、若い男女がワインやカクテルを嗜むようになった。一九八七年元旦からワイン・ビールの輸入が解禁となり、関税も大幅に引き下げられ、九一年にはウイスキー・ブランデーなども輸入解禁となったこともバーの流行に拍車をかけたことであろう。ちなみに台湾で赤ワイン「紅酒《ホンチウ》」、白ワインを「白酒《パイチウ》」と称し、本来白酒と呼ばれていた米酒・高粱酒など蒸留酒を、ウイスキー・ブランデーとともに「烈酒《リエチウ》」と称するようになったのはこの頃からではないだろうか。

私が台湾文学や映画に関心を抱き、台北の街に通い始めたのは一九九〇年のことで、台北訪問のたびに李昂さんらが居心地のいいバーに連れて行ってくれたものだ。その中でも私のお気に入りはその名も「躲猫猫(トゥオマオマオ)」、「かくれんぼう」という意味の店である。ここに行くと作家や雑誌編集者にカメラマン、新聞文化部の記者らがそれこそ「かくれんぼう」しており、ワインのお代わりをする頃には新しい名刺が何枚もポケットに溜まっているのだ。九七年には地域別に個性的なバー五〇軒ほどを洒落た写真とイラスト地図付きで紹介した『台北市Pub』などというガイドブックも出始めている。

## ◈地下鉄開通を待ちながらカクテルを

ところで台北にバー文化が出現したもう一つの理由に、深刻な交通渋滞があった。「古都」など台北の街を重層的に描き出す女性作家朱天心（チュー・ティエンシン、しゅてんしん、一九五八〜）の短編小説「ハンガリー水」（一九九五）には、次のような一節がある。

台北にはいま、こんな感じの場所があちこちにあるのだが、もともとは単にカウンター一つにテーブル数卓のコーヒー専門店だったのが、その後次第に、会社帰りにラッシュアワーを避けて時間をやり過ごすぼくみたいな人間の数が増えていき、ついでにハンバーガー類やちょっとした軽食を売り始め、それからまた何やら怪しげなとても試す気になれない名前と味のサンドイッチなんかも発明して売り出し、しまいには思い切ってカクテルも何種類か出すようになる。

人口二七〇万の街台北には、九六年三月に快速輸送システム（MRT、北京語で「捷運《チエユン》」）という地下鉄＋高架鉄道が初開通するまで、一キロの地下鉄もなかった。そのかわりに六二万台もの車がひしめき、それにはしっこい七三万五、〇〇〇台ものオートバイが加わっていたのだ。午後四時から八時まで市内はいたるところ大渋滞で、わずか一〇キロ二〇キロ先のわが家に帰るのに二時間もかかったのだ。そこでサラリーマンはバーでカクテルを一、二杯飲みながらデートの相手を待ち、既婚者であればお連れ合いとポケベルで連絡を取り合ってタクシーを相乗りして帰宅したものである。

台北市が最新最高のハイテク・システムという触れ込みで総計四、〇〇〇億元（約一兆二、〇〇〇億円）の特別予算を投じて捷運六路線の建設に取りかかったのは一九八八年のことだったが、九一年末に先頭を切って開通予定であった木柵線の開通は延期に延期を重ねた。九三年以来高架線の亀裂、電車の火災、脱線と事故が多発し、その間に不正汚職が発覚し、九四年末の市長選挙で国民党現職の黄大洲が落選する原因ともなった。台北市民にとって、専売制度の終焉と洋酒解禁とにより一足先にバー文化を持てたのは、不幸中の幸いであったろう。なぜならカクテル・グラスを傾けつつ、国民党の腐敗に怨み言を述べながら、民進党の陳水扁市長誕生を支持し、この野党市長のもとで捷運六路線合計六五キロが次々と開通していくのを待つことができたからである。そして捷運開通後も、台北のバーはさらに繁昌し、バー探訪もいよいよ便利になったのである。

# 5 台湾文学の中の清酒

### ◈辻原登と台湾文学

二〇〇二年三月の台北国際ブックフェアーにおいて、日台作家による座談会が開かれた。その席上、芥川賞作家(一九九〇年受賞『村の名前』)で『マノンの肉体』『翔べ麒麟』『約束よ』などの名作で知られる辻原登(一九四五〜)が、次のような発言をしている。

最初に私は侯孝賢(ホウ・シャオシエン、こうこうけん、一九四七年広東省梅県生まれ)、蔡明亮(ツァイ・ミンリャン、さいめいりょう、一九五七年マレーシア・クチン生まれ)の映画を観て大変な衝撃を受け、これを通じて台湾を知るようになりました。その後、日本語訳された李昂の『夫殺し』を読んで、映画よりもさらに大きな衝撃を受けたのです。それ以来、私は台湾文学に深い興味を抱いています。(『台湾日報』二〇〇二年三月五日号)

『夫殺し(原題・殺夫)』は一九八三年に刊行された李昂(リー・アン、りこう、一九五二〜)の初期の代表作で、現代台湾文学における古典的作品といえよう。私がこの小説を訳したのはちょうど刊行後一〇年が経過した一九九三年のことだが、拙い翻訳が辻原さんの目に触れ、同氏が台湾文学に関心を寄せるきっかけとなっていたということを台湾紙の報道で知り、たいへんうれしく思った次第である。実は私自身も八〇年代末に李昂さんの『夫殺し』を偶然にしかも大陸刊行の海賊版で読み、台湾文学の独自性に開眼したのだった。

『夫殺し』という小説の時代は、台湾の高度経済成長が始まる以前の一九四〇年代であろうか。舞台はかつて清朝の時代に台湾有数の港町として栄え、その後廃港となった中部の街、鹿港《ろっこう》。主人公は林市（リンシー）という没落した読書人一家の末裔の娘。彼女の幼児期に父がなくなり、母親は飢えのために行きずりの兵士に身を任せ、一族により川に沈められたという。林市は年頃になるや吝嗇な叔父により小量の豚肉と交換で屠夫の陳江水（チェンチアンシュイ）のもとに嫁に出される。陳が林市に加える嗜虐的な陵辱、隣家の妖婆、豊満な肉体を持つ娼婦金花（チンホワ）との情

鹿港の廟にて。中央に立つのが李昂氏（一九九三年）

鹿港の檳榔売り（一九九三年）

交などの場面が続いたのち、飢えと恐怖と絶望とにより精神錯乱に陥った林市は夫の屠場用の刃物を手に取り……。

中国では『金瓶梅』の潘金蓮を典型として、女の夫殺しは姦通のため、と描かれてきた。これに対し李昂は虐待に耐えかねて夫を殺す女、あるいはその夫による虐待を容認する社会制度への反逆として殺人を犯す女を描いたのである。この女性差別の描写を通じて、妻を暴力で抑圧する夫やその周辺の人々も、伝統社会にあってはみな孤独な悲しい存在であることをも見事に浮き上がらせている。

『夫殺し』は日本のほかにも、イギリス、フランス、オランダ、ドイツ、スウェーデン、アメリカ(初版・第二版)、韓国などで翻訳出版されており、世界中に最も良く知られた台湾文学といえよう。

### ◈『夫殺し』の中の清酒白鹿

この『夫殺し』に、ヒロインの林市が生まれて初めて清酒を飲む場面が出てくる。

新婚の二日目、昨夜と今朝、夫から二度にわたりレイプのように犯された林市は、それでも甲斐甲斐しく家事に努め、夕方になれば竈でご飯を炊き、昨夜の祝宴の残り物である豚肉料理に火を通す。早朝は屠場で働き、午後は博打を打ちに行っていた陳江水が遅い昼寝から目が覚め、寝室から出てくると、林市は鍋の残り物を竹のテーブルに運び、どんぶりを取ってご飯をつけようとするが、陳は竹製の戸棚から清酒「白鹿《はくしか》」の瓶を取りだし、どんぶりになみなみと酒を注いでは、独酌でグイグイ飲み出すのだ。

やがて酔いが回ると、「太鼓は二更〔夜の九時から一一時頃〕を打ち、月は庭を照らす／娘の手を引き寝屋へと向かう／今宵《こよい》二人の仲は天の運命《さだめ》／人の噂を惧れちゃならぬ」と恋歌を歌い出すが、林市はホカホカと暖かい竈に寄りかかったまま、地面に崩れ落ち、そのまま眠り込んでしまう。彼女は物心がついて以来、米の飯をたらふく食べたのは今夜が初めてだったのだ。すると陳が突然怒鳴り出す。「どこへ行きやがった、酒を注げ」

叔父の家でもいつもこんなふうに怒鳴られていた林市が、何事もなかったようすで本能的に夫のそばに行くと、陳は林市の腰を抱き、「ほれ、この売女《ばいた》め、酒の相手をするんだ」と命じ、彼女にも「飲め、飲むんだ」と絡むのだが……。

林市はどんぶりを受けると、一口嘗めてみた。冬の寒いときなど、盗み飲みをして寒さをしのぎ、寒い日々をやり過ごしたこともあった。それは密造のどぶろくで、喉を通るときにはむせかえったものだが、この清酒はまるで違っていた。林市が苦もなく酒を一口飲み下すのを見ると、陳江水は興が殺《そ》がれた思いがして手を返し押し退けた。「もういい、あっちへ行け。」ズズッと押された林市がよろめいて土間に倒れると、陳江水はワハハッと笑いだし、ポケットから銅銭を数枚つかみ出すと、林市の顔めがけてばらまいた。「俺さまは今日勝ったんだ。この売女めに水揚げ代をくれてやらあ」

サディスティックで乱暴者ではあるが、時には気前の良いところもある陳江水と、幼くして母を失い、貧しい叔父の家で虐待を受けつつ家事手伝いをして育った世間知らずの若い林市との人柄が、高級清酒の飲酒を通じて良く描かれている場面である。そもそも陳江水は屠場の腕利きの職人で、月給で安定した暮らしを営めるサラリーマンであるため、日々の晩酌にも白鹿が飲めるのだ。近所の漁師らではちょっとした集まりのときだけ、「こん畜生め！　俺ん家《ち》で、清酒の白鹿を一本空けようじゃねえか」ということになる。

このように『夫殺し』の要所要所で清酒、特に白鹿ブランドが重要な役割を果たしている。それにしてもなぜ四〇年代台湾を舞台とする小説の小道具に、清酒白鹿が必要とされるのか？日本語版『夫殺し』が刊行された時、私は東大文学部の布施博士学術基金に申請して、李昂さんを講演にお招きしたことがある。その際に本郷の居酒屋で清酒白鹿を注文しながら、この疑問を作家ご本人にぶつけてみた。李昂さんは今の日本にも白鹿があることに驚いたようすで、こう答えていた。

「白鹿って台湾のお酒かと思ってました。小さいときから、父や叔父たちが昔、白鹿を飲んでいたという話を時々していたので、小説にこのお酒を使ってみたの。でも私が飲酒できる年頃になるともう幻の酒になっていたから、本当に飲むのは今日が初めてだわ。」

◈台湾と日本酒

蔵元の辰馬本家酒造のホームページ（http://www.hakushika.co.jp/history/）によれば白鹿ブランドは古く、創業は三五〇年以上も前の一六六二年のこと、灘の銘酒として白鹿ののれんを築いていき、明治維新後には全国第一位の醸造高を記録、一九二〇年には高級酒の新醸造に成功して「黒松白鹿」の樽詰を発売、一九三〇年には瓶詰工場が竣工し、その販路はアメリカ、ヨーロッパ、中国にまで及んだという。

気候の関係であろうか、従来、清酒産地の南限は熊本県で（二〇一七年には鹿児島県でも清酒の醸造が始まっている）、そこから南ではほぼ醸造酒文化は消えて蒸留酒文化圏となっている。熊本では美少年などの清酒と白岳のような焼酎とが共存しているいっぽう、鹿児島・奄美は圧倒的な焼酎王国で、さらに南の沖縄となると泡盛文化圏となる。そのさらに南に位置する亜熱帯の台湾に、どのような経緯で清酒白鹿が伝わり、陳江水愛好の酒となったのであろうか。

台湾には古くからオーストロネシア系の先住民が住んでおり、一六世紀以後は、この島が海洋交通の要所に位置していることに加え、米・砂糖きびなど商品作物の栽培に適していたため、続々と移民が押し寄せ、植民の歴史が始まった。明代から清代にかけて中国大陸の福建・広東両省から漢族がやってきたほか、オランダ人・スペイン人も植民した。

このヨーロッパ勢力と漢族との台湾植民をめぐる角逐は、一六六一年の鄭成功（チョン・チョンコン、ていせいこう、一六二四〜六二）軍が台湾島西南部の台南一帯を制圧することにより漢族側の勝利で終わった。鄭成功は満州族の征服王朝である清朝に滅ぼされた明朝回復を図り、台湾を反清復明の基地としたが、鄭一族による台湾支配は三代二二年で終わり、一六八三年には台湾は清朝の版図に入っている。

清朝は康熙帝の時代にあたる一六八四年、台湾を福建省に隷属する台湾府として扱い、台南に官衙（役所）を置いた。光緒時代の一八八五年に至ると台湾は福建省から分離して台湾省となり、台北が省都に定められた。台南には台南府が置かれている。日清戦争後の一八九五年、台湾は日本の植民地となり、最盛期には日本人の数は四〇万を超えた。

さて前述の范雅鈞著『台湾酒的故事（台湾酒物語）』によれば、清朝統治期の台湾では漢族が大陸からもたらした蒸留酒、白酒が生産されていたものの、副業的生産に留まっていたため技術は低く品質も劣り、高級白酒や紹興酒は大陸から輸入されていた。

また米と並んで台湾の二大商品作物であったサトウキビは、台湾白酒の主要な原料であり、農民は自家用白酒を作った後に残る酒粕を豚の飼料として使っていた。このような白酒作りの小屋の隣に豚小屋があるといった衛生状態に、植民地統治のため来台した日本人は腰を抜かさんばかりに驚いたという。日本では清酒は腐敗しやすいため衛生管理が厳格で、しかも酒造りは神聖な行為と見なされていたからである。

こうして日本統治期が始まると、清酒とビールが飲まれるようになり、関税の障壁も加わって大陸からの輸入酒を圧倒していった。清酒は灘酒が市場の六割以上を占め、辰馬本家商店は台湾における清酒の三大輸入業者の筆頭となり、白鹿、楓白鹿、白鹿正宗などの自社製ブランドは台湾清酒市場の二七・五％を占めたという。そういえば一九三一年に結成された台北市民映画クラブ「台北シネマリーグ」の調査のため、『台湾日日新報』という邦字紙を読んでいたところ、「理想的箱入高級酒／黒松　白鹿」という大きな広告を見つけたことがある（一九三二年二月二日第一面）。

それでもさすがに夏場の台湾では清酒の消費量が減少するため、同社はエビスビールの代理店となってビール市場でも三〇％のシェアを誇ったという。

また台湾でも清酒造りが始まり、日本人が多く居住していた台北や、原料となる台湾米の産地である台中などに工場が建設され、一九三〇年代には高級酒の「瑞光」、中級品の「福禄」、一番お安い「萬壽」などのブランドが生産されていった。そして一九三七年に日中戦争が始まり、日本からの酒の輸入が減少すると、これに取って代わる高級清酒として「凱旋」が生産された。范雅鈞は、台湾清酒の名前も平和な時代は「瑞光」などめでたいものであったのに、戦争が始まると激情して「凱旋」となるとは、と慨嘆している。

そもそも中国では古来、白鹿《はくろく》は瑞祥《ずいしょう》、すなわち吉兆とされ、長寿の霊獣とも考えられてきた。しかもかつて台湾には鹿が島内に繁殖し、オランダ統治期から清朝統治期にかけて、先住民が捕獲する鹿皮は、漢族農民が栽培するサトウキビから作られる砂糖と並ぶ主要な大陸向けの輸出品であった。そして『夫殺し』の舞台であり、李昂さんの故郷でもある鹿港という地名は、そもそも漢族移民初期に鹿が群棲していたという事情によるものなのだ。

数年前、台北で一夏を過ごそうと成田空港で飛行機を待っているあいだ、免税品店で李昂さんへのお土産を探していたところ、白鹿の一升瓶を見つけたことがある。現在の台湾では白酒も紹興酒も六〇〇CC入りの瓶で売られており、一升瓶のような大きな酒瓶は少ない。李昂さんをびっくりさせてやろう、と大きな白鹿を抱えて搭乗を待つあいだ、私は鹿と酒と文学とをめぐる日台の間のふしぎな因縁に想いを馳せていたものである。

# 世界篇

# V

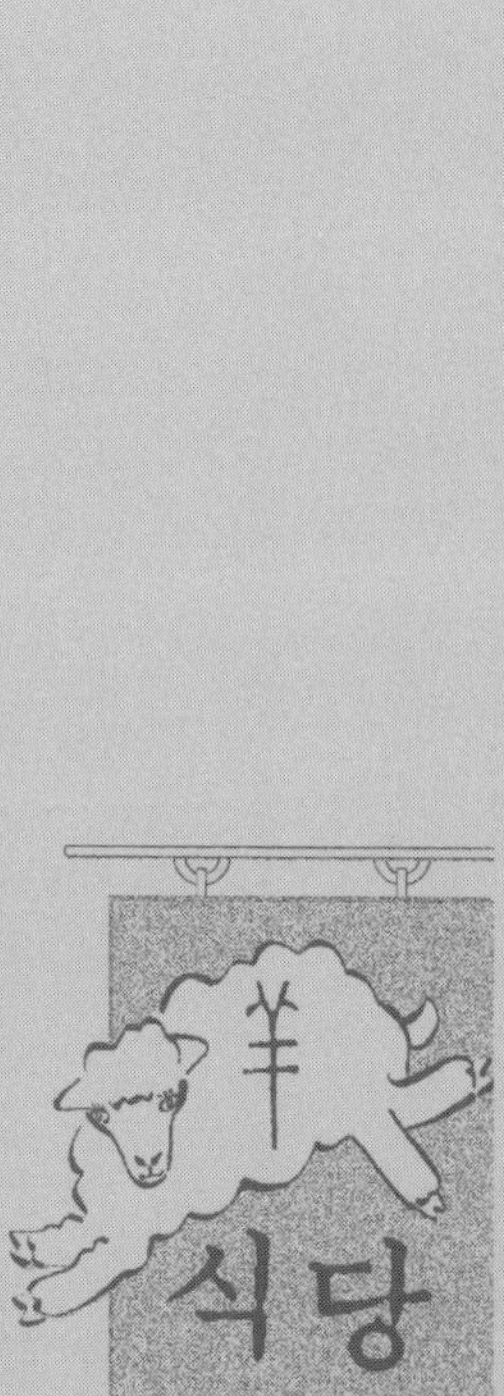

## はじめに

北京篇第一章「北京のビールは茶碗で飲み、香港映画は北京で観るべし」の末尾で、一九九〇年代には衰退の一途を辿った中国映画が二〇〇二年にリバイバルしたと述べて、チャン・イーモウ（張芸謀）の「大作」映画とジャ・ジャンクー（賈樟柯）の底層叙述を紹介した。

賈樟柯（チア・チャンコー、かしょうか、一九七〇〜）監督はデビュー作『一瞬の夢（原題・小武）』（一九九八）と第二作『プラットホーム（原題・站台）』（二〇〇〇）の製作に際し、舞台を山西省の汾陽《フェンヤン》という県城に置くことにより、青年スリや地方回りの演芸団員など底層社会あるいはその予備軍の若者たちを発見した。やがて彼の作品は山西省の大都市大同を舞台とする『青の稲妻（原題・任逍遥）』（二〇〇二）で、母は勤務先の国有企業が倒産したため失業者となり宗教活動に救いを求め、息子も高校卒業以来無職のまま稚拙な銀行強盗犯となる、という底層叙述へと発展していく。

底層とは何か？と問われた中国の詩人、廖亦武（リャオ・イウ、一九五八〜）は次のように答えている。

「低層」とは、ディスクールの権利が奪われ、社会に忘れられ、うち捨てられた存在で、一生にわたり生存の問題に対処しても常に生存の危機に直面する人たちだ。（廖亦武著、劉燕子訳『中国低層訪談録』集広舎、二〇〇八、三頁）

それまで汾陽あるいは大同、北京と北方を舞台とする映画を製作してきた賈樟柯は、『長江哀歌（原題・三峡好人）』（二〇〇六）において一気に南方へと下り、大河に面した港街を舞台とした。三峡ダム建設に伴い湖底に沈む奉節《フォンチエ》の町では、多数の住民が移住して行くいっぽう、ダム建設やビル解体工事のために、怪しげな開発業者から出稼ぎ労働者（民工）がこの街に群がっている。炎天下でヘルメットに上半身裸の男たちが振り上げるハンマーは、奉節の街を剥き出しの鉄筋とレンガやコンクリート瓦礫の街へと変えていく。『長江哀歌』には山西省から来た二組の男女が登場するが、ここでは底層の炭坑夫とその元妻を取り上げたい。

元農民で今は干ばつのため炭坑夫となっている三明（サンミン）は、妻と娘を探し求めて奉節にやって来た。一六年前に三千元を払って妻を買う違法な「売買結婚」を警察に摘発されたとき、若かった「妻」は故郷への送還を希望し、幼い娘を連れて奉節に帰っていたのだ。三明は一泊三元（一元は約一五円）というオンボロ宿を一元二〇銭に値切り、民工として解体工事現場で働くうちに、ようやく元妻と再会できるが、彼女は今では兄の三万元の借金のためほかの男の愛人となっており、娘はさらに南方の広東省・東莞市へと出稼ぎに行って会うこともかなわない。義兄の借金のために奴隷となった妻を救おうと決意した三明は、晴れやかな顔で山西省の炭鉱へと帰って行く。

そして二〇一三年の作品『罪の手ざわり（原題・天注定）』に至ると、賈樟柯は高度経済成長社会における政治の腐敗と貧富の格差により、地縁血縁関係を破壊され、愛と希望を奪われた果てに他殺自殺へと跳躍していく四人の男女を描いている。「天注定（天の定め）」という題名のもと、四つの物語は時空を異にしながらも連環し、めぐる因果を辿りながら、監督は三つの殺人事件と一つの自殺事件の深層を見詰め直すのである。第一、第三の両幕は尊厳を奪われた弱者の最後の抵抗による殺人を、第二、第四の両幕はどうやっても被搾取階級から這い上がることはできないと絶望した者による強盗と自殺とをそれぞれ描いており、『一瞬の夢』から始まる賈樟柯の底層叙述は、『罪の手ざわり』において高い完成度に達したといえよう。

それでは賈樟柯の底層叙述は、次の作品『山河ノスタルジア（原題・山河故人）』（二〇一五）ではどのような展開を見せているだろうか。同作は汾陽娘の沈濤（シェン・タオ）と彼女の高校時代の二人の男性同級生とを主人公として、一九九九年と二〇一四年および近未来の二〇二五年との三つの時代を描いている。

一九九九年汾陽で小学校教師をしている沈濤は、実業家の張晋生（チャン・チンション）と炭坑夫の梁建軍（リャン・チエンチュン）の二人から好意を寄せられ張との結婚を選び、失恋した梁は遠い町の鉱山へと去って行く。沈が男児を出産すると、張は息子にDollar（ドル）と名付ける。

二〇一四年汾陽で沈はすでに張と離婚し教師を辞めて、父とガソリンスタンドを経営しながら裕福な暮らしを送っている。梁が炭坑をリストラされた上に肺を患い、妻と幼い子供を連れて汾陽に帰り途方に暮れていると、沈は入院費として三万元という大金を彼に渡す。続けて沈の父が亡くなると、ベンチャーキャピタルで資産家となった張とその後妻と共に上海に住んでいた息子のDollarを呼び戻し、葬儀に参列させたのち、家の鍵を渡して上海に送り帰す。

二〇二五年張は一一年前の反腐敗運動から逃れて移民したオーストラリアで、後妻と別れてDollarと二人で暮らしている。大学生となったDollarは英語しか話せず、父親に反抗して家出し、大学の新しい中国語教師Miaと恋人関係を結ぶ。Miaは香港が中国に返還された一九九七年の前年にカナダに移民し、白人と結婚したが、オーストラリアの大学に就職したのち離婚している。

『山河ノスタルジア』監督・ジャ・ジャンクー

Dollar はルーツ探求のため Mia と共に汾陽に帰ろうとするが……。

これらの登場人物の中で底層社会の人物といえるのは梁建軍のみであり、しかも彼の困窮を救うのは資産家の沈濤である。父はかつては個人経営の電気屋であり、沈自身は小学校教師であったにもかかわらず、彼女が裕福な暮らしを送れるのは、張との離婚および息子の親権放棄に対し、張から多額の慰謝料が支払われたためであろう。つまり本作においては底層階級は資産階級の憐憫に縋ってかろうじて生きているのである。これは『長江哀歌』における三明の逞しい生き方とは対照的である。『罪の手ざわり』の武器を持って抵抗する底層社会の人々とは、さらに大きく異なっている。『一瞬の夢』から始まる賈樟柯の底層叙述は、『山河ノスタルジア』に至り大きな変化を見せたといえよう。

底層叙述という点では『山河ノスタルジア』は物足りないが、富裕層の中国人の移民というかつてなかった現象を描いた点では興味深い。張晋生がベンチャーキャピタルで資産家となるに際し、権力者に贈賄したのか脱税したのかは不明だが、危うく〝反腐敗運動〟による摘発を逃れてオーストラリアに移民した彼は、遊んで暮らしながら息子を大学にも送っている。しかしこのような高等遊民の暮らしに退屈しきっており、英語も習得せず現地社会にも溶けこまず、唯一の社交は同じ境遇の中国人経済犯容疑者たちと〝反腐敗運動〟時期の思い出話をすることである――但し酒杯を片手に、ではなくお茶を飲みながら。

オーストラリアのＰＵＢで飲むビールの美味さには定評があり、同国産の紅酒《ホンチウ》（赤ワイン）は中国の中級品ワイン市場を席巻している。しかし張晋生はその名が示す通り山西省生まれの男性であり(晋は同省の別名)、山西省といえば杏花村の汾酒など白酒の名産地でもある。彼は経済犯容疑者としてオーストラリアに逃亡してはいても、白酒以外は飲もうとしない愛郷家なのかもしれない。名前といえば、Mia の名も missing in action (戦闘での行方不明兵士) という言葉の短縮形であり、それは香港からカナダへ、そしてカナダからオーストラリアへと流浪する彼女の根無し草の半生を象徴するかのようである。

本篇ではニューヨーク、プラハ、シンガポール、ソウルと世界を一周して中国酒を飲みながら、現代華人文化のありようの一端をお話ししたい。

# 1 ニューヨーク・チャイナタウンの紹興酒

私が初めて訪米したのは一九九五年の夏のこと、「恋人探し」のために三か月滞在したのだ。「恋人」といっても私のガールフレンドではなく、魯迅や周作人と並ぶ近代中国の大知識人胡適（フー・シー、こてき、一八九一〜一九五二）の恋人調査のためである。

### ◈アメリカの恋人

胡適は辛亥革命（一九一一）をはさんで七年間アメリカに留学し、ニューヨーク州イサカ市のコーネル大学で農学を学び、続けてニューヨーク市マンハッタンにあるコロンビア大学大学院でプラグマティズムの大家デューイに師事して、文学・哲学を修めた。この留学中に胡適はイーデス・クリフォード・ウィリアムズ（一八八五〜一九七一）というニューヨーク・ダダの画家と大恋愛をしているのだ。

ウィリアムズ家はイサカ市の名門一族に属し、イーデスの父はコーネル大学の教授で地質学部長まで務めている。イーデス自身は九歳ほどで絵の家庭教師についており、現在イエール大学バイネッキ図書館が蔵する彼女の資料集には、幼少期の作品なども収録されている。イエール大学入学後の一九〇六年に彼女は欧州へ旅立ち、パリの名門画塾アカデミー・ジュリアンでJ・P・ローランス（一八三八〜一九二一）に師事したともいわれる。やがてイーデスは写真独自の様式と表現法を主張するアメリカ写真分離派運動の先駆者アルフレッド・スティーグリッツ（一八六四〜一九四六）に出会って感化され、女性名「イーデス」を省略、男性名のミドル・ネームのみを残し「クリフォード・ウィリアムズ」を名乗るようになる。

そして戦死者四〇〇万という巨大な犠牲をヨーロッパ諸国民に課す第一次世界大戦が勃発すると、欧米では前衛芸術のダダイズムが出現、産業化社会を総動員して殺戮と破壊を行う国民国家体制を批判した。戦時下のヨーロッパからニューヨークに逃れてきたピカビア（一八七九〜一九五三）やM・デュシャン（一八八七〜一九六八）らの影響を受けてニューヨーク・ダダが形成されると、ウィリアムズは同派の新進画家として注目を集めた。

たとえば一九一五年二月一三日の『胡適留学日記』には、デートのようすが次のように記されている。

一時にウィリアムズ女士を自宅に訪ねると、女士は食事の用意をしており昼食を共にした。二時間ほど話し、共に外出して、ハドソン河縁を散歩する。この日天気は良く、夕日の落ちる前の河辺はニューヨーク最上の風景であった。歩くうちにニューヨークの喧噪も忘れるほどであった。一時間ほど散歩してから女士の家に戻り、六時半まで話して別れた。女士は人類の性善が良心にまで発展し、これが善行となって現れることを深く信じている。

真冬のニューヨークの寒さと来たら、東京の比ではないが、熱く燃えている若い二人は、この寒さも忘れていたのだろう。

現地調査の甲斐があって、私はそれまで胡適研究者には全く知られていなかったウィリアムズの画家として経歴を解明できた。アメリカ美術史では彗星のように登場し消え去った若きニューヨーク・ダダとして、中国文学史では胡適の謎の恋人、後半生に勤務したコーネル大学獣医学部図書館では篤実で有能な司書、そして小さなイサカの町では母や叔母を甲斐甲斐しく世話したやさしい老嬢として、それぞれ断片的に残されていた記憶をつなぎ合わせることができた。胡適は一九一七年に帰国すると口語文を基礎とする標準語が国民国家を創出するという文化戦略を展開、魯迅らと共に文学革命の旗手となり、北京大学の学術教育刷新に奔走している。三〇年代には国民党政府ブレーンとして中華民国建設に尽力、人民共和国成立(一九四九)直前にアメリカに亡命後、国民党統治下の台湾に渡って中央研究院院長となり、国民党の言論弾圧に苦言を呈するスピーチを行っている最中、心臓病の発作で急死した。このような胡適が抱き続けたアメリカ民主主義への信頼、国民国家・産業化社会の夢の原点としてウィリアムズとの恋愛体験があったのだ。

### ◈中国料理、東回りの法則

ニューヨークのコロンビア大学を拠点としながら、東部の諸都市をバスや鉄道で移動しつつ、中国の文学者とアメリカン・ダダイストとの恋の軌跡をたどるというのは、なかなか感動的な一夏の体験であった。そして図書館や美術館・古文書館で一日過ごした後に、街の通りに張り出したカフェで、アメリカ東部各地の地ビールや地ワインを飲んでいると、単身赴任の寂しさも忘れることができた。コロンビア大学前のビアホール、ウェストエンドのカウンターで地ビールを何杯もお代わりしていたところ、〝On the house（店のおごり）〟といってワン・グラスのサービスを受けたこともある。もっとも地酒に引き替え、並みのカフェでは、ステーキからオムレツまで何を食べても不味いのには閉口したが……。

さて初めてのアメリカ暮らしになれるまで、私が時折通っていたのがニューヨークのチャイナタウンである。中国人のアメリカ移住が本格化したのは一九世紀半ばのこと、西海岸で金鉱採掘に従事していたが、南北戦争（一八六一～六五）後に大陸横断鉄道の建設が始まると、労働者として雇用され、一八八二年の中国移民禁止法制定までに約三〇万人がアメリカに渡った。これらの中国人労働者の一部が、一八八〇年代に東部に移動してニューヨークに流入、マンハッタン南部に定住して、キャナル街一帯にチャイナタウンを形成したのである。この時期に制定された中国人排斥法などにより、人口は第二次世界大戦までニューヨーク州全体で一四、〇〇〇人未満に低迷していたが、一九六五年に移民法が改正されると中国人移民が激増する。九〇年代半ばにはニューヨーク市の中国人は三〇万を超えその半数がマンハッタンのチャイナタウンに住んでいた。ここは西半球最大の中国人社会なのだ。

ところがこのチャイナタウンの中国料理が意外にも旨くないのだ。見た目は広東料理であっても、味は無国籍風というのかアメリカ化しているのである。お茶とシュウマイなどの点心（軽食）をいただく「飲茶《ヤムチャ》」に出かけたところ、普洱茶《プーアル》が甘ったるい。急須の中にお茶の葉と一緒に白砂糖を入れているのだ。中国人ウェイターに苦情をいうと、新移民らしい彼は「僕もお茶に砂糖なんて入れたくないんだけど、ニューヨークのお客さんはそれが好きなようだから」と弁解していた。

ニューヨークでの調査終了後は、シカゴ、デンバーを経由して西海岸へと向かったが、各地の中国料理を試してみたところ、西へ行けば行くほど美味しくなった。ボストンにしてすでに、普洱茶に砂糖を入れるような蛮習は消えていた。もっとも急須の蓋を外してその中に砂糖を山盛りに詰め、湯気を立てている蓋なし急須の脇に置くという風雅なお点前ではあったが。

サンフランシスコ、ロサンジェルスともなれば中国料理も本国に負けない絶品だった。アメリカの中国料理は、中国移民が最初に上陸した西海岸が一番美味しく、東へ移動するにつれ不味いアメリカ料理に同化され、東端のニューヨークに至ると最悪になる――これが私が名づけた「中国料理、東回りの法則」であった。

さてその最悪のニューヨークはマンハッタンのチャイナタウンで、ある晩、紹興酒を飲んだことがあった。中国からの輸入物なのだから間違いあるまい、と思ってグラスを口に運ぶと、色ばかりはあの赤みがかったカラメル色なのだが香りはなく、舌がピリピリして喉の通りがことのほか悪かった。ボトルのラベルを確認すると、中国・浙江省・紹興産となっている。そこで同行の友人が、運ばれてきたボトルの封が切られており、酒だけ別会計で現金払いを請求されたことを思い出したのだ。私たちの結論は、ウェイターが老板《ラオパン》に隠れて銘酒の空き瓶に詰めた安酒を出し、小遣い稼ぎをしているのだろう、というものだった。

それから七年後の二〇〇二年三月、私はコロンビア大学開催の国際学会に参加するためニューヨークを再訪した。この時にはアメリカ亡命中でワシントン在住の鄭義（チョン・イー、ていぎ、一九四七〜）さんがWさんを紹介してくれた。彼女は北京出身で、文革後に復活した大学入試第一回目の一九七七年に名門大学英語系に合格、卒業後は在中アメリカ出版社に通訳として派遣されたのがきっかけで八五年に渡米、大学で歴史学を学んだり出版社に編集者として勤務したのち独立して、中国人作家の翻訳出版代理人をしているのだ。私がチャイナタウン再訪を希望すると、彼女は新しく開店した上海老正興《ラオチョンシン》で夕食をご馳走してくれた。これは上海の老舗料理屋の名前で、香港・北角（ノース・ポイント）にも姉妹店を置いている。マンハッタンの店も上海の老舗の姉妹店であるのかは不明だが、味は美味しく紹興酒も中級品の瓶詰めを出していた。

### ◈イラク戦争銃後のニューヨーク再訪

そしてさらに一年後の二〇〇三年三月にも、AAS（アジア学会）に出席するため渡米し、これは私にとって三度目のニューヨーク訪問となった。今回はセントラル・パーク西にある中級ホテルに泊まったが、部屋には魔法瓶もなければ湯沸かしもない。フロントに問い合わせると、紙コップ入りの白湯を届けてくれた。親切はありがたいが、時差ボケで夜中の二時三時に目が覚めてしまう私には、これでは間に合わない。そこでブロードウェー添いをグランドセントラル駅まで歩いてみたが、売っているのはデジカメなどの高級品ばかりで、電気ポットのようなお安い品はどこも扱っていない。わがチャイナタウンならば、と思い立ち翌朝一番で地下鉄に乗り込み、キャナル街まで出かけてみると、はたしてアメリカ製のポット一三ドルと一八ドルとの二種類が置いてあった。ついでに昔から贔屓にしているお茶屋さんで普洱茶を四分の一ポンド購入した次第である。

ところで今回の訪問はイラク戦争開戦直後のことであり、ひどく憂鬱な気分であった。タイムズ・スクエアの地下鉄駅では、改札口で一組の白人兵士と黒人警官が銃を構えて立ついっぽう、プラットホームには中国人の音楽家が竹笛を持ってたたずみ、ゴスペル「アメージング・グレイス」の物悲しいメロディーを奏でていた。AASの関係者にスシ・バーに招かれたときイラク戦争が話題に上ると、台湾系アメリカ人研究者は、「アメリカ国民として開戦したことを外国の方々にお詫びします」と語っていた。

会議の始まる前に、私は台湾人作家の施叔青（シー・シューチン、ししゅくせい、一九四五〜）さんをマンハッタンのご自宅にお訪ねしてもいる。彼女は長らく香港に暮らしており、その体験を元に書いた『ヴィクトリア倶楽部』という小説を、私は二〇〇二年末に翻訳刊行したところだったのだ。妹には『夫殺し』『迷いの園』などで日本でもよく知られている李昂（リー・アン、りこう、本名・施淑端一九五二〜）さんがおり、施家姉妹作家として世界的に有名である。この施叔青さんもイラク戦争は石油権益のための侵攻と断定し、二月の反戦市民デモにはアメリカ白人の夫と共に参加したと語っていた。

前述のWさんもニューヨーク市東部にある新興チャイナタウン、フラッシングの中国料理屋で、戦争には反対だ、一日でも早く終わって欲しいと話していた。もっとも同席していた中国民主化のため何度も投獄され、現在はアメリカ亡命中のある老作家は、もっぱら自分たちの日常生活は安全で変わりはない、と繰り返すばかりであった。どうやらアメリカのイラク侵攻そのものにはそれほど関心がないようすなのだ。

こうして私は同じ在米華人でも、中国系と台湾系とではイラク戦争への反応に微妙な相違があることに気付いたのだ。たとえばマンハッタンのチャイナタウンで購入した香港の有力紙『明報』ニューヨーク版三月二四日号のコラムは、「アメリカの覇権に対し幻想を抱くな」という見出しで、アメリカは永遠に自らの利益を最優先するのであり、台湾問題を武力解決しようとすれば、

ニューヨークのチャイナタウンにて。広東・潮州料理のレストラン(一九九五年撮影)

「中国は必ずやアメリカとの一戦という危険を冒すことになろう」と警告していた。つまりイラク戦争からアメリカの意向に逆らって台湾を武力統一するのは不可能という教訓を学べ、と中国共産党に向かって説いているのだ。

　ところが若手の亡命民主化運動家らがフラッシングで刊行する雑誌『北京之春』四月号には、陳破空（チェン・ポーコン、ちんはこう）署名の論文が掲載されており、国連決議に違反し続けてきたイラクの独裁政権を攻撃するのは民主国家アメリカの義務であり、共産党独裁に苦しむ中国にとっても「利益」となるのだ、とさえ主張しているのだ。つまり好戦的アメリカを中国民主化の圧力として利用できる、と説いているのだ。

　ＡＡＳ会場の一角には、イラク侵攻反対の反戦署名コーナーが設けられていた。サイン用のペンを握ったとき、私はニューヨークで見聞した中国・台湾の人々の、時には相矛盾する意見を改めて思い返していた。

## 2　プラハ地下バーの現代中国詩

### ◈欧米の中国現代文学研究事始め

中国近現代文学の始まりは、ふつう一九一〇年代末のいわゆる五・四新文化運動期と考えられている。この時期には陳独秀や胡適の理論活動により、言文一致の国語による文学革命が進行し、一九一八年のわずか一年間に魯迅が「狂人日記」を書き、胡適がイプセン「人形の家」を翻訳し(羅家倫との共訳)、周作人がエッセー「人間の文学」をそれぞれ口語文で発表している。人間、内面、恋愛、家、貨幣経済制度など近代西欧に起源する重要な概念がこの時期の中国に一斉に登場したのである。

古典における「文章博学」という意味での「文学」とは異なるliteratureの概念に対応した新しい「文学」という概念は明治日本で成立したのち、二〇世紀初頭に「文学」という言葉もろとも中国に移入された。それ以降、文学は中国における共和国建設を願う新興知識階級の言説となっていく。一九二〇年代半ばの国民革命を経て、国民党を中心に国民国家が建設される三〇年代には、近代中国文学は黄金時代を迎えるのである。

このような中国文化界に巻き起こった嵐に注目し、新しく登場した文学に熱い共感を抱いた日本人語学者の一団が、東京外語グループである。

東京外国語学校支那語部（現、東京外国語大学中国語科）出身の中国語教師やＯＢの出版人たちは、同時代中国の若い精神のありようを、中国語教科書や学習誌、翻訳書、中国語講習会、さらにはラジオ中国語講座を通じて日本人に伝えようと努めた。東京外語グループと中国文化界との国際交流は活字の枠に留まらず個人的交遊へと発展し、病弱の魯迅を日本に招いて療養してもらおうと計画した出版人がおり、巴金（パーチン、はきん又はぱきん、一九〇四～二〇〇五）を自宅に長期間ホームステイさせた中国語教官がいた。

一九三〇年代半ばには、東京外語グループに続けて東京帝国大学支那哲文学科（現・東大文学部中国文学科）の卒業生が中心となって中国文学研究会を組織し、月刊誌『中国文学』を刊行した。この研究会は小野忍、松枝茂夫、竹内好、武田泰淳、岡崎俊夫ら戦後の大学や文芸界などで現代中国文学の批評や研究を担った人々を輩出している。

いっぽう欧米の研究史を紐解けば、チェコ人のＪ・プルーシェク（一九〇七～八〇）教授とその欧米人門下生が東京外語グループや中国文学研究会に相当する活躍を見せている。チェコとスロバキアは長期にわたりオーストリア・ハンガリー帝国に支配されていたが、第一次大戦終結後の一九一八年に独立、連合してチェコスロバキア共和国を成立させた。プルーシェクは東欧の若き共和国の中国学者として魯迅の短篇集『吶喊』のチェコ語訳に取り組み、一九三六年七月に翻訳許可と序文執筆を依頼する手紙を魯迅に送っている。

当時上海在住の魯迅は、発熱と食欲不振、睡眠不足で病状が悪化し、毎日のように日本人の須藤医師に往診を頼んでいたが、プルーシェクの依頼にはこの病をおして応えた。中国も被圧迫民族であるためチェコの独立を大いに喜んだものの実は両国は互いに疎遠である、と魯迅は書き出し、「それも悪いことではなく、現在各国が忘れることなく互いに思い続けているのは、たいていは大変友好的であるためとは限らないであろうから」と、日本・欧米と中国との侵略・被侵略の密接な関係を示唆し、次のように結んでいる。

私たち両国は民族を異にし、地域を隔てられ、往来も希であるが、互いに理解し近づき合うことができる。なぜなら私たちはこれまで苦難の道を歩み、今もなお歩み続けているからである——光明を求めつつ。

チェコ語版『吶喊』は魯迅死後の三七年一二月にプラハ・人民文化出版社から刊行されている。プルーシェクはその後、チェコを代表する中国文学研究者となり、中国伝統文学の主観主義の発展が五・四新文学を創り出したとする文学史観に立ちながら、中国革命に対する深い共感に溢れた研究を行った。第二次大戦後は東欧ばかりでなく西欧からも留学生を迎え入れ、また自ら集中講義に赴き、欧米圏の多くの現代中国文学者を育てたが、六八年の「プラハの春」(チェコスロバキア自由化運動)を支持したためソ連軍侵攻後は幽閉状態に置かれ、不遇な晩年を送った。没後にアメリカで受業生の一人であるLeo Ou-fan Lee(李歐梵、一九三九〜)の尽力により、論文集*The Lyric and* *the Epic:Studies of Modern Chinese Literature*（一九八〇）が刊行されている。なお八〇年代末から九〇年初頭のソ連東欧社会主義体制崩壊に伴い、スロバキアの独立志向が強まり、九三年一月にはチェコスロバキア連邦が分裂してチェコとスロバキアの二つの共和国が誕生した。

### ◈スロバキアでのエミグラント文学論

さてマリアン・ガーリック教授が、スロバキアで国際中国学シンポジウムを開催したのは、チェコとの連邦分裂の年の六月のことであった。ガーリック教授はプルーシェクの直系の弟子でスロバキア科学アカデミー・東洋アフリカ研究所に所属し、特に茅盾（マオトゥン、ぼうじゅん、一八九六〜一九八二）研究で国際的にも知られている。シンポ開催前の手紙で、ガーリック教授は「分裂による生活水準の低下などについてはどうかご心配なく。ポスト共産主義の国々では、今やあらゆることが錯綜としており、私たちは歴史の誤りに対しつけを払わねばならないのです。それは不運なことではありますが」と書いておられた。そして便箋左肩にあるアドレスの国名の行から、白の修正液でCzechoの文字が消されSlovakiaだけが残されていたのが印象的だった。

スロバキアの首都ブラチスラバはドナウ川に面した静かな小都会で、四日間にわたり一五か国から四〇名が参加して開かれたシンポの会場は、郊外の美しい農村地帯の丘にそびえ立つスモレニス城であった。シンポのテーマは「中国文学とヨーロッパ文化」で、中・欧双方における受容と変容をめぐる比較文学的研究が主な目的であった。それにしても招聘状にヨーロッパ中心的な世界観を厳しく戒める一文があったのは興味深い。

当時はまだカリフォルニア大学で教鞭を執っていた李歐梵教授は、「デカダンス論」という題で一九三〇年代の上海・新感覚派と邵洵美（シャオ・シュンメイ、しょうじゅんび、一九〇六〜六八）の詩を再評価する発表を行った。私は『さまよえるユダヤ人』伝説の魯迅および芥川龍之介への影響」という題の発表を行い、中世ヨーロッパ起源の伝説の受容における異同を通じて、魯迅と芥川および中国・日本両国の知的状況の一九二〇年代における差異を解きあかそうと試みた。

二日目の夜に催された宴席のテーブルスピーチでは、ドイツ・ルール大学ボッフム校のマルティン教授が、三〇年も前にプラハのプルーシェク教授のゼミでガーリックさんと机を並べて学んだ思い出を語っている。西ヨーロッパでは近現代中国文学そのものが研究対象として認知され

スロバキア国際中国文学会にて（一九九三年）

ていなかった時期に、プルーシェクのゼミでは、茅盾、郁達夫（ユイ・ターフ、いくたっぷ、一八九六〜一九四五）、巴金と主要作家に専門の研究者が揃っていたので驚いたという。その茅盾の専門家というのはほかならぬガーリックさんで、こうしてプルーシェク先生の撒いた種がスロバキアで国際学会を再度開くまでに大きく成長したことを祝福する、という内容であった。

シンポではその他、マルティン教授夫人であり、ジャーナリストでもある廖天琪（リアオ・ティエンチー）講師（ルール大学ボッフム校）が、一九八九年のあの悲惨な「血の日曜日」事件後、三年にわたり山西省の山村を逃亡したのち、この年の一月にアメリカに亡命した中国人作家鄭義の新作『歴史的一部分』を紹介する報告を、リチャード・トラップル助教授（オーストリア・ウィーン大学）が「魯迅から多多まで」という報告を行っている。多多も「血の日曜日」事件後にイギリスに亡命した「今天派」の詩人である。これらは文学研究を常に現在の問題として捉えようとする欧米の研究者の姿勢を端的に示すものであり、同時代文学としての魯迅研究から中国文学研究を始めたプルーシェクの精神が、今日の欧米研究者に受け継がれている例といえよう。

### ◈プラハの亡命中国詩人

私が会議中に親しくなった香港人の研究者に張釗貽（チャン・チャオイー）博士がいる。当時彼はオーストラリアのシドニー大学に博士論文を提出したところで、今回のシンポでは博論の一部である魯迅におけるニーチェの受容について世界各国における研究状況を総括していた。シンポが終わると、張さんと私はバスでスロバキアを横断してチェコに入り、首都プラハの街に何日か滞在することにした。中国思想史研究のエイドリアン・夏教授(カナダ・マッギル大学)が、夕食後の懇談でドナウ産の白ワインを飲みながら、「カフカの生地プラハはまさにカフカ的な街だ、ぜひ寄ってみたまえ」と勧めてくれたからである。その上、李歐梵教授も「プラハの地下バーで中国エミグラント詩人たちの朗読会があってね、私も講演を頼まれているんだ。君たちも顔を出してくれ」と誘って下さった。こうして私たちもプラハ大学中国文学科のハラ助教授が開催したチェコ『革命評論』誌と『今天』誌との交流会に参加できたのだ。『革命評論』はかつての社会主義体制下のチェコスロバキアで、ながらく地下文学として活躍していた文芸誌であり、『今天』(チンティエン、「今日」の意味)は第一次民主化運動下の北京で一九七八年末に創刊された非合法文芸誌、八〇年九月停刊に追い込まれたものの、八九年「血の日曜日」事件後に亡命した詩人の北島(ペイタオ、ほくとう、一九四九〜)らが再刊したエミグラント文学である。

昼の会議では『今天』を代表して詩人で社長の万之(ワンチー、ばんし、一九五二〜)が、当初は亡命者中心の雑誌であったが、再刊から三年が経過して若い留学生会員も増え、現在では地域と世代との差を越えた中国語による前衛文芸誌へと性格を変えつつあるという説明があった。

夜にはプラハ旧市街の地下酒場を会場にして朗読会が開かれた。エルベ川の支流ブルタバ川が運んでくる土砂のため、盆地都市プラハの旧市街では数百年にわたって堤防が積み増され、ブルタバ川が天井川となると地盤もかさ上げされ、建物は三階四階と建て増しされるいっぽう、一階は地下へ、地下二階へと潜ることとなった。この地下酒場はそんな旧市街に残る古色蒼然としたバーで、『今天』派の朗読にはもってこいである。

最初に李歐梵教授が現代中国文学史に関する概説を英語で行い、続けて北島の小説『波動』のチェコ語訳の朗読が一時間ほど続いた。文革末期の中国では「我らが友は天下に遍《あまね》し」のスローガンが街に大書され、ラジオからは革命模範劇の歌がチャラチャラ流れていたが、農村部は干ばつに苦しみ、炭坑は落盤事故で操業停止、街の工場では工員の栄養失調で生産が下降していた。この小説は、文革中にとある小都市に流れ着いた人々が、友または敵、恋人あるいは親子と投げあう言葉を反芻するそれぞれのモノローグで構成されている。罪と傷を負った人々は用心深く言葉を交わし、自他の言葉の文脈を心の中で慎重に吟味するのである。『波動』は一九七〇年に下放先から北京に帰った北島がその四年後に書き上げた小説で、文革・慣性運動期という出口無しの時代の退廃と虚無を描いており、作中でヒロインが叫ぶ「わたしには祖国なんてないわ」という言葉は、一五年後にエミグラントとなってヨーロッパを流浪する自らの運命を予告するものでもあったのだ。

最後に北島の当時最新の詩集『天涯にて』から、作品「プラハ」などの詩人自らによる中国語朗読となった。チェコ特産のピルゼンビールは井戸水ほどの温度にほどよく冷やされ、まったりとコクがある。異端の作家カフカを生んだプラハ、特にその地下酒場はエミグラント中国詩人にふさわしい舞台なのだろう……と、私は大ジョッキを片手に考えていたものである。

それから一〇年が過ぎた。二〇〇〇年一〇月に同じくエミグラント作家である高行健がノーベル文学賞を受賞すると、北島は亡命生活を打ち切って中国に帰って行った。その理由はノーベル賞受賞の夢が破れたため、あるいは望郷の思いに駆られて、などと推測されている。だがはっきりしていることは、彼が芸術の自由を追求する中国反体制詩人という座を下りたということであろう。二〇〇二年五~六月に中国のハイブラウな人文誌『読書』に連載した「ニューヨーク変奏」は、元亡命者のお手軽なアメリカ批判である。初めて地下鉄に乗ったとき「強烈な小便の臭いに目もくらみそうになった」とか、トルコ系移民のタクシー運転手が「ニューヨークを憎み、吐き出すように『ニューヨークは地獄だ』といった」などというのは、あまりにステレオタイプのアメリカニズム批判である。

さらに北島はバルカン戦争中に乗ったタクシーのセルビア人運転手を「両目はすわり、焦りと勝ち誇ったような表情を浮かべているのは、きっと敵の背後に深く入りこんだという思いを抱い

プラハの地下バーにて(一九九三年)

ているからであろう――グサリと帝国主義の心臓部に」と描写してもいるが、これは特に九・一一テロの後では、「セルビア人を見たらテロリストと思え」式の人種差別的発言とさえ見なされかねない。

かつてプラハの地下バーで「一群の田舎の蛾が都市を攻撃する／街灯、その亡霊の顔／細長い脚が夜空をささえている／亡霊をもてば歴史が生まれる／地図にまだ示されていない地下の鉱脈／プラハの太い神経」と唱った詩人の面影は、「ニューヨーク変奏」からはビールの泡のように消えてしまったのだ。それとも私が考えていた「自由」とは、プラハビールによる幻影だったのだろうか。

# 3 シンガポールで一番旨い酒

### ◈新「両岸四地」

「両岸三地」とは、台湾海峡を挟んで向き合う中国大陸と台湾に、香港を加えた「三つの中国」を指す。そして「両岸四地」とはふつうこの「三地」にマカオを加えたものである。もっとも大雑把にいって中国一三億七、〇〇〇万、台湾二、三〇〇万、香港七三〇万、マカオ五八万という人口および各地の経済力とを考えると、第四の「地」としてマカオを持ち出してくるのは、些か落ち着きが悪い。

これに対しシンガポール・南洋を第四の「地」として提起したのがアメリカ・コロンビア大学教授（当時）の現代中国文学研究者、王徳威（David Wang）である。王教授は中国語圏では文芸批評家としても著名で、二〇〇二年には『世紀を越える作家たち・・現代小説家二〇人』を上梓している。その中で彼は台湾で活躍する張貴興、黄錦樹ら南洋華僑・華人界出身の作家を論じる際に、「現代両岸四地」という名称で中国・台湾・香港に加えてシンガポール・マレーシアを一グループとしたのである。「両岸」の概念を台湾海峡の東西両岸としてではなく、南シナ海の南北両岸へと改めたのは王教授の創見であろう。中国学や台湾学、香港・東南アジア研究の世界ではこのような新「両岸四地」概念はいまだ市民権を得ていないが、中国語圏文化を考えるとき、たいそう魅力的な発想といえよう。

ところで戦前の日本では太平洋南西部を「南洋」あるいは「南方」と呼んでいたが、戦時中に英米などの連合軍が南方諸地域に展開していた日本軍に反攻するため、セイロン（現・スリランカ）に総司令部を置いた際にこれをSoutheast Asia Commandと称したのが、Southeast Asiaという言葉の最初の使用例といわれる。そして戦後の日本ではこのSoutheast Asiaの訳語として東南アジアという言葉が普及したのである。だが中国・台湾では現在も南シナ海一帯を南洋と称しており、本書もこれに倣ってシンガポールを中心とする東南アジアの華僑・華人文化圏を南洋と総称したい。

### ◈一九七五年のシンガポール

その昔一九七〇年代の日本は高度経済成長の最中にあり、はじめて本格的な海外旅行ブームを迎えていた。ところが中国では文革が「ブレーキのきかぬ慣性運動」（鄭義『中国の地の底で』）を続けており、共産党は「我らが友は天下に遍《あまね》し」のスローガンを掲げながら、放浪好きの外国青年たちを頑なに拒んでいた。そこで中国に関心を寄せる学生は少しでも中国に近いところを巡礼しようと願って、華僑・華人の住む東南アジアの諸都市を歩いたものだ。私も羽田空港を出入りしていたそんなバックパッカーの若者の一人であった。

私がシンガポールに一週間滞在したのは、一九七五年、大学四年の夏休みのことだった。当時中文科の学生だった私は、卒論のテーマに二〇世紀初頭の辛亥革命の時代に短い生涯を生きた漂泊の詩人、蘇曼殊（スー・マンシュー、そまんじゅ、一八八四～一九一八）を選んでいた。蘇曼殊は母が日本人で、失恋がきっかけで出家したともいわれ、同じ反体制派でも清朝構造改革を唱えて革命派と対立していた保皇派のリーダー、康有為暗殺を志したこともあったという。しかし一九〇四年にシンガポール、タイ、セイロンを放浪してからは、イギリスのロマン派詩人のバイロンやシェリーを翻訳し、文人画を書くことが多くなった。ある日は胸ポケットに赤バラを挿したダンディーな洋装でいたかと思えば、翌日には坊主頭に袈裟姿となり、まんじゅう大好きな甘党で「糖僧」と自称する……こんな奇行の数々を集めただけで、十分一冊の本になることだろう。

この蘇曼殊は一九〇九年にはジャワ・中華学校の英語講師となっており、南洋各地で刊行されていた中国語新聞にも寄稿していた可能性があるのだ。そこで辛亥革命前の南洋華字新聞を調べてみようと思い立ち、私はシンガポールの南洋大学の図書館に一週間通ってマイクロフィルムを読み続けていたのだ。

普通の旅館に泊まることになったのは、空港からバスで直行した都心のＹＭＣＡが満員だったからだと記憶する。旅館の主人は中国人、案内された部屋はベニア板で仕切られた六畳ほどの板の間で、簡素なベッドが置かれていた。当時はクーラーなどはなく、天井で大きなプロペラが静かに回転していたものだ。隣室はインド人一家で、異国の言葉が筒抜けだったのは壁が薄いばかりでなく、風通しを考えてのことか、天井際と床とに一〇センチほどの隙間が設けられていたからだった。その床の隙間からヒンディー語が印刷された空き袋が流れ込んでくることもあった。

共用のトイレに行くと、トイレットペーパーの脇に水の入った瓶が置かれており、なるほどマレー人のお客さんにはイスラム教徒が多いから、左手でお尻を洗うんだ、と感心した次第である。

朝は近所のインド人屋台でエッグカレーとチャパティを注文すると、フライパンの上に落とした卵をプラスチック皿の縁でシャシャッと崩して、その皿に炒り卵を載せるのだ。これにカレーを柄杓で一杯注ぎ、チャパティを一枚渡されて一人前ができあがりというわけだ。

床に穴の空いたようなオンボロバスで通った南洋大学図書館には、最上階に見晴らしの良い食堂があって感激したが、味は意外と不味く、昼はもっぱら学食に通っていたところ、そこで知り合った女子学生たちが近所の公園を案内してあげましょう、と申し出てくれたこともある。夕食はもっぱら都心の屋台街でビールを飲みながらカキと卵の炒めものを食べていたはずである。

まだシクロも走っており、中年の車夫が「日本語で唄うからチップをおくれ」といって唄ったのが「見よ東海の夜は明けて」という戦時中の流行歌だった。その車夫によれば、日本占領下のシンガポールで小学生だった彼は、日本語教室に集められこの歌を習ったという。そして数日後、私の前を通り過ぎて行くバスの中から、なんと車掌の制服を着た彼が手を振っているのだ。シクロは休日のアルバイトであったのだろう。

当時のシンガポールでは、旅館の親父から車夫や屋台のウェイターに至るまで、きれいな華語(北京語)を話しており、逆にシンガポール大学のエリート学生は英語を話すものの北京語はできず、自宅で家族とは福建語や広東語、潮州語などの方言を話しているとのことだった。こんなところが私の一九七五年のシンガポール体験である。

ちなみにシンガポールは「獅子の町」を意味するサンスクリット語のシンガプラが転訛《てんか》した呼称で、この島には古くから貿易港が開けていた。一八一九年イギリス東インド会社のラッフルズがやってきて植民地建設に乗り出してからは、シンガポールはイギリスのマレー半島支配の拠点となり、国際貿易港として発展した。イギリスは一八九六年にマレー連合州を発足させマレーを領有している。シンガポールにはヨーロッパ、インド、マレーとともに中国からも多くの移民がやってきて住民の大多数を占めるに至り、また華僑の東南アジア移住の中継基地ともなっていた。太平洋戦争開戦後二か月でイギリス軍は日本軍に降伏したが、華僑義勇軍部隊は最後まで抗戦したため、日本軍はシンガポール占領後に、多数の華僑を殺害した。

戦後復活したイギリス植民地支配に対し、共産党ゲリラが抵抗するいっぽう独立移行措置も進行し、五九年には自治州となり六三年には完全独立してマレーシア連邦結成に参加したが、六五年には連邦の離脱を余儀なくされて独立国となった。面積は約七二〇平方キロ、現在の人口は約五六一万人、ちなみに東京都の面積人口は二、一八七平方キロ、一、三七五万人である。

## ◈二〇〇二年の現代中国文学国際学会

二〇〇二年四月、私が二七年ぶりにシンガポールを訪れたのは、アジア現代中国文学国際学会創設大会にお招きを受けたからである。これは一九九九年一二月に東大文学部で開いたシンポジウム「東アジアにおける魯迅の受容」がきっかけとなって創設の運びとなった国際学会である。この東大シンポでは、近代東アジアが共有する魯迅体験をアジア・オセアニアの研究者が一堂に会して比較研究を行おうと企画したもので、北から韓国、台湾、香港、シンガポール、オーストラリアの魯迅研究者二五名ほどをお招きし、さらに日本人および日本滞在中の中国人研究者にも多数ご参加いただいた。このシンポで参加者一同が改めて確認したのは、東アジアの多様性と共同性であり、東アジアの現代中国文学者も中国の学界との横断的な交流だけでなく、東アジア自身の縦断的な国際交流をも深めていくべきだ、という点であった。

そこで各国・各地の研究者の中から「連絡員」を出していただき、国際学会創設を相談したところ、シンガポール大学中文系の王潤華教授が名乗りを上げて下さり、第一回の創設大会が東アジア・オセアニアの中心地に位置するこの国で開かれたのである。もっともいざ正式発足となると学会の名称から「東」が外れて「アジア」と変わった。その背景には当時のシンガポールの総人口約四〇〇万人(二〇〇〇年国勢調査)が、華人系七六・八%、マレー系一三・九%、インド系七・九%、その他一・四%という構成になっており、インド系も三〇万人を抱えているという、この国特有の事情があったのかも知れない。

こうして開かれた第一回アジア現代中国文学国際学会は日本・韓国・台湾・香港・マレーシア・オーストラリアからの一五名ほどに加えて中国からも七、八人が招聘されており、これに開催地シンガポールの研究者二〇名が加わって大盛況であった。街は三〇年前と比べていっそうあか抜けており、快適なバスが走っていた。そして一九八七年から開通し始めた地下鉄が今では街中を網羅しており、空港と都心も地下鉄で結ばれている。

**◈レセプションでは酒も飲まずにカラオケを**

さていよいよシンガポールの酒文化についてお話ししたい。国際学会初日の晩には、レセプションが五ツ星級の文華大酒店《マンダリンホテル》で開かれたのである。一般に地味な中国文学の学会としては、このような高級会場でのパーティーは珍しく、大会経費を寄付してくれた地元企業家のご好意による破格の待遇であったのだ。そんなわけで大学から移動する前には、ホテル入館のためネクタイ着用を、とのアナウンスが流れた。ところが香港詩人の也斯さんは例によって開襟シャツ姿だったものだから、同大中文系の呉耀宗(ガブリエル・ウー)助教授が自分の研究室まで予備のネクタイを取りに行くという騒ぎもあった。

こうして些か緊張気味にホテルの大宴会場に入り、立食ではなく中国式に一〇人掛けの円卓に着席した。そしてウェイトレスが差し出すお盆からシャンパンを探すのだが、コーラとジュースの缶が林立するのみ。ワインかウイスキーの水割り、せめてビールはないのですか、と確認しても彼女は首を振るばかりで、ドッと一日の疲れが出てきたものである。それにもかかわらず地元組の教授たちは、さあさあカラオケを、といって前方の大舞台で歌い始める。なんとシンガポールでは学者が五ツ星級ホテルでのレセプションで、酒も飲まずにカラオケを歌うのだ！　幸いにも隣席のガブリエルさんが私の衝撃を受けたようすに気付き、給仕長に命じ特別にビールを調達して下さったものである。

そういえば学会終了後に見たシンガポール映画「I no stupid」は、成績不良の小学六年三人組を主人公とした、諷刺とユーモアに富む佳作だったが、この国名物の猪肉乾(ポーク・ジャーキー)製造会社社長の自宅で開かれるバーベキュー・パーティーの場面でも、ビールも置いてなかったと記憶する。

もっともその後Lau PaSatやチャイナタウンのMaxwell Food Centerの屋台広場で昼食や夕食を食べたところ、地元タイガービールの大瓶が売られていた。熱帯の屋外テーブルでシンガポール名物の海南鶏飯(鶏肉の炊き込みご飯)を肴に冷えたビールを飲むのはそれなりに爽快であった。ちなみにシンガポール映画の近作に、ロミオとジュリエットの現代シンガポール版『Chicken Rice War』という傑作がある。

また観光客で溢れる海辺のBoat Quay屋外レストランでは、なかなか良いお値段のフランスワインも置いてあった。オリエンタリズムに満ち溢れたラッフルズ・ホテルには、キップリングやモームなどかつてイギリス帝国主義が猛威を振るっていた頃に、連合王国《イギリス》でも著名な作家たちが愛用したWriters' Barがあり、ピンクの名物カクテル、シンガポール・スリングを飲んでみた。もっともその日はなぜか人影もまばらで、閑散としていたが。

シンガポール滞在の最終日は、チャイナタウンと小印度(インド人街)を歩き回った。一九二〇年代から三〇年代にかけて建てられた大小さまざまの建築物は幾ら見ていても厭きない。やがてヒンズー教の Sri Mariamman 寺院にお参りし、その南側にあるインド人経営の茶餐店に入ってみた。天井では昔ながらにプロペラが回り、ガラスの入っていない吹き抜けの大窓はまるで額縁舞台のよう。この窓越しにアーケードの下を行き交うインド人の老若男女を眺めていると、ほとんどウォン・カーウァイ（王家衛映画）のノリである。シンガポールで一番旨い酒は何か、と問われれば、私は断然、小印度のタイガービールと答えることだろう。

チャイナタウンのMaxwell Food Center屋台広場での夕食。お酒はタイガービールの大瓶で（二〇〇六年）

Writers' Barと呼ばれるラッフルズ・ホテルのLong Barにて。シンガポール・スリングで乾杯（二〇〇九年）

# 4 ソウルの新興チャイナタウンで飲む東北白酒

私が初めてソウルを訪ねたのは一九九七年一二月のことだった。成均館大学で韓国中国現代文学学会が開催した国際シンポジウムに招かれて、「魯迅「故郷」の読書史と中華民国公共圏の成熟」という講演をしてきたのだ。その時の韓国の学会の印象は、若さと熱気に溢れている、というものだった。学会最終日にはパーティーが終わった後も、大勢の教授陣や院生さんが二次会、三次会にまで残り、焼き肉を頬張りながら酒を飲み、深夜まで魯迅から張愛玲、莫言まで文学談義をするのである。

## ◈L教授のキス、あるいはソウルの若い中国文学

しかも飲んべえには嬉しいことに、韓国では酒に酔ってもそれほど失礼にはならないようなのである。たとえば三次会では私と同世代の男性教授が「歓迎の意を表して」といって私の肩を抱き、頬にキスをしたのだ。これを見て囃し立てていた院生さんの一人が、「どうぞ誤解なさらないで、これはL先生の癖でして、お客さんと意気投合するとキスなさるんです」と釈明していた。酔眼朦朧の状態で私の記憶は不確かなのだが、それでは私も、とL教授の頬にキスをお返ししたはずである。こんな酒宴は日本の学会ではまずみられないことだろう。そして中国や台湾では、大学教授が酒に酔うなど御法度なのである。そんな全く酔うことのない酒宴というのも些

か寂しいものである。日本はあるいは酔っぱらいに寛容すぎるのかもしれないが、ソウルの教授や院生さんたちのように楽しく酔うのは愉快なことではないだろうか。

東大中文で二〇〇一年に『韓国近代精神史における魯迅――「阿Q正伝」の韓国的受容――』という博士論文を書いた任明信・ソウル大学講師（当時）によれば、朝鮮半島でも戦前は日本植民地下で中国同時代文学に深い関心が寄せられ、批評や韓国語への翻訳が盛んに行われており、「魯迅読みの伝統」が形成されていたというが、それでも大学に基礎を置くような研究会組織は生まれなかったようすである。そして「終戦による植民地解放と共に始まった「冷戦」は魯迅文学をめぐる植民地期以来の伝統を朝鮮半島の南半分の地域でほとんど途絶えさせる一方、政治的な読みが主になされた北朝鮮においても魯迅への理解は一定の偏向を余儀なくされ」、「韓国人の魯迅読みの伝統」は一時期、在日韓国人によって読み継がれていくことになったという。

それでも一九八〇年代の民主化運動の時代を迎えると、現代文学への関心が若い学生の間から澎湃と沸き上がってきた。同学会の前会長である金時俊・ソウル大学名誉教授の回想によれば、ソウル大中文科で一九八二年に現代文学の講義が開講されたのは、次のような事情によるという。

当時中国は〔韓国にとって〕敵性国家なので大学で敵性国中国の現代文学を講ずることはたいへんな冒険とされた。特に大学では反政府運動が盛んな時代であったし、文学界には民衆文学が流行り毛沢東文芸思想が浸透するような状況で、学生の中でも中国で出された文学関連書籍にのめり込んでいる者が少なくなかったのである。こういった学生には積極的に反政府運動に加わっていた革新派たちが多く、特に検挙される際いわゆる「不穏文書」(中国で出版された書物)を身につけていると、「不穏文書所持罪」に問われさらに重い処罰を受けた。中国文学科は「不穏文書所持者」として捕まった学生たちのためしばしば苦境に立たされた。

(二〇〇一年六月東京大学における講演より)

そこでソウル大中文科は腹をくくって現代文学の講義を正式開講、その責任者となった金教授も自ら中国の「不穏書物」を一所懸命に読むことになり、学生が検挙されると警察署に赴き、「所持していた書物は研究のため」と説得し、みずから身元保証人になって学生たちを釈放してもらったという。さらに金教授は民主化運動を担った学生たちが、ややもすれば毛沢東個人崇拝の反社会主義性を見過ごし、〝毛文体〟と称される毛沢東賛美のための人民文学をそのまま韓国文学のお手本として学びかねない状況に対し、外国文学として冷静に分析し批評しようと説いたのである。

金教授のご専門は古典文学で、一九六一年に台湾大学大学院に留学した際の台大中文系主任教授は台静農(タイ・チンノン、たいせいのう、一九〇二〜一九九〇)であった。台静農といえば北京大学在学中の一九二五年に魯迅の指導を受けて文学グループの未名社を結成した小説家としても知られている。金教授も自分が「韓国において最初に中国現代文学教育に従事する」ことになったのも、台先生とのふしぎなご縁である、と語っておられる。もっとも金教授の留学時代は台湾でも国民党による独裁政治が続いており、金教授が一九二〇〜三〇年代の中国文学についておたずねしても、台静農は何も語ろうとしなかったという。

このように金時俊教授を中心とするソウル大中文科の八〇年代初頭の英断が、韓国の現代中国文学研究を生み出したといえよう。実際に、金教授退休後の学会を支えているソウル、高麗、延世、韓国外語など名門大学の私と同世代の教授たちの多くが、学生運動参加者であり、金教授に警察署までもらい下げに来ていただいた経験があるらしい。そして一九九二年の韓国と中国との国交成立以後は、多数の韓国企業が中国に進出しており、このような中国ブームに伴い、この十数年いわゆるSKY大学（ソウル・高麗・延世）等では中文科は人文系でも超人気学科となり、中文の学生はサムスン財閥系など大手企業から引く手あまたであるという。一九八〇年代と比べると、まさに隔世の感があるといえよう。

### ◈消えたチャイナタウン

その後、私は三〜四年おきにソウルに出かけていたが、ソウルの街歩きに慣れるにしたがい、ふしぎな印象を抱き始めた。今世紀初頭まで、ソウルでは街中どこに行っても漢字を見かけなかったのだ。私が一九七〇年代初頭の学生時代に、バックパッカーとして訪ねたサイゴン（現・ホーチミン）やバンコックなど東南アジアの都市は無論のこと、ニューヨークでもパリでもそれなりの大都市であれば、必ずチャイナタウンが付きものなのだが、ソウルには中国人街がない。川村湊『ソウル都市物語』(平凡社新書、平凡社、二〇〇〇)は、ソウルの「顔」ともいうべき繁華街明洞の一画でかつて栄えた「華僑の街」を次のように紹介している。

一八八六年、清の袁世凱が進駐して大使館の場所に清国理事府として居を構えたのが最初で、以来中国(清政府、中華民国)の公使館、領事館、総領事館となっていたが、台湾との国交断絶以来、現在は中華人民共和国の大使館となった。内部は関係者以外立ち入り禁止だが、中国式の青瓦の門は、いかにもチャイナ・タウンの雰囲気を醸し出している。中国書籍の中華書局や亜進書林、中国菓子の稲香村、中華料理の国賓飯店、開花、円山飯店、中国館、四川料理専門の拾紫誠などの店舗があり、漢医院や旅行社がある。このあたりを中心に華僑千人が住んでいたという。

そこで二〇〇四年秋には私も気合いを入れて明洞を探索したところ、今でも華僑小学校が開校しており、その隣の建物の一室には日刊紙『韓中日報』という中国語新聞社が入っていることがわかってきた。同社事務室を訪ねて三日分ほど購入したいと中国語で頼んでみたところ、どうせ無料配布しているのだから代金は不要だという。さっそく近所のレストランで昼食の石焼きビビンバを頬張りながら読んでみると、一九五三年創刊の全四頁の繁体字新聞だった。おそらく中華民国国民党政権時代に在韓華僑政策の一環で刊行されたものであろう。中身は韓国、台湾、中国、アメリカを中心とした国際ニュースの転載記事風のものが中心で、独自取材のローカル記事はほとんど見あたらない。第四面は副刊と称して、「文芸小説愛情衝衝衝」なる作者名不詳の連載物やら香港映画スターのゴシップが載っていた。それにしても左肩に金庸の『書剣恩仇録』第四四六回以下が連載されているのには驚いた。これは金庸の武侠小説第一作で、一九五五年に発表されたものではないか。よもや明洞の旧チャイナタウンでは時間が五〇年も止まっているわけではあるまい。

最近の韓国では『チャイナタウンのない国』(梁必承《ヤンピルスン》、李正熙《イジョンヒ》共著、三星《サムスン》経済研究所)が刊行されて話題を呼んでいる。残念なことに私は韓国語が読めないので、中国語新聞の書評などでその内容を推

ソウルの新チャイナタウン・加里峰の夜(二〇〇四年撮影)

察するしかないのだが、韓国における華僑の歴史は一八八二年の壬午軍乱に遡るという。この年、ソウルで起きた軍人暴動をきっかけに日清両国が武力干渉し、清朝はソウルに軍隊を駐留させており、この清朝軍と共に主に山東省から商人たちがやって来たのだ。こうして仁川港のチャイナタウンには一万人もの華僑が住み、一九二〇年代には朝鮮半島の経済を脅かすほどの勢力を持つに至るが、やがて植民地体制下で朝鮮総督府が華僑抑制政策を進め、戦後の韓国政府も華僑の企業活動を制限したため、七〇年代にはチャイナタウンが消滅したというのである。このような過去に対し、同書は華僑経済を韓国経済発展の動力にして共存の道を模索しなければならないと主張している。実際に仁川チャイナタウンは観光用に整備復活されている。

### ◈朝鮮族がつくるニュー・チャイナタウン

ところが最近ソウル市南西部の加里峰《カリボン》にニューカマーによる新「中国人街」が誕生した。それは山東省出身の華僑によるものではなく、中国東北地方の朝鮮族によるものなのだ。日本で刊行された『東北アジア朝鮮民族の多角的研究』(ユニテ、二〇〇四)が収める孫春日論文「中国朝鮮族における国籍問題の歴史的経緯について」等によれば、朝鮮人の中国東北への移住は「明末清初から始まったが、大量の移住は一八六〇、七〇年代であり、中国の朝鮮族となったのは光緒七年(一八八一)からで、一九五〇年の初頭までにこの過程を完了した」という。

中国朝鮮族は一九九二年には約一九二万人であったのが、二〇〇一年では一八九万人に減少しており、その主要な原因は韓国への大量流出であり、二〇〇二年に韓国で不法滞在している朝鮮族労働者は一〇万人を超えるともいう。こうして国鉄京釜線と地下鉄七号線とが交わる交通便利な加里峰に朝鮮族相手の生鮮食品や雑貨、二鍋頭を始めとする中国酒など日用品を売るマーケットと東北料理のレストラン街が形成されたのだ。

雑貨店では『華光報』という簡体字中国語新聞を一、〇〇〇ウォンで売っていた。これは一二頁立ての週刊新聞で、先ほど紹介した『チャイナタウンのない国』の書評や、「旅韓六十年見聞録」という韓国華僑史話の連載があったりと、なかなか面白く、私は同紙を五～六期分注文することにした。その中には多くの朝鮮族が韓国に流入して韓国籍を取得するのを憂いて、韓国経済の優位もいつまで続くか分からない、二一世紀は中国の時代であり、東北に帰って朝鮮族の発展に務

加里峰では羊肉料理を出すレストランが目立った（二〇〇四年撮影）

羊肉の串焼きは中国東北の白酒「老朝陽」によく合った

めよ、と説く「石一進在北京」という論評も載っていた（二〇〇四年一〇月八日、第一四六期）。実際に東北の延辺朝鮮族自治州は人口流出による崩壊の危機にさらされており、そのいっぽうで韓国では失業率上昇などの社会問題が発生しているという。

それにしても加里峰では簡体字・繁体字の漢字が氾濫しており、これがソウルとはわが目を疑ってしまう。特に目立つのが羊肉の看板である。日本と同様、朝鮮半島では羊肉を食べる習慣がなかったのだが、東北に移民した朝鮮族は中国北方の羊肉文化を取り込み、それを加里峰に持ち込んだため、ズラリと羊肉レストランが立ち並ぶ風景ができあがったのである。

私もその一軒に入ってみた。案内役の任さんの話では、男女五～六人の先客の一団は中国東北訛りの韓国語を話しているというが、若い小柄なウェイトレスはきれいな北京語で対応してくれる。羊肉は脂身たっぷり細切れで鉄串に刺してあり、これを木炭の火の上で炙って食べるのだ。お酒は先ず青島啤酒を頼んで喉を潤し、それから「老朝陽」という三八度の白酒を頼んだ。吉林省龍井市朝陽川鎮の朝陽酒業の製品で、任さんの解説では朝陽もやはり朝鮮族が多く住む地域だという。一瓶四五〇CCで七、〇〇〇ウォン（六三〇円）という値段は中国の売り値と比べればおそらく一〇倍近い値段だろうが、昼食のビビンバが五、〇〇〇ウォンであることを考えると、ソウルでは格安の酒といえよう。

一一月の夜のソウルは、東京人にはオーバーが欲しいくらいに冷え込む。加里峰の新チャイナタウンで羊肉を串で焼き中国東北の白酒を飲みながら、私は任さんやそのお連れ合いの河さんと、東アジアが時に反発しながらも融合しつつある現在、日韓中三文化の比較研究は、文学や映画、テレビドラマなどさまざまな分野でいっそう盛んになって欲しいものだね、と話しあったものである。

# あとがき

一七年前のこと、私は『ＮＨＫラジオ中国語講座』テキストの巻末読みもの欄に、近代日中人物交流をめぐるエッセーを連載したことがあります。幕末の高杉晋作から現代の大江健三郎に至るまでの訪中体験をノンフィクション・ノベル風に描いた「中国を見た日本人」です。このエッセー連載に際しては編集者の方たちとしばしば夕刻に打ち合わせをしており、そんな会合の後にお気に入りの中国料理店で紹興酒を飲みながら中国酒や中国語圏での宴席にまつわるエピソードを思い出すままに話していると、若い編集者たちは「その話、面白いです。もう一度連載で『中国酒で味わう現代文化』を書きませんか」と誘ってくれるのでした。

「中国語講座は中学高校の生徒さんたちも聴いていることだし、こんな酔余の戯言を教育番組のテキストに書いたら、不謹慎だと叱られますよ」と私は遠慮したのですが、「少年少女たちにも、大人になったらの楽しみを紹介するということで。ナイショにしているのはもったいないです」と重ねて勧められたので、思い切って連続連載を引き受けた次第でした。

「中国酒で味わう現代文化」連載中には読者のみなさまから、興味津々のお便りをいただきました。「ニューヨーク・チャイナタウンの紹興酒」で書いた「中国料理、東回りの法則」を、実際にマンハッタンのチャイナタウンで中華料理を食べながら駐在員のご友人たちと「確かにそうだ」とか、「いやそんなことは無い」などと議論して下さったという坂本さん。香港を舞台にしたハリウッド映画『スージー・ウォンの世界』の紹介を読んで、一九六〇年代初頭にスイスのスキー学校でインストラクターからスージーというあだ名を頂戴したところ、一緒にスキーを習っていたフランス人夫妻から、そんな名前を付けるとは大変な侮辱ですよ、と忠告されたという体験をお持ちの寺井さん。中国白酒文化を守れ！　北京の地酒二鍋頭もお湯割りで消費拡大を、と書いたところ、大いに賛意を表して下さった堀さん。堀さんのご友人はアルコール度数五十六にちなんで二鍋頭に「五十六《いそろく》」という愛称を付けておられるとのこと、そして堀さん自身がお湯割り二鍋頭を飲もうと北京のホテルで「開水」(白湯)を頼んだところ、そんな飲み方を理解できない服務員さんが熱燗用にと、洗面器一杯のお湯を運んできた、というエピソードまで披露して下さいました。

「中国を見た日本人」はその後『中国見聞一五〇年』(NHK生活人新書、二〇〇三)として単行本化され、今も電子版が販売されていますが、「中国酒で味わう現代文化」は諸般の事情で単行本化されることなく一五年が過ぎました。私も本業の中国語圏文学・映画の研究教育に忙殺されるまま忘却し、昨年度末の退休を迎えた次第です――中国酒はあいかわらず愛飲していましたが。

三〇年間勤務した東京大学文学部に別れを告げる数日前のこと、私物の本を撤去して妙に広々とした藤井研究室に、最後のお客さんとして編集者のＩさんが訪ねてきました。Ｉさんはかつてラジオ講座テキストで私の連載を担当して下さっており、その後は北京の雑誌社勤務などを経て、昨年から東方書店の編集者になっていたのです。

先生の連載が終わったのが二〇〇五年の三月で、それから十余年が経っていますので、新たに様々な中国酒との出会いがあったのでは……北京オリンピック前後から、北京の街の様相や宴会で飲まれるお酒も、映画・ドラマの飲酒場面もずいぶん変わりましたし……。

旧稿を加筆修正した上での単行本刊行を熱心に勧めてくださるＩさんの言葉を聞くうちに、私も自分の実体験と小説・映画作品とを比較照合しながら、〝公宴〟〝私宴〟の変遷を語れば、酒文化から見たもう一つの改革・開放経済体制四〇年史を描けるような気がしてきたのです。退休すれば、わが人生における中国酒の風景を回想する余裕もできるかもしれない……そこにＩさんが「ささやかな燃料ですが」といって差し出す金門高粱——台湾銘酒のボトルを見て、私も単行本刊行を決心した次第です。

退休後の二か月は現役時代の残務整理に追われて過ごし、実際に旧稿の加筆修正を始めたのは、六月初めに非常勤教授として南京大学文学院に着任して以後のことでした。

南大が用意して下さった部屋は、閑静な大学キャンパスと平倉巷という路地を隔てた西隣の敷地に立つ古いマンションにあり、梧桐の樹陰の下で三方に窓が開く角部屋でした。この路地裏のマンションの一室で、映画館にも行かず、珈琲館にも出かけず、お隣の幼稚園の園児たちの元気な声を楽しむいっぽう、路地をバイパス代わりに通り抜ける車やバイクの執拗なクラクションの騒音に閉口しながら、旧稿を直し新稿を書く日々を過ごしたのです。夜になり異国の月を見あげながら、世話教授Wさん差し入れの南京の銘酒「夢之藍」を飲んでいると、私の目の前を四〇年来見て来た大小の宴の風景や小説・映画のお酒の場面が再び走馬燈のように巡りました。

Iさんからは、「あとがき」では中国酒四〇年を振り返るいっぽう、今後一〇年、二〇年先の変化を予言してみて下さい、という宿題をいただいております。将来の変化といえば、たとえば慶山（チンション、旧名・安妮宝貝、アニー・ベイビー、一九七四〜）のような浙江省寧波出身の「七〇後《ポストセブンティーズ》」女性作家が、着色用の〝焦糖《カルメラ》〟などの添加物を使わない純米紹興酒を冷酒で味わうエッセーを書いて、紹興酒ブームを引き起こすとか、郭敬明と共に映画監督も兼業する「八〇後《ポストエイティーズ》」作家の韓寒（ハン・ハン、かんかん、一九八二〜）が、白酒ハイボールを提唱するとか……このような楽しい想像をしております。

とはいえ四〇年前には誰も現在の中国を予測できず、日本と中国そしてアメリカとの三角関係の変化、民主的台湾の成熟や「雨傘革命」の香港を予測できなかったことを考えますと、中国語圏社会のお酒をめぐる未来風景の予測は大難問です。日々肝臓を労りながら中国酒の熟成を味わっていくことが肝腎なのでしょう。

ところで〝早睡早起〟（早寝早起き）の私が五時頃に簡単な朝食を用意しながら、地元ラジオ放送を聴いていると、〝中医〟(日本の漢方医に相当)が健康についてお話しており、主食・野菜とお肉との割合は臼歯等と犬歯等との比率七対一に準じて摂るとよろしい……というような忠告をしていました。私は巷《ちまた》に溢れる健康情報とはほとんど無縁ですが、中国語圏文学者ですので、この〝中医〟の仰有ることはフムフムと傾聴しておりますと、〝中医〟は次のように話を続けたのです――お酒はカロリーが高いので、たまの飲酒はともかく、夜に飲むのは禁物です。どうしても飲みたければ、昼間に少量飲みなさい。

〝中医〟の毅然たる断言ぶりから察するに、一日白酒《パイチウ》一両(五〇CC)とか「休肝日」週二日――これでも私には高めの目標なのですが――くらいではとても許してはもらえそうにありません。白酒文化の危機どころか、私の晩酌が危機を迎えたのです。さて健康維持と文化研究の矛盾はどうしたものか……とりあえずはこれからもせいぜい早起きして、ラジオの〝中医〟のお説を拝聴しようと思っているところです。

二〇一八年六月二八日　南京平倉巷南大宿舎にて

藤井省三

# 参考文献


愛狄密勒、包玉珂編訳『上海——冒険家的楽園』上海文化出版社、一九五六
芥川龍之介「上海游記」『芥川龍之介全集　第八巻』岩波書店、一九九六
麻生晴一郎『こころ熱く武骨でうざったい中国』情報センター出版局、二〇〇四
天児慧『中華人民共和国史』岩波新書、岩波書店、一九九九
閻連科、泉京鹿訳『炸裂志』河出書房新社、二〇一六
王徳威『跨世紀風華：当代小説20家』台北・麦田出版、二〇〇二
大江健三郎「北京講演二〇〇〇」『鎖国してはならない』講談社、二〇〇一
大江健三郎・鄭義対談「自由のために書く」『世界』二〇〇四年二月号、岩波書店
可児弘明・游仲勲編『華僑華人　ボーダーレスの世紀へ』東方書店、一九九五
川村湊『ソウル都市物語　歴史・文学・風景』平凡社新書、平凡社、二〇〇〇
金時俊、任明信訳「ソウル大学中国語文学科における中国語中国文学研究の回顧と展望」、『東京大学中国語中国文学研究室紀要』第五号、二〇〇二
許洪新『従霞飛路到淮海路』上海社会科学院出版社、二〇〇三
金鳳燮・稲保幸『中国の酒事典』書物亀鶴社、一九九一
康明官編著『酒文化問答』北京・化学工業出版社、二〇〇三
櫻井龍彦編『東北アジア朝鮮民族の多角的研究』ユニテ、二〇〇四
施叔青、藤井省三訳『ヴィクトリア倶楽部』国書刊行会、二〇〇二
朱天心、清水賢一郎訳『古都』国書刊行会、二〇〇〇
蘇童「私宴」『上海文学』二〇〇四年第七期、上海市作家協会、上海文学雑誌社

高橋孝助・古厩忠夫編『上海史　巨大都市の形成と人々の営み』東方書店、一九九五
財部鳥子・是永駿・浅見洋二訳編『現代中国詩集　China mist』思潮社、一九九六
チレチュジャ、池上正治訳『チベット　歴史と文化』東方書店、一九九九
陳冠中『半唐番城市筆記』香港・青文書屋、二〇〇〇
鄭義、藤井省三監訳、加藤三由紀・櫻庭ゆみ子訳『中国の地の底で』朝日新聞社、一九九三
鄭義、藤井省三訳『神樹』朝日新聞社、一九九九
鄭超麟、長堀祐造ほか訳『初期中国共産党群像―トロツキスト鄭超麟回憶録』東洋文庫、平凡社、二〇〇三
董啓章、藤井省三・中島京子訳『地図集』河出書房新社、二〇一二
董啓章、藤井省三訳「美徳」『文學界』二〇一四年二月号、文藝春秋
唐振常主編『上海史』上海人民出版社、一九八九
中島京子『ツアー1989』集英社、二〇〇六
中島京子『のろのろ歩け』文藝春秋、二〇一二
中島敏夫『はじめて読む唐詩　三』明治書院、一九九八
中薗英助『桜の橋――詩僧蘇曼殊と辛亥革命』第三文明社、一九七七
南條竹則『中華満喫』新潮選書、新潮社、二〇〇二
21世紀日中メディア研究会『100人@日中新世代　経済、科学からマンガまで』中公新書ラクレ、中央公論新社、二〇〇二
把裔『上海毒薬』中国工人出版社、二〇〇四
莫言、藤井省三・長堀祐造訳『中国の村から　莫言短篇集』JICC出版局、一九九一
莫言、藤井省三訳『酒国　特捜検事丁鈎児の冒険』岩波書店、一九九六
莫言、藤井省三訳『透明な人参　莫言珠玉集』朝日出版社、二〇一三

莫言、吉田富夫訳『豊乳肥臀　上・下』平凡社、一九九九
白先勇、山口守訳『台北人』国書刊行会、二〇〇八
花井四郎『黄土に生まれた酒　中国酒、その技術と歴史』東方選書、東方書店、一九九二
范雅鈞『台湾酒的故事』台北・猫頭鷹出版社、二〇〇二
ピーター・クォン、芳賀健一・矢野裕子訳『チャイナタウン・イン・ニューヨーク　現代アメリカと移民コミュニティ』筑摩書房、一九九〇
藤井省三『東京外語支那語部　交流と侵略のはざまで』朝日選書、朝日新聞社、一九九二
藤井省三「彼女はニューヨーク・ダダ――胡適の恋人E・クリフォード・ウィリアムズの生涯」『東方』一九九六年三〜五月号、東方書店
藤井省三『魯迅「故郷」の読書史――近代中国の文学空間』創文社、一九九七
藤井省三『台湾文学この百年』東方選書、東方書店、一九九八
藤井省三『現代中国文化探検――四つの都市の物語』岩波新書、岩波書店、一九九九
藤井省三『魯迅事典』三省堂、二〇〇二
藤井省三、董炳月訳『魯迅「故郷」閲読史』北京・新世界出版社、二〇〇二。同、南京大学出版社、二〇一三
藤井省三『中国映画　百年を描く、百年を読む』岩波書店、二〇〇二
藤井省三『中国見聞一五〇年』NHK生活人新書、日本放送出版協会、二〇〇三
藤井省三「芥川龍之介的北京体験――短篇小説「湖南的扇」和佐藤春夫「女誡扇綺譚」」、陳平原・王徳威編『北京：都市想像与文化記憶』北京大学出版社、二〇〇五
藤井省三『中国語圏文学史』東京大学出版会、二〇一一
藤井省三『魯迅と日本文学――漱石・鷗外から清張・春樹まで』東京大学出版会、二〇一五
ペマ・ギャルポ『チベット入門』チベット選書（改訂新版）、日中出版、一九九八

北島、是永駿訳『ブラックボックス』書肆山田、一九九一
北島、是永駿訳『波動』書肆山田、一九九四
丸尾常喜『魯迅　「人」「鬼」の葛藤』岩波書店、一九九三
Miller, G.E. *Shanghai, the paradise of adventures*, New York : Orsay Publishing House, 1937
村松伸『上海・都市と建築　一八四二―一九四九年』PARCO出版局、一九九一
Mason, Richard. *The World of Suzie Wong*, Pegasus Books, 1994
森瑤子『浅水湾の月』講談社、一九八七
楊冠穹「「八〇後」作家の映画製作進出と現代中国文化市場――郭敬明『小時代』と韓寒『後会無期』」（越境する中国文学編集委員会編『越境する中国文学』東方書店、二〇一八）
四方田犬彦・也斯著、池上貞子訳『往復書簡　いつも香港を見つめて』岩波書店、二〇〇八
李昂『殺夫』台北・聯経出版、一九八三
李昂『迷園』台北・貿騰発売出版、一九九一
李昂、藤井省三訳『夫殺し』宝島社、一九九三
李昂『自傳的小説』台北・皇冠文化出版、二〇〇〇
李光真「捷運天翼變」『光華』一九九六年六月号、台湾・光華画報雑誌社
リチャード・メイソン、松本恵子訳『スージーウオンの世界』英宝社、一九六〇
劉恵吾編『上海近代史』上海・華東師範大学出版、一九八五
梁秉鈞（也斯）『記憶的城市・虚構的城市』香港・牛津大学出版社、一九九三
梁秉鈞（也斯）『游離的詩』香港・牛津大学出版社、一九九五
梁秉鈞（也斯）、西野由希子抄訳「記憶の街、虚構の街」『すばる』一九九七年七月号、集英社
梁秉鈞（也斯）、藤井省三訳「除夜の盆菜」『すばる』一九九七年七月号、集英社

梁秉鈞（也斯）、藤井省三訳「食景詩（Foodscape）」『ユリイカ』二〇〇〇年八月号、青土社
梁秉鈞「和風四季」『世紀詩群』（同人誌）二〇〇二年一二月号（香港）
魯迅、竹内好訳「孔乙己」『阿Q正伝・狂人日記　他十二篇（吶喊）』岩波文庫、岩波書店、一九五五
魯迅、竹内好訳「酒楼にて」『魯迅文集　第一巻』ちくま文庫、筑摩書房、一九九一
魯迅、中島長文訳『両地書』『魯迅全集　第一三巻』学習研究社、一九八五
魯迅、丸尾常喜訳「孔乙己」『魯迅全集　第二巻　彷徨』学習研究社、一九八四
魯迅、丸尾常喜訳「酒楼にて」『魯迅全集　第二巻　彷徨』学習研究社、一九八四
若林正丈『台湾――変容し躊躇するアイデンティティ』ちくま新書、筑摩書房、二〇〇一
渡邊一民『林達夫とその時代』岩波書店、一九八八
『現代上海大事記』上海辞書出版社、一九九六

東方選書

# 魯迅《ろじん》と紹興酒《しょうこうしゅ》

## お酒《さけ》で読《よ》み解《と》く現代中国文化史《げんだいちゅうごくぶんかし》

東方選書 50

二〇一八年一〇月三一日　初版第一刷発行

著　者……藤井省三
発行者……山田真史
発売所……株式会社東方書店
東京都千代田区神田神保町一—三　〒一〇一—〇〇五一
電話（〇三）三二九四—一〇〇一
営業電話（〇三）三九三七—〇三〇〇
ブックデザイン……鈴木一誌・下田麻亜也
印刷・製本……（株）シナノパブリッシングプレス
定価はカバーに表示してあります

ISBN 978-4-497-21819-3 C0398



http://www.toho-shoten.co.jp/